RASTROS NA NEBLINA

Benjamin Black

RASTROS NA NEBLINA

Tradução de Ryta Vinagre

Título original
ELEGY FOR APRIL
A Quirke Dublin Mystery

Primeira publicação em 2010 pela Mantle

Copyright © Benjamin Black, 2010

O direito de Benjamin Black ser identificado como autor
desta obra foi assegurado por ele em concordância
com o Copyright, Designs and Patents Act 1988.

Nenhuma parte desta obra pode ser reproduzida ou transmitida por
qualquer forma ou meio eletrônico ou mecânico, inclusive fotocópia,
gravação ou sistema de armazenagem e recuperação de
informação, sem a permissão escrita do editor.

Direitos para a língua portuguesa reservados
com exclusividade para o Brasil à
EDITORA ROCCO LTDA.
Av. Presidente Wilson, 231 – 8º andar
20030-021 – Rio de Janeiro – RJ
Tel.: (21) 3525-2000 – Fax: (21) 3525-2001
rocco@rocco.com.br
www.rocco.com.br

Printed in Brazil/Impresso no Brasil

CIP-Brasil. Catalogação na fonte.
Sindicato Nacional dos Editores de Livros, RJ.

B568r
    Black, Benjamin
        Rastros na neblina / Benjamin Black; tradução de Ryta Vinagre.
– 1ª ed. – Rio de Janeiro: Rocco, 2015.

        Tradução de: Elegy for April: a Quirke Dublin mystery
        ISBN 978-85-325-2962-6

        1. Romance irlandês. I. Vinagre, Ryta. II. Título.

14-17790   CDD- 813
                                            CDU- 821.111(73)-3

O texto deste livro obedece às normas do
Acordo Ortográfico da Língua Portuguesa.

I

1

Era o pior do inverno e April Latimer estava desaparecida.

Por dias, baixou uma neblina de fevereiro que não deu sinais de se erguer. No silêncio abafado, a cidade parecia aturdida, como um homem cuja visão subitamente lhe falta. As pessoas vagam como inválidos que andam às apalpadelas no escuro, mantendo-se próximas das fachadas das casas e das grades, parando hesitantes nas esquinas para sentir com o pé cauteloso a beira da calçada. Automóveis de faróis acesos assomavam como insetos gigantes, arrastando a saliva leitosa de fumaça de escapamento de sua traseira. O jornal vespertino listava seu rol diário de desgraças. Houve uma colisão grave na extremidade do canal na Rathgar Road, envolvendo três carros e um motociclista do exército. Um garotinho foi atropelado por um caminhão de carvão na Five Lamps, mas não morreu — sua mãe jurou ao repórter enviado para entrevistá-la que ele foi salvo pela medalha miraculosa da Virgem Maria que ela obrigava a criança a usar no pescoço. Na rua Clanbrassil, um velho agiota foi assaltado e roubado em plena luz do dia pelo que ele alegou ser uma gangue de donas de casa; a polícia seguia uma linha de inquérito específica. Uma operária na rua Moore foi atropelada por um furgão que não parou, e agora a mulher estava em coma no Hospital St James. E o dia todo as buzinas de neblina estrondeavam na baía.

Phoebe Griffin considerava-se a melhor amiga de April, mas não tinha notícias dela havia uma semana e estava convencida de que acontecera alguma coisa. Ela não sabia o que fazer. É claro que April pode simplesmente ter ido embora, sem dizer nada a ninguém — porque April era assim mesmo, pouco convencional, alguns diriam rebelde — mas Phoebe tinha certeza de que não era isso.

As janelas do apartamento térreo de April na Herbert Place tinham um aspecto vazio e retraído, não só pela neblina: janelas que davam a impressão de que os cômodos atrás delas estavam vagos; Phoebe não sabia como, mas era assim. Ela atravessou ao outro lado da rua e parou no parapeito com o canal às costas, olhando os terraços das casas altas, suas fachadas de tijolos escuros e escurecidos brilhando úmidas no ar amortalhado. Phoebe não tinha certeza do que esperava ver — o remexer de uma cortina, um rosto na janela? —, mas não havia nada, nem ninguém. A umidade penetrava em suas roupas e ela encolheu os ombros para se proteger do frio. Ouviu passos no caminho de sirga às suas costas, mas quando se virou para olhar, não conseguiu enxergar ninguém através daquele cinza que pairava impenetrável. As árvores nuas, lançando seus galhos negros para o alto, pareciam quase humanas. O transeunte invisível tossiu uma vez; parecia uma raposa latindo.

Ela se voltou e mais uma vez subiu a escada de pedra até a porta, novamente tocando a campainha acima do cartãozinho que trazia o nome de April, embora soubesse que não haveria resposta. Os grãos de mica faiscavam no granito dos degraus; era estranha aquela pequena cintilação secreta sob a neblina. Começou um gemido rasgado na serraria do outro lado do canal e ela percebeu que o cheiro que sentia sem saber era de madeira recém-cortada.

Ela andou pela rua Baggot e entrou à direita, afastando-se do canal. Os calcanhares de seus sapatos sem saltos batiam surdos na calçada. Era hora do almoço de um dia útil, porém mais parecia um crepúsculo de domingo. A cidade estava quase deserta e as poucas pessoas que encontrou adejaram por ela sinistramente, feito fantasmas. Ela raciocinou consigo mesma. O fato de que não vira nem tivera notícias de April desde o meio da semana anterior não significava que ela estivesse desaparecida esse tempo todo — não queria dizer em absoluto que tivesse desaparecido. Mas nem uma palavra por todo esse tempo, nem mesmo um telefonema? Fosse outra pessoa, o silêncio de uma semana não seria reparado, mas April era do tipo com que todos se preocupavam, não porque fosse incapaz de cuidar de si mesma, mas porque era demasiado segura de que podia.

As luzes foram acesas dos dois lados da porta do Shelbourne Hotel, brilhando misteriosamente, como cabeças de dente-de-leão gigantes. O porteiro de sobrecasaca, ociosamente à porta, levantou seu chapéu cinza e a cumprimentou. Ela teria pedido a Jimmy Minor para se encontrar com ela no hotel, mas Jimmy desdenhava de um lugar tão elegante e só colocaria os pés ali se estivesse dando continuidade a uma reportagem ou entrevistando algum notável de visita. Ela passou, atravessando a Kildare, e desceu a escada para a Country Shop. Mesmo através da neblina, sentia o corrimão frio e molhado como óleo. Em seu interior, porém, a pequena cafeteria era aquecida e iluminada, com um reconfortante bafo de chá, pão assado e bolos. Phoebe pegou uma mesa perto da janela. Havia poucas pessoas, todas mulheres, de chapéu, com suas sacolas de compras e pacotes. Phoebe pediu um bule de chá e um sanduíche de ovos. Podia ter esperado para pedir quando Jimmy chegasse, mas sabia que ele se atrasaria, como sempre — de propósito, suspeitava, porque ele gostava disso, embora fosse muito mais ocupado do que qualquer outra pessoa. A garçonete era uma garota rosada e corpulenta, com queixo duplo e um sorriso doce. Havia um cisto enfiado no sulco ao lado da narina esquerda que Phoebe se esforçou para não olhar. O chá que ela trouxe era quase preto e amargo de tanino. O sanduíche, cortado em triângulos perfeitos, enroscava-se ligeiramente nos cantos.

Onde estaria April agora, neste momento, e o que estaria fazendo? Porque ela devia estar em algum lugar, embora não aqui. Não se podia entrever nenhuma outra possibilidade.

Meia hora havia se passado quando Jimmy chegou. Ela o viu pela janela, descendo os degraus aos saltos e, como sempre, ficou impressionada com sua leveza, uma pessoinha, mais parecendo um estudante mirrado do que um homem. Ele usava uma capa de chuva de plástico transparente de uma cor aguada. Tinha o cabelo ruivo e fino, um rosto estreito e sardento e vivia desgrenhado, como se tivesse dormido de roupa e acabado de sair da cama. Ele acendia um cigarro ao passar pela porta. Ele a viu e veio a sua mesa, sentando-se rapidamente, amassando a capa de chuva numa bola e metendo embaixo da cadeira. Jimmy sempre fazia tudo com pressa, como se cada segundo fosse um prazo limite que temesse perder.

— Muito bem, Pheeb — disse ele —, o que há? — Havia chispas de umidade em seu cabelo, geralmente sem vida. A gola do casaco de veludo marrom trazia uma leve nevada de caspa, e quando ele se curvou para frente, ela sentiu cheiro de tabaco em seu hálito. Entretanto, ele tinha o sorriso mais doce do mundo, sempre surpreendente, iluminando a carinha espremida e afilada. Uma de suas diversões era fingir ser apaixonado por Phoebe, e ele reclamava teatralmente com qualquer um que estivesse disposto a ouvir de sua crueldade e insensibilidade por se recusar a alimentar suas investidas. Era repórter criminal do *Evening Mail*, embora certamente não fossem cometidos crimes suficientes nesta cidade sonolenta que o mantivessem tão ocupado como ele alegava ser.

Ela lhe falou de April e do tempo em que não ouvira uma palavra dela.

— Só uma semana? — disse Jimmy. — Ela deve ter viajado com algum sujeito. April tem certa má fama, sabe disso. — Jimmy afetava um sotaque de cinema; começou como uma brincadeira em detrimento próprio — "Jimmy Minor, ás da reportagem, a seu dispor, senhora!" —, mas tornou-se um hábito e agora ele parecia não perceber o quanto isto irritava os que o cercavam e tinham de suportá-lo.

— Se ela fosse a algum lugar — disse Phoebe —, teria me contado, tenho certeza disso.

A garçonete apareceu e Jimmy pediu um copo de gengibirra e um sanduíche de carne — "com muita raiz-forte, garota, caprichado, eu gosto bem *hot*". Ele pronunciou *hat*. A garota reprimiu o riso. Quando ela se foi, ele assoviou baixo.

— Que verruga.

— Cisto — disse Phoebe.

— O quê?

— É um cisto, não uma verruga.

Jimmy tinha terminado o cigarro e acendia outro. Ninguém fumava tanto quanto Jimmy; uma vez ele disse a Phoebe que costumava se ver desejando acender um cigarro enquanto já estava fumando, e que em várias ocasiões pegou-se acendendo um cigarro embora tivesse outro aceso no cinzeiro diante dele. Ele se recostou na cadeira e cruzou as pernas pequenas de gravetos, soprando um jato de fumaça em corneta para o teto. — E o que você acha? — disse ele.

Phoebe mexia sem parar a colher na borra fria de sua xícara.

— Acho que aconteceu alguma coisa com ela — disse em voz baixa.

Ele a olhou rapidamente de banda.

— Está mesmo preocupada? Quero dizer, é sério?

Ela deu de ombros, sem querer parecer melodramática, sem lhe dar motivo para rir. Ele ainda a olhava de lado, de cenho franzido. Certa noite, numa festa no apartamento dela, ele lhe disse que achava sua amizade com April Latimer engraçada, e acrescentou: "engraçada de peculiar, e não engraçada de ha ha ha." Ele estava meio embriagado e depois disso os dois concordaram tacitamente em fingir ter esquecido este diálogo, mas suas implicações pairavam desagradavelmente entre os dois. E embora pudesse rir disso, Phoebe se remoía e a lembrança ainda a perturbava um pouco.

— É claro que você deve ter razão — disse ela agora. — Provavelmente é só a April sendo April, fugindo e se esquecendo de contar a alguém.

Mas não, ela não acreditava nisso; não conseguia acreditar. April podia ser qualquer coisa, mas não era desatenciosa desse jeito, não com os amigos.

A garçonete veio com o pedido de Jimmy. Ele mordeu uma meia-lua no sanduíche e, mastigando, tragou fundo o cigarro.

— E o Príncipe da Bongolândia? — perguntou ele grosseiramente. Engoliu com dificuldade, piscando com o esforço. — Consultou Sua Majestade? — Agora ele sorria, mas havia um brilho em seu sorriso e a ponta afiada de um canino apareceu por um segundo. Jimmy tinha ciúmes de Patrick Ojukwu; todos os homens do círculo deles tinham ciúmes de Patrick, apelidado de O Príncipe. Ela sempre se perguntava, de um jeito perturbado e perturbador, sobre Patrick e April — eles eram ou não? Tinha todos os sinais de um escândalo picante, a garota branca e rebelde e o negro instruído.

— Mais importante — disse Phoebe —, e a sra. Latimer?

Jimmy a olhou exageradamente como se estivesse apavorado, erguendo a mão.

— Espere aí! — exclamou. — Uma coisa é o neguinho, outra bem diferente é Morgan Le Fay. — A mãe de April tinha uma reputação apavorante entre os amigos da filha.

— Mas eu devia telefonar para ela. Ela deve saber onde April está.

Jimmy arqueou uma sobrancelha com ceticismo.

— Acha mesmo?

Phoebe sabia que ele tinha razão em duvidar. April há muito tempo parara de se confidenciar com a mãe; na realidade, as duas mal se falavam.

— E o irmão dela, então? — disse ela.

Dessa, Jimmy riu.

— O Grande Ginecologista da Fitzwilliam Square, encanador de alta qualidade, nenhum cano é pequeno demais para examinar?

— Deixe de ser nojento, Jimmy. — Ela tomou um gole do chá, mas estava frio. — Mas sei que April não gosta dele.

— Não gosta? Que tal odeia?

— Então, o que vou fazer? — perguntou ela.

Ele tomou um gole da gengibirra, fez uma careta e disse simplesmente:

— Não sei por que você não pode marcar num pub, como qualquer pessoa normal. — Ele já parecia ter perdido o interesse pelo assunto do paradeiro de April. Por um tempo, eles falaram erraticamente de outras coisas, depois ele pegou os cigarros e os fósforos, pescou a capa de chuva debaixo da cadeira e disse que precisava ir. Phoebe fez sinal para a garçonete trazer a conta — ela sabia que teria de pagar, Jimmy estava sempre quebrado — e no momento eles subiam à rua pelos degraus molhados e enlameados. Na calçada, Jimmy pôs a mão em seu braço.

— Não se preocupe — disse ele. — Com a April, quero dizer. Ela vai aparecer.

O cheiro fraco e cálido de esterco chegou até eles do outro lado da rua, onde, junto do parapeito do Green, havia uma fila de charretes puxadas a cavalo que ofereciam passeios turísticos pela cidade. Na neblina, tinham um ar espectral, os cavalos artificialmente imóveis, desanimados e de cabeça baixa, e os condutores de capa e cartola empoleirados numa pose de expectativa estática em seus bancos, como se esperassem a ordem iminente de partir para o Passo Borgo ou à residência do dr. Jekyll.

— Vai voltar ao trabalho? — perguntou Jimmy. Ele espiava em volta com os olhos semicerrados. E claramente sua cabeça estava em outro lugar.

— Não. É meu dia de folga. — Phoebe respirou fundo e sentiu o ar úmido inundar friamente seu peito. — Vou ver alguém. Meu... Meu pai, na verdade. Imagino que você não queira me acompanhar, não é?

Ele não a olhou nos olhos e se ocupou de acender outro cigarro, virando-se de lado e se curvando sobre as mãos em concha.

— Desculpe — disse ele, endireitando-se. — Crimes a expor, matérias a preparar, reputações a manchar... Não há descanso para o jornalista atarefado. — Ele era bem meia cabeça mais baixo do que ela; sua capa de plástico emitia um odor químico. — Vejo você por aí, garota. — E partiu na direção da rua Grafton, mas parou e se virou, voltando a Phoebe. — A propósito, qual é a diferença entre um cisto e uma verruga?

Quando Jimmy partiu, Phoebe ficou um tempo por ali, indecisa, calçando lentamente suas luvas de pele de bezerro. Sentia o desalento que sempre lhe aparecia a essa hora nas quintas-feiras, quando da perspectiva de fazer a visita semanal ao pai. Hoje, porém, havia, além disso, certa inquietação. Ela não conseguia pensar no motivo para ter pedido a Jimmy para se encontrar com ela — o que ela imaginou que ele diria ou faria que aliviasse seus temores? Havia algo de estranho nas maneiras dele, ela sentiu no momento em que falou no longo silêncio de April; algo de evasivo, quase uma insinceridade. Ela sabia da antipatia que fervia entre seus dois amigos tão dessemelhantes. De certo modo, Jimmy parecia ter ciúme de April, como tinha de Patrick Ojukwu. Ou seria mais ressentimento do que ciúme? Mas, se era assim, o que havia em April que lhe dava motivos para se ressentir? Os Latimer de Dun Laoghaire eram da pequena nobreza, evidentemente, mas Jimmy pensaria que ela também era e ele não parecia se ressentir dela. Phoebe olhou o outro lado da rua, as charretes e seus cocheiros que aguardavam atentamente. Teve mais certeza do que nunca de que alguma coisa ruim, algo muito ruim, talvez o pior de tudo, tinha acontecido com a amiga.

E então lhe ocorreu algo mais, uma ideia que a deixou ainda mais inquieta. E se Jimmy tivesse visto no desaparecimento de April a possibilidade de uma reportagem, uma "grande história", como ele diria? E se ele só estivesse fingindo indiferença e agora tivesse corrido para contar ao editor que April Latimer, residente do Hospital da Sagrada Família, a filha "um tanto famosa" do falecido e muito pranteado Conor Latimer e sobrinha do atual ministro da Saúde, não dava notícias havia mais de uma semana? Ah, meu Deus, pensou Phoebe deprimida, o que eu fiz?

2

Quirke nunca viu a vida carecer tanto de sabor. Em seus primeiros dias na clínica São João, ele estava confuso e aflito demais para perceber que tudo ali parecia lixiviado de cor e textura; aos poucos, porém, a apatia que permeava o lugar começou a fasciná-lo. Nada na São João podia ser tomado ou contido. Era como se a neblina, tão frequente desde o outono, tivesse se acomodado permanentemente ali, dentro e fora de suas portas, algo presente em toda parte e no entanto sem substância, sempre a uma distância fixa do olho, por mais rápido que alguém se mexesse. Não que alguém se mexesse rapidamente neste lugar, não entre os internos, de qualquer modo. *Internos* era uma palavra malvista, contudo do que mais seriam chamadas essas figuras indistintas e silenciosas, entre as quais ele se incluía, andando vagarosamente pelos corredores e pelo jardim como vítimas em estado de choque? Ele se perguntou se a atmosfera de algum modo era deliberadamente planejada, uma contraparte emocional aos brometos que as autoridades carcerárias diziam colocar furtivamente na comida dos prisioneiros para acalmar suas paixões. Quando ele colocou a questão ao irmão Anselm, o bom homem se limitou a rir. "Não, não", disse ele, "é tudo obra nossa." Ele quis dizer a obra coletiva de todos os internos; parecia quase ter orgulho da realização deles.

O irmão Anselm era diretor da Casa de São João da Cruz, refúgio de toda sorte de viciados, de almas estilhaçadas e fígados alarmantes. Quirke gostava dele, gostava de sua timidez acrítica, seu humor irônico e melancólico. Os dois davam caminhadas ocasionais pelo jardim, andando pelas calçadas de cascalho em meio à sebe de buxos, falando de livros, história, política antiga — assuntos seguros nos quais trocavam opiniões tão frias e sem conteúdo como o ar de inverno através do qual se moviam. Quirke deu entrada na São João na véspera de Natal, convencido pelo conhaque a procurar a cura depois de uma bebedeira de seis meses, de cujos detalhes não conseguia se lembrar com clareza. "Faça isto por Phoebe, pelo menos", dissera Malachy Griffin.

Parar de beber foi fácil; difícil foi o confronto diário e vívido com um *self* que ele desejava de todo coração evitar. O dr. Whitty, psiquiatra da casa, explicou isso a ele. "Com alguns, assim como ocorre com você, não é tanto a bebida que vicia, mas a fuga que ela proporciona. Tem lógica, não? Fuga de si mesmo, quero dizer." O dr. Whitty era um camarada franco e parrudo, de olhos azul-bebê e punhos do tamanho de nabos. Ele e Quirke já se conheciam havia algum tempo, profissionalmente, no mundo, mas aqui as convenções ditavam que deviam se comportar com uma cordialidade de estranhos. Mas Quirke se sentia inepto: supusera que de algum modo a São João proporcionaria o anonimato, que isto seria o mínimo que podia esperar alguém que se entrega aos cuidados do lugar, e ficou agradecido pela jovialidade meticulosamente distante e a discrição escrupulosa do olhar claro de Whitty. Ele se submetia mansamente às sessões diárias no divã — na verdade, não era um divã, mas uma cadeira reta um tanto virada para a janela, com o psiquiatra, uma presença em grande parte do tempo muda e de respiração pesada, atrás dela — e tentava dizer as coisas que julgava esperarem dele. Ele sabia quais eram seus problemas, sabia mais ou menos a identidade dos demônios que o atormentavam, mas na

São João todos eram chamados a limpar o convés, passar uma esponja no passado, partir para um recomeço — os clichês eram outra matéria-prima da vida institucional — e ele não era exceção. "É uma longa estrada, a estrada de volta", disse o irmão Anselm. "Quanto menos bagagem você levar, melhor." Era, Quirke pensou mas não disse, como se eu pudesse desencaixotar a mim mesmo e sair vazio.

Os internos eram estimulados a formar pares, como dançarinos tímidos num baile grotesco. Segundo a teoria, o contato diário e constante com determinado companheiro de infortúnio acarretaria a partilha de confidências e a exposição pessoal franca, restauraria um senso do que era chamado ali de "mutualidade" e inevitavelmente aceleraria o processo de reabilitação. Assim, Quirke se via passando muito mais tempo do que lhe agradava com Harkness — os sobrenomes eram a regra na São João — um homem de cara endurecida e grisalho, com o aspecto indignadamente repreensivo de uma águia. Harkness tinha um senso agudo da triste comédia do que insistia em chamar de seu cativeiro, e quando ele soube qual era a profissão de Quirke, soltou uma gargalhada curta e alta que parecia alguma coisa grossa e resistente sendo partida ao meio. "Um patologista!", ele rosnou com um prazer rancoroso. "Bem-vindo ao necrotério."

Harkness — não parecia tanto um nome, mas um mal-estar físico — relutava tanto quanto Quirke na questão das confidências pessoais, e no início pouco falou de si ou de seu passado. Quirke, porém, passou a infância de órfão em instituições administradas por religiosos, e logo adivinhou que ele era — como dizem mesmo? — um homem do clero. "É isso mesmo", disse Harkness, "Irmão das Escolas Cristãs. Você deve ter ouvido o assovio da sobrepeliz." Ou da correia de couro, mais provavelmente, pensou Quirke. Lado a lado num silêncio obstinado, de cabeça baixa e as mãos entrelaçadas às costas, eles percorriam os mesmos caminhos que Quirke e o irmão Anselm faziam, sob as árvores enregelantes, como se realizassem uma penitência, o que de certa forma faziam. Com o passar das semanas, Harkness começou a soltar fragmentos duros e resistentes de informação, como se estivesse cuspindo as sementes de um fruto amargo. A sede pela bebida, ao que parecia, tinha sido a defesa contra outros impulsos.

— Deixe-me colocar da seguinte maneira — disse ele —, se eu não tivesse entrado para a Ordem, era provável que tivesse me casado. — Ele riu sombriamente. Quirke ficou chocado: nunca ouviu ninguém, muito menos um religioso, enfrentar a verdade e admitir ser homossexual. Harkness tinha perdido também sua vocação — "se é que um dia tive uma" — e chegava à conclusão de que, no todo, não existia Deus.

Depois de tais revelações graves, Quirke sentiu-se impelido a uma recíproca, mas o fez com aguda dificuldade, não por constrangimento ou vergonha — embora ele devesse estar constrangido, devesse sentir vergonha, considerando os muitos delitos que tinha em sua consciência —, mas devido ao peso repentino do tédio que o oprimia. O problema dos pecados e desgostos, descobriu ele, é que com o tempo tornam-se tediosos, até a um pecador desgostoso. Teria ele coragem de contar tudo novamente, o pandemônio que era a sua vida — as perdas calamitosas de coragem, a preguiça moral, os fracassos, as traições? Ele tentou. Contou de quando a esposa morreu no parto e ele entregou a filha bebê à cunhada e escondeu o fato da criança, Phoebe, agora uma jovem, por quase vinte anos. Quirke ouvia a si mesmo como se fosse a história de outra pessoa contada por ele.

— Mas ela vem visitá-lo — disse Harkness, numa perplexidade carrancuda, interrompendo-o. — Sua filha... Ela vem de visita.

— Sim, ela vem. — Quirke já não achava mais este fato surpreendente, mas agora o via sob nova ótica.

Harkness nada mais disse, apenas assentiu uma vez, com uma expressão de surpresa amargurada, e virou a cara. Harkness não recebia visitas.

Quando Phoebe chegou naquela quinta-feira, Quirke, pensando no solitário Irmão das Escolas Cristãs, fez um esforço a mais para lhe dar atenção e apreciar o consolo que ela pensava lhe trazer. Eles se sentaram na sala de visitantes, um canto gélido e envidraçado do vasto hall de entrada — em tempos vitorianos, o prédio fora a grandiosa e medonha sede de um órgão do governo britânico na cidade —, onde havia mesas com tampo de plástico e cadeiras de metal e, numa extremidade, um balcão em que ficava uma chaleira elétrica que roncava e sibilava o dia todo. Quirke achou a filha mais pálida do que de costume e tinha olheiras feito hematomas. Ela também parecia distraída. Em geral tinha um caráter melancólico e estiolado que ficava cada vez mais acentuado com o avançar por seus vinte anos; todavia, ela se transformava numa linda mulher, percebeu ele com certa surpresa e uma inquietação inexplicável, mas intensa. Sua palidez era acentuada pela roupa preta que vestia, saia e colete pretos, e um casaco preto um tanto surrado. Eram suas roupas do trabalho — Phoebe tinha um emprego numa loja de chapéus —, mas ele pensou que lhe conferiam demasiado o ar de uma freira.

Eles se sentaram de frente um para o outro, de mãos estendidas pela mesa, as pontas dos dedos quase se tocando, mas sem chegar a tanto.

— Você está bem? — perguntou ele.

— Sim. Estou ótima.

— Você parece... Não sei... Tensa?

Ele viu que ela decidia declinar sua solidariedade. Ela olhou o janelão ao lado deles, onde a neblina se acumulava na vidraça feito gás comprimido. Suas canecas cinza de chá estavam impassíveis na mesa diante deles, intocadas. O chapéu de Phoebe também pousado na mesa, uma confecção mínima de renda e veludo pretos, com uma pluma escarlate de dramaticidade incongruente. Quirke assentiu para o chapéu.

— Como está a dona Fulana?
— Quem?
— A dona da loja de chapéus.
— A sra. Cuffe-Wilkes.
— Deve ser um nome inventado.
— Existiu um sr. Wilkes. Ele morreu e ela começou a chamar a si mesma de Cuffe-Wilkes.
— Existe um sr. Cuffe?
— Não. Este era seu nome de solteira.
— Ah.

Ele pegou a cigarreira, abriu e ofereceu a ela na palma da mão. Ela meneou a cabeça.

— Eu parei.

Ele escolheu um cigarro para si mesmo e acendeu.

— Você fumava... como se chama mesmo, aquele de formato oval?
— Passing Clouds.
— Isso mesmo. Por que parou?

Ela abriu um sorriso irônico.

— E você, por que parou?
— Por que parei de beber, quer dizer? Ah, ora essa.

Os dois viraram a cara, Phoebe em direção à janela novamente e Quirke de lado, para o chão. Havia meia dúzia de duplas no lugar, todas sentadas a mesas o mais distante possível dos outros. O piso era de lajotas grandes de borracha preta e branca e, com as pessoas distribuídas daquela maneira, a sala parecia armada para um jogo de xadrez silencioso em tamanho natural. O ar tinha um forte cheiro de fumaça de cigarro e chá fervido, e havia um leve vestígio também de algo medicinal e vagamente punitivo.

— Este lugar é medonho — disse Phoebe, depois olhou com culpa para o pai. — Desculpe.

— Pelo quê? Você tem razão, é medonho. — Ele parou. — Vou-me embora daqui.

Ele ficou tão assustado quanto ela. Não tinha consciência de ter tomado a decisão até anunciá-la. Mas agora, feito o anúncio, ele percebeu que havia se decidido no momento em que, andando pelo jardim naquele dia, sob as árvores austeras, falando da filha de Quirke, Harkness virou-se de lado com aquela expressão amargurada e chocada de seu olho aquilino. Sim, foi então, agora Quirke compreendia, que ele se decidiu mentalmente pela jornada de volta a algo semelhante a um sentimento, a algo parecido com — como se chama? — a vida. O irmão Anselm tinha razão: havia uma longa viagem pela frente.

Phoebe dizia alguma coisa.

— O quê? — disse ele, com certa irritação, tentando não fechar a cara. — Desculpe, eu não estava ouvindo.

Ela o olhou com aquele ar depreciativo, de cabeça tombada de lado, o queixo baixo, uma sobrancelha erguida, que ela costumava lançar quando era pequena e ainda pensava que ele era seu tio; a atenção dele na época também era muito instável.

— April Latimer — disse ela. Ele ainda estava de cenho franzido, sem esclarecimento. — Eu estava dizendo que ela parece ter... partido ou coisa assim.

— Latimer — disse ele, cauteloso.

— Oh, Quirke! — exclamou Phoebe. Era assim que ela o chamava, nunca pai, papai, meu pai. — Minha amiga, April Latimer. Ela trabalha no seu hospital. É residente.

— Não consigo situá-la.

— O pai dela era Conor Latimer e o tio é o ministro da Saúde.

— Ah. Daqueles Latimer. Disse que está desaparecida?

Ela o fitou, sobressaltada: não usou a palavra "desaparecida", por que ele a empregou? O que ele ouviu em sua voz que o alertou do que ela temia?

— Não — disse ela com firmeza, balançando a cabeça —, não desapareceu, mas... parece... parece ter partido, sem contar a ninguém. Não sei nada dela há mais de uma semana.

— Uma semana? — disse ele, deliberadamente indiferente. — Não é muito tempo.

— Em geral ela telefona todo dia, ou dia sim, dia não, no mínimo. — Ela se obrigou a dar de ombros e se recostou; tinha a convicção assustadora de que quanto mais claramente permitisse que sua preocupação transparecesse, mais provável seria ter acontecido algo de calamitoso com a amiga. Não fazia sentido, entretanto ela não conseguia se livrar desta ideia. Sentiu os olhos de Quirke; parecia-lhe a mão de um médico, procurando pelo lugar enfermo, o local doente, o ponto onde doía.

— E o hospital? — disse ele.

— Já telefonei. Ela mandou um bilhete dizendo que não iria.

— Até quando?

— O quê? — Ela o olhou fixamente, confusa por um momento.

— Quanto tempo ela disse que ficaria fora?

— Não perguntei.

— Ela deu algum motivo para não ir? — Phoebe meneou a cabeça; não sabia. Ela mordeu o lábio inferior até ficar branco. — Talvez ela esteja gripada — disse ele. — Talvez tenha decidido sair para umas férias... Eles obrigam esses residentes a trabalhar feito negros, sabe disso.

— Ela teria me falado — murmurou Phoebe. Ao dizer isso, com aquela boca obstinada, por um segundo ela era de novo a criança de que ele se lembrava.

— Vou telefonar para o pessoal de lá — disse ele —, ao departamento dela. Descobrirei o que está acontecendo. Não se preocupe.

Ela sorriu, mas tão hesitante, com tal esforço, ainda mordendo o lábio, que ele viu com clareza o quanto estava aflita. O que ele ia fazer, o que dizer a ela?

Ele a acompanhou até o portão da frente. O breve dia findava e a escuridão do crepúsculo pairava na neblina e a adensava, como fuligem. Ele não vestia o sobretudo e sentia frio, mas insistiu em ir até o portão. Suas despedidas sempre eram canhestras; ela lhe dera um beijo apenas uma vez, anos antes, quando ainda não sabia que ele era seu pai, e nesses momentos a lembrança daquele beijo ainda faiscava entre os dois como um clarão de magnésio. Ele a tocou de leve no cotovelo com a ponta do dedo e recuou um passo.

— Não se preocupe — repetiu, e novamente ela sorriu, assentiu e se afastou. Ele a viu passar pelo portão, com aquela pluma escarlate absurda no chapéu descendo e oscilando, depois chamou por ela.

— Esqueci de lhe contar... Vou comprar um carro.

Ela se virou, sobressaltada.

— O quê? Você nem sabe dirigir.

— Sei disso. Você pode me ensinar.

— Também não sei dirigir!

— Bem, aprenda, assim aprenderei com você.

— Você é louco — disse ela, meneando a cabeça e rindo.

3

Quando ouviu o telefone tocar, Phoebe de algum modo sabia que a ligação era para ela. Embora a casa fosse dividida em quatro apartamentos, havia apenas um telefone público, no hall da frente, e o acesso a ele era fonte constante de competitividade e rixas entre os inquilinos. Ela morava ali havia seis meses. A casa era desolada e dilapidada, muito menos agradável do que o lugar em que morava antes, na rua Harcourt, mas depois de tudo o que aconteceu lá, ela não pôde ficar. Trouxe suas coisas para cá, é claro, as fotografias e objetos de decoração, o urso de pelúcia rasgado de um olho só, até alguns móveis que o senhorio deixou que ela levasse, mas, ainda assim, ansiava pelo antigo apartamento. Lá, sentia-se no coração movimentado da cidade; aqui, na Haddington Road, era quase o subúrbio. Havia dias em que, ao virar a esquina vindo da ponte da rua Baggot, ela olhava a longa curva deserta para Ringsend e sentia a solidão de sua vida se abrir sob seus pés como um precipício. Phoebe sabia que era solitária demais, outro motivo para não perder uma amiga como April Latimer.

Quando Phoebe saiu no patamar da escada, o jovem gordo do apartamento do térreo a olhava de cara feia ao pé da escada. Sempre era o primeiro a chegar ao telefone, mas nenhuma ligação parecia ser para ele.

— Eu gritei — disse ele de mau humor —, você não ouviu? — Ela não ouviu nada; tinha certeza de que ele mentia. Ela desceu a escada às pressas enquanto o jovem voltava a seu apartamento e batia a porta.

O telefone, operado a moedas, era uma caixa de metal preto aparafusada na parede, acima da mesa do hall. Quando levou o fone pesado ao ouvido, Phoebe estava convencida de que um sopro do hálito cariado do jovem gordo atingira o bocal.

— Sim? — disse ela, em voz baixa, ansiosa. — Sim?

Claro que ela alimentava esperanças, desesperadas, de que fosse April, mas não era e seu coração, que batera com tanta expectativa, voltou a seu ritmo de costume.

— Alô, Pheeb, é o Jimmy.

— Ah. Olá. — Ele não escreveu uma matéria sobre April; ela olhou o *Mail*, e agora se sentia culpada e também tola, por ter suspeitado de que o faria.

— Esqueci de perguntar a você ontem... Você viu se a chave de April estava lá, quando a procurou?

— O quê? Que chave?

— Aquela que ela deixa debaixo da lajota quebrada da porta da frente, se ela estiver fora, esperando que alguém apareça. — Phoebe não disse nada. Como Jimmy sabia dessa combinação com a chave e ela não? Por que April nunca falou nisso? — Vou até lá agora, ver se está lá — dizia Jimmy. — Quer se encontrar comigo?

Ela atravessou rapidamente a ponte com o cachecol enrolado no rosto, cobrindo a boca. A neblina levantara, mas persistia uma névoa fria e fina. A Herbert Place ficava apenas uma rua adiante, do outro lado do canal. Quando Phoebe chegou à casa, não havia sinal de Jimmy. Ela subiu a escada e apertou a campainha, caso ele tivesse chegado antes e entrado, mas evidentemente não era assim.

Ela olhou as lajotas de granito, tentando localizar a que estivesse solta. Passaram-se minutos; ela se sentia constrangida e exposta, pensando que alguém podia aparecer, exigindo saber por que ela estava parada ali, quando obviamente a pessoa cuja campainha ela tocara não estava em casa. Ficou aliviada quando viu Jimmy andando às pressas pelo caminho de sirga. Passou pela abertura na grade preta e disparou pela rua, ignorando um automóvel que deu uma guinada para se desviar dele, berrando sua indignação.

— Nenhum sinal ainda? — Ele se juntou a ela no alto da escada. Estava com sua capa de chuva plástica com aquele cheiro ácido desagradável. Com o calcanhar do sapato, ele apertou a beira de uma lajota ao lado do capacho e um canto quebrado se ergueu, revelando a Phoebe o leve brilho de duas chaves em um chaveiro.

A névoa penetrara no hall e uma tênue faixa dela pendia imóvel como ectoplasma na escada. Eles subiram em silêncio ao segundo andar. Phoebe subira aquela escada vezes sem conta, mas de repente sentia-se uma invasora. Não havia percebido que o carpete estava gasto na borda de cada degrau, nem que as varetas de junção estavam enegrecidas e ausentes a certos intervalos. Na porta do apartamento de April, eles hesitaram, trocando um olhar. Jimmy bateu suavemente com os nós dos dedos. Eles esperaram um momento, mas não veio nenhum ruído lá de dentro.

— E então? — cochichou ele. — Vamos nos arriscar?

O som áspero da chave cinzelando a fechadura a fez se encolher.

Ela não sabia o que esperava encontrar ali dentro, mas claramente não faltava nada, ou nada que pudesse detectar. April não era a pessoa mais arrumada do mundo, e a desordem na casa era familiar e tranquilizadora: como pode ter acontecido alguma coisa ruim com quem tinha lavado aquelas meias-calças e deixado penduradas na guarda da lareira? E veja aquela xícara com o pires na mesa de centro — a borda da xícara marcada com um crescente de batom vermelho — e aquele pacote pela metade de biscoitos Marietta, tão comuns, tão caseiros. Ao mesmo tempo, havia algo na atmosfera que não podia ser ignorado, algo tenso, vigilante e taciturno, como se a presença dos dois fosse registrada e provocasse rancor.

— E agora? — disse ela.

Jimmy semicerrava os olhos desconfiados para a sala, como sempre bancando o repórter obstinado; num instante, pegaria bloco e lápis. Phoebe não lembrava exatamente onde conheceu Jimmy, nem quando. Era estranho: parecia conhecê-lo há um tempo incrivelmente longo, todavia não sabia quase nada a respeito dele; nem mesmo onde morava. Ele era tagarela e falava incansavelmente de qualquer assunto, exceto de si mesmo. Ela se admirou com o fato de April ter contado a ele sobre a chave da porta debaixo da lajota. Será que outros foram informados desse arranjo? Ocorreu a Phoebe que se ela era única a quem April não contou nada, talvez não fosse tão estranho que a amiga parasse de lhe telefonar — talvez April não pensasse nela como uma amiga, apenas uma conhecida a ser usada ou descartada segundo seus caprichos. Se assim fosse, ela não precisaria se preocupar tanto. Começava a se sentir agradavelmente magoada, mas então lhe ocorreu que Jimmy, a quem April contara sobre a chave e, portanto, devia considerar um amigo íntimo, também não sabia dela; assim como ninguém mais em seu círculo, pelo que Phoebe sabia.

Como se tivesse lido seus pensamentos — às vezes ele mostrava um estranho talento para a clarividência — ele agora perguntava:

— Até que ponto você a conhece? Quero dizer, a April.

Eles estavam no meio da sala. Fazia frio, ela ainda tinha o cachecol em volta do pescoço e sentia um formigamento nas pontas geladas dos dedos, embora suas mãos estivessem no fundo dos bolsos do casaco.

— Como todo mundo, acho — disse ela. — Ou pensei que conhecesse. Antigamente nos falávamos quase todo dia. Por isso fiquei preocupada de não ter notícias dela. — Ele ainda olhava a sala, assentindo, e roía o canto do lábio superior. — E você?

— Ela sempre foi um bom contato.

— Um contato?

— No hospital. Se houvesse alguma história, algum figurão que bateu em alguém quando estava bêbado, ou um suicida em recuperação, eu sempre podia confiar que April me passaria os detalhes.

Phoebe o encarou.

— April lhe contava essas coisas? — Era difícil de acreditar. A April que ela conhecia, que pensou que conhecesse, certamente não passaria informações como essas a um repórter, mesmo que fosse seu amigo.

— Ela não me passava nada de confidencial — disse Jimmy, na defensiva. — Uma ligação para ela me poupava tempo, é só isso. Você não sabe o que é trabalhar com prazos apertados. — Não era atraente aquele tom lamentativo de injustiça em que ele às vezes recaía. Ele foi até a janela e olhou para fora. Mesmo de costas, tinha um ar contrariado e ressentido. Ela sabia havia muito que ele podia ficar amuado rapidamente; já vira acontecer com muita frequência.

— Você se dá conta — disse ela — de que estamos falando dela o tempo todo no passado?

Ele se virou e os dois se olharam.

— O quarto fica ali — disse Jimmy —, ainda não olhamos.

Eles entraram. A bagunça ali era pior do que na sala de estar. As portas do guarda-roupa estavam escancaradas, as roupas em seu interior amarrotadas e puxadas de qualquer forma. Peças de roupa íntima estavam amassadas no chão, onde tinham sido largadas e esquecidas. Uma velha máquina de escrever Remington preta se destacava numa mesa no canto e à sua volta havia pilhas de livros didáticos, papéis e fichários volumosos, quase cobrindo o telefone, um modelo antiquado com uma manivela de metal na lateral para a ligação com a telefonista. Também havia uma xícara ali, contendo os restos ressecados e rachados de café que ainda emanavam um leve aroma amargo. April era viciada em café e o bebia o dia todo, em metade da noite também, se estivesse trabalhando no turno noturno. Phoebe ficou parada ali, olhando ao seu redor. Sentia que não devia tocar em nada, convencida de que, se o fizesse, o objeto tocado viraria farelo sob seus dedos: de repente tudo ali era quebradiço. O cheiro do café de uma semana e outras coisas — pó facial, poeira, roupas de cama usadas — aquele cheiro mesclado e rançoso que sempre tinham os quartos, dava-lhe náuseas.

E, estranhamente, a cama estava arrumada, e num padrão hospitalar, os cobertores e lençóis metidos pelo colchão e o travesseiro tão achatado e liso como um banco de neve.

Jimmy falou às costas dela.

— Veja só isto. — Uma porta estreita de compensado com painéis de persiana levava a um banheiro mínimo e sem janelas. Ele estava ali dentro, recurvado sobre a cuba da pia. Olhou para Phoebe por sobre o ombro e esta, mesmo ao se aproximar, teve o desejo de voltar. A cuba estava amarelada do tempo e tinha manchas de zinabre abaixo de cada uma das duas torneiras. Jimmy apontava um risco fraco, estreito e amarronzado que corria do ladrão no fundo até quase o ralo. — Isto é sangue.

Eles ficaram ali, olhando, mal respiravam. Mas seria isso assim tão extraordinário, afinal, uma manchinha de sangue no banheiro? Entretanto, para Phoebe era como se uma pessoa sorrindo inofensivamente se voltasse para ela e abrisse a mão, mostrando-lhe algo pavoroso. Sua náusea agora era distinta. Imagens do passado pululavam em sua mente, bruxuleando como em um antigo cinejornal. Um carro num promontório nevado e um jovem com uma faca. Um velho, mudo e furioso, deitado numa cama estreita entre duas janelas altas. Uma figura de cabelos prateados empalada, ainda se contorcendo, em grades pretas. Ela teria de se sentar, mas onde, no quê? Qualquer coisa em que recostasse seu peso podia se abrir e libertar horrores. Parecia-lhe que suas entranhas se liquefaziam e de repente teve uma dor de cabeça penetrante, parecia estar fitando uma névoa vermelha e impenetrável. Em seguida, inexplicavelmente, ela estava entre sentada e deitada à porta do banheiro com a persiana a suas costas, um de seus sapatos tinha saído e Jimmy estava agachado ao lado dela, segurando sua mão.

— Você está bem? — perguntou ele, angustiado.

Ela estava? Ainda tinha aquela dor de cabeça penetrante, como se um fio em brasa tivesse sido empurrado para o centro de sua testa.

— Desculpe — disse Phoebe, ou tentou dizer. — Eu devo ter... Devo ter...

— Você desmaiou — Ele a olhava atentamente, com o que pareceu a ela um brilho ligeiramente cético, como se de certo modo suspeitasse de que seu desmaio fosse fingimento, certa histrionice de quem quer atenção.

— Desculpe — repetiu ela. — Acho que vou vomitar.

Ela se esforçou para ficar de pé e cambaleou à frente, de joelhos, recurvando-se sobre a privada com as mãos apoiadas no assento. Seu estômago se soergueu, mas nada houve exceto uma ânsia seca. Quando foi a última vez que ela comeu? Por um momento, não conseguiu se lembrar. Afastou-se e se sentou de repente no chão, com as pernas se dobrando desajeitadamente sob o corpo.

Jimmy foi preparar um chá no nicho ao lado da sala de estar que se fazia passar por cozinha, de onde ela o ouviu encher a chaleira e pegar a louça no armário. Ela queria se deitar na cama, mas não tinha coragem para isso — era a cama de April, afinal, e, além de tudo, o rigor com que foi arrumada a tornava proibitiva — em vez disso, sentou-se numa cadeira na frente da mesa com a pilha alta de papéis, ainda tremendo um pouco, com a mão no rosto. A dor por trás de sua testa tinha se espalhado para baixo e agora pressionava o fundo de seus olhos.

— O leite azedou — disse Jimmy, baixando uma xícara e seu pires diante dela na mesa. — Mas tem muito açúcar, coloquei três colheres.

Ela tomou um golinho do chá escaldante e agridoce e tentou sorrir.

— Eu me sinto uma boba. Não sei se já desmaiei um dia na minha vida. — Ela olhou para Jimmy por cima da borda fumegante da xícara. Ele estava de pé diante dela com as mãos nos bolsos da calça, a cabeça tombada de lado, olhando-a. Ainda tinha a capa de chuva fedorenta. — O que vamos fazer? — perguntou ela.

Ele deu de ombros.

— Não sei.

— Procurar a polícia?

— E dizer o quê?

— Bom, que... que April não dá notícias, que entramos em seu apartamento e estava vazio, que havia uma mancha de sangue na pia. — Ela parou. Podia ouvir a si mesma e parecia ilógica, ilógica e fantasiosa.

Jimmy se virou e andou pelo quarto, traçando um caminho sinuoso por entre a roupa de baixo espalhada de April.

— Ela pode estar de férias... Você sabe o quanto é impulsiva.

— Mas e se não estiver de férias?

— Veja bem, ela pode ter adoecido e ido para a casa da mãe. — Phoebe bufou. — Bem, pode ter ido — insistiu ele. — Quando uma garota fica doente, seu primeiro instinto é voltar correndo para o ninho. — Onde, perguntou-se ela, ficava o ninho que Jimmy procuraria, se ele adoecesse ou tivesse problemas? Ela o imaginou, um chalé apertado e caiado numa rua sem calçamento, com uma montanha ao fundo e um cachorro rosnando no portão, e uma figura de avental acenando insegura no escuro da soleira da porta. — Por que não telefona para ela? — disse ele.

— Para quem?

— A mãe. A sra. Latimer, a velha de ferro.

Evidentemente, era a coisa óbvia a fazer, o que ela deveria ter feito antes de tudo, mas a ideia de falar com aquela mulher a amedrontava.

— Eu não saberia o que dizer — disse ela. — De qualquer modo, você tem razão, April pode estar em qualquer lugar, fazendo qualquer coisa. Só porque ela não nos telefonou, não quer dizer que ela... Não quer dizer que ela esteja desaparecida. — Ela meneou a cabeça e estremeceu quando a dor latejou renovada por trás dos olhos. — Acho que devíamos nos reunir, nós quatro, você, eu, Patrick e Isabel.

— Quer dizer uma conferência? — disse ele. — Um conselho de emergência? — Ele ria para ela.

— Sim, se preferir — disse ela resoluta, sem se abalar. — Vou telefonar a eles e sugerir um encontro esta noite. No Dolphin? Às sete e meia, como sempre?

— Tudo bem. Talvez eles saibam de alguma coisa... Talvez um deles até tenha tido notícias dela.

Ela se levantou e foi à cozinha, levando a xícara de chá.

— Quem sabe? — disse ela por sobre o ombro. — Eles podem ter ido a algum lugar juntos, os três.

— Sem nos contar?

E por que não? pensou Phoebe. Tudo era possível — tudo. Afinal, April não lhe contou sobre a chave embaixo da lajota. Que outros segredos estaria guardando dela?

4

O apartamento de Quirke tinha o ar acanhado e ressentido de uma sala de aula indisciplinada, subitamente silenciada pela volta inesperada do professor. Ele baixou a mala e andou pelos cômodos, olhando cantos, examinando coisas, sem saber o que esperava encontrar e encontrando tudo como estivera na manhã da véspera de Natal em que o táxi o levou, transpirando e trêmulo, à Casa de São João da Cruz. Isto era obscuramente decepcionante; teria ele esperado por uma violação afrontosa, as janelas quebradas, seus pertences roubados, a cama revirada e os lençóis cagados? Não parecia certo que tudo continuasse intacto e inabalável enquanto ele estava longe sofrendo tais provações. Ele voltou à sala de estar. Seu sobretudo ainda estava abotoado. Não havia um fogo aceso no apartamento fazia quase dois meses, e o ar parecia mais frio aqui do que do lado de fora. Ele ligou na tomada a lareira elétrica, ouvindo-se resmungar enquanto se abaixava à parede; imediatamente sentiu o cheiro de tostado da resistência avermelhando-se e queimando as semanas de poeira que se acumularam ali. Depois, entrou na cozinha e abriu inteiramente os quatro queimadores do fogão a gás, acendendo também o forno, ajustando no máximo. Malachy Griffin não se arriscou a passar da porta da frente, onde estava agora emoldurado pelo patamar da escada a suas costas, com seu impermeável cinza e um cachecol de lã, vendo Quirke reconquistar carrancudo seu território. Malachy era alto e magro, seu cabelo rareava; os óculos sem aro conferiam aos olhos um brilho lacrimoso.

— Posso comprar alguma coisa para você? — perguntou ele.

Quirke se virou.

— O quê? — Ele estava na janela da cozinha espaçosa, as mãos nos bolsos do sobretudo. Tinha um olhar perdido e vago. A luz enevoada caía nele da janela, um nevoeiro fino e prateado.

— Vai precisar de mantimentos. Leite. Pão.

— Daqui a pouco irei ao Q & L.

Caiu um silêncio um tanto desesperado. Quirke desejou que seu cunhado ou fosse embora, ou entrasse e fechasse a porta. Todavia, ao mesmo tempo não queria que fosse, ainda não: até a companhia de Malachy era preferível a ficar sozinho consigo mesmo naquele ambiente repentinamente alienado e triste. Ia abrir uma porta do armário, mas parou. Ele riu.

— Meu Deus, eu estava prestes a servir uma bebida para nós dois!

— Por que não vamos ao Shelbourne? — disse Malachy. — Você nem deve ter tomado o café da manhã, não? — Ele pensava que o tamanho de Quirke — a cabeça grande, aqueles ombros enormes — fazia-o parecer mais vulnerável agora.

— Não sou de comer muito ultimamente. O metabolismo muda quando retiramos a bebida. Como um bebê que foi desmamado, suponho.

Os jatos de gás sibilavam e crepitavam, dissipando um calor fraco e lasso no ar.

— Mesmo assim, você tem de...

— Não me diga que eu tenho de conservar minhas forças.

Fez-se outro silêncio, desta vez um tanto ofendido da parte de Malachy. Quirke gesticulou um pedido de desculpas irritado, balançando a cabeça. Desligou o gás.

— Tudo bem, vamos — concordou ele.

A atmosfera do lado de fora tinha a textura de algodão molhado e frio. O carro de Malachy estava estacionado junto ao meio-fio; embora Malachy o tivesse buscado na frente da São João, só agora Quirke reconhecia, com um choque embotado, que o veículo era o Humber grande, preto e velho que já pertencera ao juiz Garret Griffin, seu pai adotivo. O juiz, agora morto, era o pai biológico de Malachy; ele se equivocou com os dois. Por que Malachy dirigia o automóvel do velho demônio — o que era isso, um gesto de perdão e compaixão filial?

Quirke sugeriu que fossem a pé. Eles partiram pela rua Mount, seus passos elevando uma batida atrasada atrás deles. Suspensa na neblina, havia uma poeira de carvão das lareiras da cidade; eles podiam sentir as partículas nos lábios e entre os dentes. Na esquina da Merrion Square, entraram à esquerda na direção da rua Baggot.

— A propósito — disse Quirke —, conhece aquela jovem do hospital, a filha de Conor Latimer?

— Latimer? De que departamento ela é?

— Não sei. Clínica geral, imagino. Ela é residente.

Malachy refletiu; Quirke quase podia ouvir seu cérebro trabalhando, como se ele estivesse folheando uma série de fichas; Malachy tinha orgulho de sua memória para os detalhes, ou costumava ter antes de Sarah morrer e ele perder o interesse por essas coisas.

— Latimer — repetiu. — Sim. Alice Latimer... Não, April. Já vi essa moça. Por quê?

O sinal de trânsito na esquina da Fitzwilliam ficou vermelho, penetrando a névoa com um brilho artificial e quase maligno.

— Phoebe a conhece. Elas são amigas. — Malachy ficou em silêncio. A menção do nome de Phoebe sempre criava embaraço entre os dois homens: afinal, Phoebe cresceu pensando que seu pai fosse Malachy, e não Quirke. — Parece — disse Quirke, dando um pigarro — que ela não tem notícias da amiga há algum tempo.

Malachy não olhou para ele.

— Não tem notícias de quem?

Eles entraram à direita na Baggot. Uma pedinte de xale de tartã abordou os dois, soltando suas lamúrias deploráveis; Quirke lhe deu uma moeda e ela balbuciou uma bênção às costas deles.

— Phoebe está preocupada — disse Quirke. — Parece que as duas tinham o hábito de se falar todo dia ao telefone, ela e a menina Latimer, mas faz mais ou menos uma semana que não recebe um telefonema dela.

— Ela esteve no trabalho, a April Latimer?

— Não... Mandou um bilhete alegando doença.

— Ora, então.

— Phoebe não se convenceu.

— Sim — disse Malachy depois de uma pausa —, mas Phoebe sempre se preocupa. — Era verdade; para alguém tão jovem, Phoebe conheceu uma infelicidade desproporcional na vida — traição, estupro, mortes violentas — e como poderia não temer o pior? — E quanto à família? — perguntou Malachy. — O tio dela não seria Bill Latimer? Nosso estimado ministro. — Os dois abriram um sorriso cruel.

— Não sei. Acho que Phoebe não falou com eles.

— E o irmão? Ele não mora na Fitzwilliam Square?

— Oscar Latimer... É irmão dela?

— Acho que sim. — Malachy voltou a ficar ensimesmado. — Pelo que soube, ela era dona de certa má fama — disse ele —, a mesma senhorita, ou eu deveria dizer dra. Latimer.

— Ah, sim? Má fama do quê?

— Ora, você sabe, o de sempre. Bebe um pouco, anda com um pessoal desregrado. Um sujeito do Colégio de Cirurgiões, esqueci o nome dele. Estrangeiro. — Ele se interrompeu, franzindo a testa. — E aquela do Gate, a atriz, qual é o nome dela?... Galway?

— Isabel Galloway? — Quirke riu. — Esta é mesmo desregrada, sem dúvida.

Eles atravessavam o alto da rua Merrion quando um ônibus verde de dois andares apareceu subitamente da neblina, em direção a eles, com um ronco, e os dois tiveram de pular apressadamente para a segurança da calçada. O fedor da porta do Donehy & Nesbitts fez o estômago de Quirke se revirar.

— Neste caso, ela pode ter ido à Inglaterra — disse Malachy, tossindo um pouco.

Quirke sabia que "ir à Inglaterra" era um eufemismo.

— Ah, o que é isso, Mal — disse ele secamente. — Ela não teria conseguido que um de seus colegas do hospital ajudasse num probleminha desse gênero?

Malachy não respondeu e Quirke, divertindo-se, olhou-o de lado e viu sua boca enrijecer em um franzido lastimoso. Malachy era obstetra do Hospital da Sagrada Família e não recebia de bom grado nem mesmo a sugestão de que April Latimer ou qualquer outra pudesse fazer um aborto ilegal ali.

No Shelbourne, diante da porta de vidro giratória, Quirke empacou.

— Desculpe, Mal — murmurou ele —, não posso enfrentar isso. — A ideia de toda aquela tagarelice e claridade ali dentro, os copos piscando e as caras brilhantes dos bebedores matinais, era insuportável. Ele transpirava; sentia o calor úmido no peito e na testa por baixo da aba do chapéu, que de repente ficou apertado demais. Eles se viraram e voltaram pelo caminho que haviam tomado.

Não trocaram uma só palavra até chegarem à Q & L. Quirke não sabia por que a loja se chamava Q & L e nunca teve curiosidade suficiente para perguntar. O proprietário — ou mais propriamente o filho do proprietário, uma vez que a loja era de um viúvo idoso, preso ao leito por muitos anos — era um gordo de meia-idade com uma cara de lua e cabelo com brilhantina esticado para trás. Sempre parecia vestido para as corridas, em seu traje costumeiro de camisa quadriculada, gravata-borboleta e colete amarelo canário, paletó de tweed e calça de veludo creme. Tendia a imprevisíveis e breves manifestações de ânimo — de repente podia cantar yodel, ou sorrir feito um chimpanzé, e por várias vezes Quirke esteve presente para testemunhá-lo ensaiar alguns passos de dança atrás do balcão, estalando os dedos e batendo os calcanhares de seus sapatos castanhos. Hoje ele estava num humor discreto, devido aos efeitos desanimadores da neblina, talvez. Quirke comprou um pão Procea, seis ovos, manteiga, leite, dois pacotes pequenos de cavacos, um maço de cigarros Senior Service e uma caixa de fósforos. A aparência dessas coisas no balcão de repente o inundou de uma onda de autopiedade.

— Muito obrigado — disse o lojista abruptamente, entregando-lhe o troco.

No apartamento, Quirke tirou o aquecedor elétrico da tomada — tinha produzido pouco efeito no cômodo grande, de pé-direito alto — e amassou as páginas de um exemplar antigo do *Irish Independent*, colocando-as na lareira com o cavaco por cima e pedaços de carvão do cesto, e acendeu um fósforo no jornal, recuando para ver as chamas pegarem e os rolos de fumaça branca e densa subirem sinuosos. Em seguida entrou na cozinha e preparou dois ovos mexidos e fatias de pão torrado no grill a gás. Malachy aceitou uma xícara de chá, mas não comeu nada.

— Meu Deus — disse Quirke, suspendendo o bule de chá no ar —, olhe para nós, parecemos duas velhas em dia de pagamento da pensão. — Eles se casaram com duas irmãs. Delia, a mulher de Quirke, morreu no parto, tendo Phoebe; Sarah, de Malachy, sucumbiu a um tumor no cérebro dois anos atrás. A viuvez combinava com Malachy, ou assim parecia a Quirke; era como se ele tivesse nascido para ficar de luto.

Os sinos da ave-maria repicaram de todos os cantos da cidade.

Quirke se sentou à mesa, ainda de sobretudo, e começou a comer. Podia sentir que Malachy o observava com a sombra melancólica de um sorriso. Certa intimidade, embora desconfortável, desenvolvera-se entre os dois desde a morte de Sarah. Eles eram na realidade como dois camaradas assexuados, refletiu Quirke, dois andróginos envelhecidos arrastando-se de braços dados pelo trecho intermediário e fatigante da longa estrada da vida. Os pensamentos de Malachy deviam correr pela mesma via, porque agora assustou Quirke ao falar.

— Estou pensando em me aposentar... Já lhe contei?

Quirke, com a xícara de chá suspensa, o encarou.

— Aposentar-se?

— Meu coração não é mais o mesmo — disse Mal, erguendo e deixando cair o ombro esquerdo, como quem demonstra uma deficiência de lastro desse lado.

Quirke baixou a xícara.

— Pelo amor de Deus, Malachy, você ainda nem tem cinquenta anos.

— Parece que tenho. Eu me sinto com uns oitenta.

— Você ainda está de luto.

— Depois de todo esse tempo?

— *Leva* todo esse tempo. Sarah era... — Ele se interrompeu, franzindo o cenho; não sabia como começar a relacionar o que Sarah foi. Afinal, eles a amavam, Quirke assim como Malachy, cada um a seu modo.

Mal sorriu, infeliz, e levantou a cabeça para a luz cinzenta na janela, ao lado da pequena mesa a que se sentavam. Ele suspirou.

— Não é Sarah, Quirke, sou eu. Alguma coisa se foi na minha vida, algo mais do que Sarah... Quer dizer, que é diferente de Sarah. Alguma coisa *minha*.

Quirke afastou o prato; seu apetite, que nem era tão agudo, sumira. Ele se recostou na cadeira e acendeu um cigarro. Malachy o lembrava alguém e agora ele percebia quem era: Harkness, mas sem a amargura revigorante e o desdém mordaz do Irmão apóstata.

— Você precisa aguentar, Mal. Isto é tudo que existe, esta vida. Se alguma coisa nela se acabou para você, é tarefa sua substituí-la.

Malachy o fitava, seus olhos mal eram visíveis por trás daquelas lentes reluzentes; Quirke se sentia um espécime sendo estudado sob uma lente. Agora Mal perguntou em voz baixa:

— Você jamais quis... acabar com tudo?

— Claro que sim — respondeu Quirke com impaciência. — Nos últimos meses, pensei pelo menos uma vez por dia que podia ser melhor ir, ou ser levado, pelo menos... O que não me importa é a viagem em si.

Malachy pensou nisso, sorrindo consigo mesmo.

— Alguém perguntou, não me lembro quem, *como podemos viver, sabendo que vamos morrer?*

— Ou você pode dizer como podemos *não* viver, sabendo que a morte espera por nós? Faz igual sentido... Talvez até mais.

Agora Malachy riu, ou pelo menos foi uma espécie de riso.

— Não sabia que você defenderia a vida com tanto entusiasmo — disse ele. — O dr. Morte, como o chamam no hospital.

— Sei disso — disse Quirke. — Sei como me chamam. — Ele bateu a cinza do cigarro no pires e viu as narinas de Malachy se retorcerem de repulsa. — Escute, Mal, vou comprar um carro. Por que não me ajuda a escolher?

Agora foi a vez de Malachy encarar. Ele não conseguiu entender.

— Mas você nem sabe dirigir.

— Eu sei que não sei — respondeu Quirke num tom cansado. — Todo mundo fica me dizendo isso. Mas posso aprender. Na verdade, decidi em que modelo estou de olho. — Ele esperou. — Não vai me perguntar qual é?

Malachy ainda o olhava como uma coruja.

— Mas por quê?

— Por que não? Tenho um saco de dinheiro que venho acumulando por todos esses anos, está na hora de comprar alguma coisa com ele, para mim mesmo. Vou comprar um Alvis.

— Que é isso?

— O melhor carro que a Grã-Bretanha já fabricou. Uma coisa linda. Conheci um sujeito que tinha um... Birtwhistle, da faculdade, lembra, que morreu? Ande, vamos à Crawford's. Tenho um conhecido lá, protestante, confiável. No ano passado fiz a autópsia de sua mãe idosa, que caiu da escada inexplicavelmente e quebrou o pescoço um dia depois de deixar seu testamento. — Ele piscou. — Vamos?

Malachy dirigia o Humber não como uma máquina, mas como uma fera grande, fumegante e imprevisível de que ele passara a se encarregar de má vontade, agarrado ao volante à distância do braço e tateando com os pés os pedais no escuro. Resmungava consigo mesmo, baixinho, lamentando a neblina, a visibilidade ruim e a imprudência dos motoristas dos outros veículos que encontrava pelo caminho. Na esquina da St Stephen's Green, enquanto eles entravam na Earlsfort Terrace, por muito pouco não bateram numa carroça de entrega da CIE puxada por um Clydesdale de trote alto, e foram seguidos por mais de vinte metros pelos xingamentos que o carreteiro gritava.

— Sabe de uma coisa — disse Malachy —, eu costumava ter orgulho de meu trabalho de ajudar as mães a trazer seus filhos ao mundo. Agora olho o mundo e pergunto se não fiz mais mal do que bem.

— Você é um ótimo médico, Mal.

— Sou? — Ele sorriu para o para-brisa. — Então por que não consigo curar a mim mesmo?

Eles seguiram por algum tempo em silêncio, depois Quirke falou.

— O desespero não é um dos grandes pecados mortais? Ou você não acredita mais nesse tipo de coisa?

Malachy não disse nada, só voltou a sorrir, mais melancólico do que nunca.

Eles estacionaram na rua Hatch — Malachy precisou de cinco minutos inteiros para manobrar numa vaga com o dobro do tamanho do Humber — e Quirke, abalado depois do percurso curto, mas desgastante, perguntava-se se devia reconsiderar a ideia de ser dono de um carro. Na calçada, ele pôs o chapéu e virou a gola do casaco para cima. O sol tentava brilhar em algum lugar, sua luz fraca criando uma mancha amarelada de urina na neblina. Enquanto eles andavam para o showroom na esquina, Malachy falou num tom preocupado.

— A mãe desse conhecido, a que caiu da escada... Quando você fez a autópsia, você não... Quer dizer, você não teria...?

Quirke soltou um suspiro.

— Você nunca tem muito senso de humor, não é, Mal?

O showroom cheirava a aço e couro, pintura nova, óleo de motor limpo. Vários carros pequenos e reluzentes destacavam-se no piso, parecendo constrangidos com a incongruência de estar entre quatro paredes, mas ao mesmo tempo transmitindo uma impressão animada e ávida, como filhotes numa loja de animais. O nome do vendedor era Lockwood, e ele era de fato, pelo que viu Mal, em cada centímetro a imagem de um crente, o que provavelmente queria dizer que não era nada religioso. Era alto e aflitivamente magro — parecia que seus longos ossos podiam chocalhar quando ele se mexia —, vestido num terno cinza risca de giz trespassado e calçado com sapatos de camurça marrom com arabescos perfurados nos bicos. Tinha olhos claros e empapuçados e um bigode que podia ter sido desenhado com um pincel de aquarela ultrafino; era jovem, mas já estava calvo, a testa alta conferindo-lhe uma aparência assustada de lebre.

— Bom-dia, dr. Quirke — disse ele —, embora não seja muito bom, suponho, com esta bendita neblina que parece que não vai levantar nunca.

Quirke apresentou Malachy, depois disse sem nenhum preâmbulo:

— Vim aqui para comprar um Alvis.

Lockwood piscou, depois uma luz quente e lenta apareceu em seus olhos.

— Um Alvis — ele suspirou, num tom baixo e reverente. — Ora essa, é claro. — Um modelo muito especial chegara justamente naquela semana, disse ele, oh, muito especial. Ele os levou pelo showroom, esfregando nervosamente as mãos de ossos longos; Quirke deduziu que calculava a comissão que ganharia com a venda e não conseguia acreditar em sua sorte. — É um TC108 Super Graber Coupé, um dos três únicos fabricados até agora, pela Willowbrook de Loughborough... É isso mesmo, apenas três. Hermann Graber, um mestre do design suíço. Seis cilindros, três litros, cem cavalos. Suspensão dianteira independente, câmbio helicoidal e caixa de direção em porca, velocidade máxima 165, de zero a cem em 13,5. Olhem essa beleza, cavalheiros... Apenas olhem para ela.

Era mesmo uma máquina magnífica, preta, cintilante, rebaixada, exibindo uma elegância incontida em cada linha. Quirke, mesmo a contragosto, estava assombrado — ele realmente entraria de posse desta fera insinuante e lustrosa? Era como levar uma pantera para casa.

Malachy, para surpresa de Quirke, começou a fazer perguntas que revelavam um conhecimento impressionante daquelas máquinas e de seus atributos. Quem teria pensado que o velho Mal entendia dessas coisas? Mas aqui estava ele, andando com gravidade em volta do carro, coçando o queixo e franzindo a testa, falando de virabrequins e para-choques Girling — para-choques Girling? — e engrenagens de válvulas e cabeçotes das hastes, com Lockwood seguindo feliz em seus calcanhares.

— Talvez você deva comprar, não eu — disse Quirke, tentando não parecer irritado, sem sucesso algum.

— Antigamente eu me interessava — disse Malachy timidamente —, quando era jovem... Não se lembra? Todas aquelas revistas de automóveis que você costumava roubar de mim.

Quirke não se lembrava, ou não se importou de lembrar. Olhou o carro novamente e se sentiu alarmado e volúvel — no que ele estava se metendo? — como se tivesse sido atraído a uma corda-bamba e ficasse petrificado de medo no meio do caminho. Entretanto, não havia mais volta. Ele preencheu o cheque, prendendo a respiração enquanto escrevia todos aqueles zeros, mas conseguiu ao mesmo tempo entregá-lo com certo floreio. Lockwood tentou manter sua tranquilidade profissional de vendedor, mas ainda escapava um sorrisinho de seu rosto comprido, e quando Quirke fez uma piada infame sobre *uma negociação difícil*, o jovem perdeu o controle e gargalhou como um estudante. Não era todo dia da semana, nem todo ano da década, aliás, que um cliente entrava e comprava um Alvis TC108 Super Coupé.

Quirke, que não admitiu a Lockwood que não sabia dirigir, ficou aliviado ao saber que o carro estaria pronto para sair quando recebesse uma "olhada completa por baixo de suas saias", como colocou Lockwood, pelos engenheiros da empresa. Quirke teve uma visão daqueles homens avançando como uma tropa de cirurgiões, de jaleco branco e luvas de borracha, cada um deles carregando uma prancheta e uma chave inglesa brilhando de nova. Ele podia pegar o carro no dia seguinte, disse Lockwood. A neblina pressionava como algodão as vidraças largas do showroom.

— Amanhã, muito bem — disse Quirke. — Muito bem. — Mas amanhã ele não seria mais capaz de dirigir do que hoje.

Peregrine Otway era filho dos mansos. Ele dizia isso de si mesmo, com frequência, com um dar de ombros cômico de autozombaria. Parecia considerar este o fato mais pertinente a se saber a seu respeito. Se fazia uma asneira, esquecia-se de trocar o óleo ou deixava sem conserto um limpador de para-brisa quebrado, ele dizia, "o que mais você esperava, vindo de um filho dos mansos?". E então soltava sua gargalhada curta e gorgolejante. Seus pais o mandaram a uma das escolas públicas inglesas menores e ele conservou o sotaque: "muito útil, quando se está administrando uma oficina de ruela... Todos acham que você é um duque disfarçado, visitando os cortiços." Suas instalações, em cavalariças na Mount Street Crescent ao lado da Pepper Canister Church, na esquina do apartamento de Quirke, consistiam em uma sala baixa feito uma caverna, fedendo a óleo e fumaça de escapamento, sem muito espaço para o carro e para trabalhar nele — Otway cavou um buraco no chão com o tamanho e a profundidade de uma cova, que proporcionava o que ele chamava de "acesso inferior", uma fórmula da qual ele extraía uma alegria inocente. Na frente, havia uma única bomba de combustível, que ele trancava com um cadeado enorme à noite. Ele era corpulento, gentil e de aspecto jovial, com uma cabeleira loura escura e olhos cândidos de bebê de um extraordinário verde muito claro. Quirke nunca o viu vestindo nada além de um macacão sujo de óleo, imemorial e esfregado a um brilho intenso da cor de massa de vidraceiro, amorfo e espaçoso, entretanto dolorosamente apertado nas axilas.

Perguntando-se como diabos o carro novo seria retirado, Quirke pensou enfim em Perry Otway e, na volta do showroom, quando Malachy foi embora, ele o procurou.

— Um Alvis? — disse Perry, soltando um assovio longo e exalado.

Quirke suspirou. Começara a se sentir um simplório casado com uma mulher famosa pela beleza; no início, a compra do carro foi emocionante e o levou a um orgulho silencioso, mas sua posse, antes mesmo que ele o tivesse dirigido, já se tornava um fardo e uma preocupação.

— Sim — disse ele, tentando demonstrar leveza —, um TC108 Super... Hmmm... Super... — Ele se esquecera de como se chamava a maldita coisa.

— Não é um Graber? — disse Perry sem fôlego, com uma expressão quase angustiada. — Um Graber Super Coupé?

— Então você conhece o modelo.

Perry soltou outra de suas gargalhadas, daquelas que pareciam um ataque de soluços.

— *Sei* da existência dele. Nunca vi um, é claro. Sabia só que existem...

— ... Três deles no mundo, sim, sei disso, e acabei de comprar um deles. De qualquer modo, o caso é que preciso de alguém que o retire para mim do showroom. — Quirke via que Perry se preparava para fazer a pergunta óbvia e continuou, apressadamente: — ... Porque eu não renovei minha habilitação. E também preciso de um lugar para guardar. — Ele olhou em dúvida por cima do ombro de Perry o interior da oficina, iluminada por uma única lâmpada suspensa em um cabo retorcido no teto.

— Tenho algumas garagens por aqui — disse Perry, apontando a rua com o polegar. — Farei para você um bom preço no aluguel, é claro. Não podemos deixar um Alvis parado na rua para ser devorado com os olhos e as mãos de qualquer João Ninguém, podemos?

— Então, posso telefonar para eles e dizer que você o pegará? Quando?

Perry pegou um trapo ensopado de óleo no bolso canguru da frente do macacão e passou nas mãos.

— Agora mesmo, meu velho — disse ele, rindo. — Agora mesmo!

— Não, não... O camarada de lá disse que eles teriam de fazer uma revisão, essas coisas, e vão entregar amanhã.

— Que besteira. Vou a pé rapidinho e o pego... Eles me conhecem na Crawford's.

Quirke não foi com ele, certo de que, se fosse, revelaria a fraude que era. Em vez disso, foi a seu apartamento e preparou outro bule de chá. Nas últimas semanas, passou a detestar o gosto do chá com uma intensidade que uma bebida tão inofensiva e comum não suscitaria. O que ele queria, é claro, era um bom drinque forte, de preferência o uísque Jameson, embora nas últimas semanas de suas farras mais recentes ele tenha desenvolvido um anseio por Bushmills Black Label, uma marca do Norte que não era fácil de encontrar ali, no Sul. Sim, um bar enfumaçado em algum lugar, com um fogo de turfa e homens sombrios conversando nas sombras, uma garrafa e um copo de Black Bush em sua mão, isto sim seria o ideal.

O tempo passou e, sobressaltado, ele percebeu que estivera de pé numa espécie de transe atrás da mesa da cozinha por cinco minutos inteiros, devaneando com a vida. Teve raiva de si mesmo. Não foi o nojo do que a bebida lhe fez que o convenceu a dar entrada na São João, o nojo e a vergonha do brutamontes fanfarrão que ele se tornara, cambaleando pelas ruas em busca de um pub do qual ele já não tivesse sido barrado? Às oito da manhã da véspera de Natal, ele terminou nos Cattle Markets, em uma espelunca pavorosa, lotada de boiadeiros e compradores, todos bêbados e gritando, inclusive ele. Ele levantou a cabeça e se viu diante de seu reflexo no espelho manchado atrás do balcão, mal reconhecendo o grandalhão de olhos baços injetados e cara cinzenta arriado ali, com o chapéu recuado na cabeça, com seus cigarros, o jornal enrolado e seu copo de uísque, o bebedor entre os bebedores...

A campainha tocou, provocando-lhe um sobressalto. Ele foi à janela e olhou a rua. Era Perry Otway, é claro, com o Alvis.

5

O Dolphin Hotel, na rua Essex em Temple Bar, tinha sido o ponto de encontro do pequeno bando desde o começo. Ninguém lembrava qual deles foi o primeiro a se aventurar ali, mas, dada a natureza do estabelecimento, deve ter sido Isabel Galloway. O Dolphin era um conhecido bar do pessoal do teatro, mas seus frequentadores eram principalmente de uma geração anterior, velhos rapazes de ternos azuis com narizes carbunculosos e mulheres bem conservadas de certa idade, batom fauvista e ruge demais. O bar revestido de madeira raras vezes ficava lotado, mesmo nas noites de sábado, e o restaurante não era ruim, se eles quisessem comer ali e tivessem numerário. Phoebe no fundo pensava que pequeno bando era meio pretensioso — quando foi que começaram a se chamar por este rótulo proustiano? —, entretanto estava feliz por ter seu lugar entre eles. Não eram a Távola Redonda e o Dolphin não era o Algonquin, mas eles e o lugar serviriam, nessa cidade pequena, nesses tempos mesquinhos. Eles eram cinco, exclusivamente cinco: Patrick Ojukwu, ou O Príncipe; Isabel Galloway, a atriz; Jimmy Minor, April Latimer e Phoebe. Esta noite, porém, eram apenas quatro, um quarteto desanimado.

— Não entendo por que estamos tão preocupados — disse Isabel Galloway. — Todos nós sabemos como é a April.

— E ela não desapareceu — disse Jimmy incisivamente. Sempre havia um leve atrito entre Jimmy e Isabel, que agora jogava a cabeça e soltava um suspiro histriônico.

— Quem disse que ela está desaparecida? — perguntou.

— Já contamos, fomos ao apartamento dela, Phoebe e eu. Ficou evidente que ela não vai lá desde a quarta-feira da semana passada, a última vez que Phoebe falou com ela.

— É claro que ela pode simplesmente ter ido embora — insistiu Phoebe, como já insistira tantas vezes, com base no princípio de que podia ser estimulada a acreditar nisso ela mesma se visse que os outros acreditavam.

Jimmy lhe lançou um olhar severo.

— Foi embora para onde?

— Foi você mesmo que me disse que eu estava sendo histérica — disse Phoebe, ciente de que ruborizava e irritada consigo mesma por isso.

— Mas, minha querida, você *estava* histérica — retrucou ele, com seu sotaque nasalado de Hollywood. Abriu-lhe um de seus sorrisos, não o verdadeiro, aquele irresistível, mas a máscara sorridente que aprendera a colocar para encantar e bajular. Às vezes ela se perguntava se realmente gostava de Jimmy; ele podia ser meigo e carinhoso, mas também havia algo de austero e rabugento em sua natureza.

Por algum tempo, ninguém disse nada, então Isabel falou.

— E o bilhete que ela entregou no hospital, alegando doença?

— Todos nós mandamos esses bilhetes sem que estejamos às portas da morte — disse Jimmy, virando-se para ela e deixando o sorriso sumir. Suas pernas eram tão curtas que, embora a cadeira em que se sentava fosse de altura normal, os pés não chegavam a alcançar o chão. Ele se virou para Patrick Ojukwu. — O que você acha? — perguntou, incapaz de reprimir certa truculência na voz.

Foi April a primeira a conhecer Ojukwu e apresentá-lo ao pequeno bando. Ele foi aceito mais ou menos prontamente; Jimmy foi o que demonstrou menos entusiasmo, é claro, enquanto Isabel Galloway, como April observou secamente, tentou de pronto montar em seu colo. Todos, inclusive Jimmy, no fundo ficaram satisfeitos por ter entre eles alguém tão bonito, tão exótico e tão negro. Gostavam de sentir sua presença em seu meio pois lhes dava um ar sofisticado e cosmopolita, embora nenhum dos quatro, exceto Phoebe, tenha viajado mais longe do que a Londres. Eles também acolhiam com uma satisfação amarga os olhares que recebiam quando estavam em sua companhia, alternadamente ultrajados, cheios de ódio, temerosos, invejosos.

— Não sei o que pensar — disse Patrick. Ele se curvou para frente e colocou o copo de suco de laranja na mesa — não bebia álcool, em respeito a alguma religião inespecífica ou proibição tribal —, depois se recostou novamente e cruzou os braços. Ele era corpulento, de movimentos lentos, a voz grave, tinha um peito grande de barril e uma cabeça redonda e bonita. Estudante de Medicina do Colégio de Cirurgiões, era o mais jovem do grupo, entretanto era dono de um ar grave e misterioso de autoridade. Phoebe sempre se fascinava com uma linha acentuada que dividia as laterais de suas mãos, onde as costas de chocolate davam lugar ao rosa seco e delicado das palmas. Quando imaginou aquelas mãos correndo pela pele clara e sardenta de April Latimer, algo se agitou no fundo dela, fosse em protesto ou por pruridos, ela não sabia. Talvez fosse sua própria pele que imaginava sob aquelas carícias escuras. Sua mente fugiu do pensamento com um súbito alarme.

— Não consigo entender — dizia agora Ojukwu —, por que ninguém falou com a família dela.

— Porque — disse Isabel Galloway com secura —, a família não fala com ela.

Ojukwu olhou para Phoebe.

— É verdade?

Ela virou a cara para a lareira, onde um tripé de achas de turfa ardia por cima de cinzas brancas dispersas. Dois velhos rabugentos estavam espremidos ali, sentados em poltronas, bebendo uísque e conversando sobre cavalos. Ela teve a sensação da noite de inverno do lado de fora pendendo de névoa, as luzes de rua brilhando fracas e o rio próximo deslizando em silêncio por entre suas margens, reluzindo, secreto e escuro.

— Ela não se dá com a mãe — disse —, sei disso. E ela ri do tio ministro, diz que é um imbecil pomposo.

Ojukwu a olhava atentamente; era o jeito dele, um olhar fixo nas pessoas, com aqueles grandes olhos protuberantes que pareciam ter muito mais branco do que o necessário.

— E o irmão dela? — perguntou ele delicadamente.

— Ela nunca falou nele — disse Phoebe.

Isabel deu sua gargalhada de atriz, soltando um *ha ha ha!* em três tons distintos e decrescentes.

— Aquele pedante! — disse ela. Era a mais velha do pequeno bando, nenhum deles sabia sua idade e não se atrevia a conjecturar, no entanto, era magra e ágil, anormalmente pálida, um rosto anguloso e agudo; seu cabelo era de uma cor escura e viva, quase bronze, e Phoebe desconfiava de que ela o tingia. Isabel rodou o copo de gim nos dedos e cruzou novamente as pernas notoriamente longas e lindas. — O Santo Padre, como o chamam.

— Por quê? — perguntou Ojukwu.

Isabel se inclinou languidamente para ele, sorrindo com um arremedo de doçura, e deu um tapinha em sua mão.

— Porque ele é um católico louco e famoso pelo celibato. Só o que o dr. Oscar cutuca na vida é...

— Bella! — disse Phoebe, olhando-a feio.

— *Todos eles* são uns pedantes, todos! — explodiu Jimmy Minor, com uma violência que assustou a todos. Sua testa ficara branca, como sempre acontecia quando ele se encolerizava. — Os Latimer têm total controle da medicina nesta cidade, e olha só o estado da saúde pública. A mãe com suas boas ações, o irmão cuja única preocupação é manter as camisinhas fora do país e as maternidades cheias. E o tio Bill, o ministro da suposta Saúde, puxando o saco dos padres e daquele sepulcro embranquecido em seu palácio em Drumcondra...! Bando de hipócritas.

Um silêncio desagradável se seguiu a esta explosão. A dupla de amantes de cavalos perto da lareira parara de falar e olhava com um misto de curiosidade e reprovação.

— Eu ainda acho — disse Patrick Ojukwu — que alguém devia falar com a sra. Latimer ou com o irmão de April. Se há alguma desavença entre eles e April, e ela não mantém contato, talvez eles não saibam que ninguém tem notícias dela.

Os outros três trocaram olhares agastados. O Príncipe tinha razão, a família deveria ser avisada. E então Phoebe teve uma ideia.

— Vou pedir a meu pai — disse ela. — Ele deve conhecer o ministro, ou Oscar Latimer, ou os dois. Pode falar com eles.

Isabel e Jimmy ainda pareciam em dúvida e se olharam.

— Acho que um dos quatro deve fazer isso — disse Jimmy, evitando os olhos de Phoebe. — April é nossa amiga.

Phoebe o fitou de olhos semicerrados. Todos sabiam onde Quirke passara as últimas seis semanas. Eles sabiam também da história dela com Quirke, ou melhor, da falta de história. Por que deveriam confiar a ele que procurasse os Latimer?

— Então *eu* vou telefonar ao irmão dela — disse ela, resoluta, olhando pela mesa como se convidasse todos a contestar. — Vou telefonar para ele amanhã e irei vê-lo.

Ela parou. Não sentia nem metade da coragem ou resolução que fingia ter. A ideia de confrontar o notoriamente irascível Oscar Latimer a desanimava. E pelo modo como Jimmy e Isabel deram de ombros e viraram a cara, parecia que não estavam mais entusiasmados por ela conversar com ele do que estiveram quando ela propôs o pai como porta-voz. Dos três, Patrick Ojukwu tinha a expressão mais enigmática, sorrindo-lhe de um jeito estranho, ampliando seu nariz já achatado e largo e repuxando os lábios para mostrar aqueles dentes brancos e enormes até a borda das gengivas, rosadas e brilhantes como balas. Ele quase podia estar zombando dela. Entretanto, por trás daquele sorriso largo, também estava apreensivo, ela sentia.

Apesar de seus temores, naquela noite, quando chegou em casa, Phoebe telefonou a Oscar Latimer, do telefone público. O número do consultório foi o único que conseguiu encontrar na lista telefônica, e ela estava certa de que ele não estaria lá, às 11 horas da noite — ela sabia muito bem que ligava para ele agora por ter certeza de que não o encontraria e ficou assustada quando o telefone foi atendido depois do primeiro toque e uma voz disse mansamente: "Sim?" Seu impulso foi desligar de imediato, mas ela ficou parada ali, com o telefone apertado na orelha, ouvindo a própria respiração murmurar no bocal, um som parecido com o mar de muito longe, as ondas se elevando e quebrando. Ela pensou que pudesse ter discado o número errado, mas a voz se repetiu, "Sim?", com a mesma suavidade de antes, acrescentando:

— Aqui é Oscar Latimer. Quem é, por favor? — Ela não conseguia pensar no que dizer. Em volta dela, o hall de repente lhe parecia extraordinariamente silencioso, e teve medo de que assim que começasse a falar, o jovem gordo saísse de seu apartamento num rompante e brigasse com ela por incomodá-lo com o barulho. Ela disse seu nome e teve de repetir, mais alto, embora ainda falasse pouco acima de um sussurro. Ouviu outro silêncio na linha — talvez ele não tivesse reconhecido seu nome, por que reconheceria? — depois ele respondeu.

— Ah. Sim. A srta. Griffin. O que posso fazer por você? — Ela perguntou se poderia vê-lo pela manhã. Depois da mais breve pausa, ele disse que ela poderia aparecer às oito e meia, que ele lhe concederia cinco minutos, antes da chegada de seu primeiro paciente. Ele desligou sem se despedir e sem perguntar o que ela queria. Phoebe imaginou que ele teria pensado que ela estava com problemas; provavelmente telefonavam mulheres com problemas para ele o tempo todo, a qualquer hora do dia e da noite, uma vez que era um médico conhecido, em sua área, na cidade.

Ela estava no meio da escada quando parou, voltou a descer e pescou mais algumas moedas na bolsa, colocando-as na ranhura e discando o número de Quirke. Não conseguiu se lembrar de uma ocasião na vida em que, como agora, desejou tanto ouvir a voz do pai.

Às oito e vinte da manhã seguinte, ela chegou a pé à esquina da rua Pembroke com a Fitzwilliam Square e avistou a inconfundível figura de Quirke, enorme com seu casaco comprido e chapéu pretos, esperando por ela na meia-luz do amanhecer. Vestido daquele jeito, ele sempre a fazia pensar no toco escurecido de uma árvore que fora atingida por um raio. Ele a cumprimentou com um gesto de cabeça e tocou a ponta do dedo em seu cotovelo através das mangas do casaco, a única intimidade entre os dois que ele parecia disposto a se permitir.

— Você sabe — disse ele — que não é por todo mundo que me aventuro fora de casa a esta hora da manhã, com este clima. — Ele se virou e juntos atravessaram a rua diagonalmente, a neblina agarrando-se molhada em seu rosto. — E ainda por cima para falar com Oscar Latimer.

— Obrigada — disse ela com secura. — Agradeço muito, é claro. — Ela se lembrava do olhar que trocaram Jimmy e Isabel no Dolphin na noite anterior, mas não se importou: precisava de Quirke com ela hoje, para lhe dar apoio e evitar que ela perdesse a coragem.

Eles subiram a escada da grande casa de quatro andares e terraço, e Quirke tocou a campainha. Enquanto esperavam, Phoebe perguntou se ele tinha telefonado ao hospital, e ele a olhou sem entender.

— Para perguntar sobre April — disse ela —, sobre o bilhete que ela mandou... Você se esqueceu? — Ele não disse nada, mas parecia contrito como pedra.

Sentiram cheiro de café no corredor; Oscar Latimer não tinha apenas seus consultórios, mas também morava ali, lembrou-se agora Phoebe, num apartamento de solteiro nos últimos dois andares, no que April costumava descrever desdenhosamente como a beatitude de solteiro. Por que ela não se lembrou disso? Claramente explicava por que ele atendeu ao telefone tão tarde na noite anterior.

A enfermeira que os conduziu para dentro tinha o rosto comprido e sem cor e dentes grandes; seu nariz descorado se estreitava a uma ponta incrivelmente afiada e arroxeada, aflitiva de se ver. Quando Quirke se apresentou, ela disse: "Ah, *doutor*", e por um segundo pareceu estar a ponto de uma genuflexão. Ela os conduziu a uma sala de espera fria onde havia uma mesa de jantar retangular de carvalho com doze cadeiras idênticas — Phoebe as contou. Eles não se sentaram. Na mesa, espalhavam-se as revistas de sempre, *Punch, Woman's Own, The African Missionary*. Quirke acendeu um cigarro e procurou um cinzeiro, tossindo no punho.

— Como você está? — perguntou-lhe Phoebe.

Ele balançou a cabeça.

— Ainda não sei, o dia mal começou.

— Quero dizer desde que você... Desde que voltou para casa.

— Eu comprei um carro.

— Comprou?

— Eu disse a você que ia comprar.

— Sim, mas não acreditei.

— Bem, eu comprei. — Ele a olhou. — Não quer saber qual é?

— Qual é?

A enfermeira daquele nariz pôs a cabeça na porta — era como se um beija-flor tivesse se lançado de bico — e disse a eles que o sr. Latimer os veria agora. Eles a seguiram pela escada até o segundo andar, onde o patrão tinha os consultórios.

— Um Alvis — disse Quirke a Phoebe, enquanto subiam. — Acho que você nunca ouviu falar de um Alvis.

— Já aprendeu a dirigir?

Ele não respondeu.

Oscar Latimer era um homem baixo, magro e enérgico, de certo modo menor do que deveria ser, de forma que quando estava de pé na frente dela, apertando sua mão, Phoebe teve a peculiar impressão de que o via a certa distância, diminuído pela perspectiva. Tinha um ar de extrema limpeza, como se tivesse acabado de se submeter a um completo exame com uma escova, e emanava um cheiro pungente de pinho. A mão na dela era elegante, quente e macia. Ele tinha sardas, como April, o que o fazia parecer muito mais novo do que seria, e seu cabelo claro e juvenil era bem escovado dos dois lados de uma divisão nítida e reta. Tinha os primórdios de um bigode; não passavam de alguns tufos eriçados e avermelhados. Olhou para Quirke com uma leve surpresa.

— Dr. Quirke. Não esperava vê-lo esta manhã. Está passando bem, assim espero. — Ele recuou um passo e, com um leve mergulho habilidoso, colocou-se atrás da mesa, e já estava se acomodando antes de ter parado de falar. — E então, senhorita... Griffin — disse ele, e ela percebeu uma leve hesitação; ela nunca pensou em abandonar o nome Griffin e adotar Quirke; por que teria feito isso, quando Quirke nem mesmo lhe deu seu nome? — O que posso fazer por você?

Ela e Quirke se sentaram nas duas pequenas cadeiras à direita e à esquerda, diante da mesa.

— Não foi por minha causa que vim aqui — disse ela.

O homenzinho olhou incisivamente dela para o pai, voltando a ela.

— Oh? Sim?

— Trata-se de April.

Quirke fumava seu último cigarro e Latimer empurrou com um dedo um cinzeiro de vidro para o canto da mesa. Tinha o cenho franzido.

— Trata-se de April — disse ele lentamente. — Entendo. Ou melhor, não entendo. Espero que não vá me dizer que ela está com problemas novamente.

— O caso — disse Phoebe, ignorando as implicações da palavra *novamente* — é que não tenho nenhuma notícia dela, e nenhum dos outros amigos tampouco tiveram, e já faz uma semana desde a última quarta-feira. Já são quase... O que mesmo?... Quase doze dias.

Fez-se silêncio. Ela desejou que Quirke dissesse alguma coisa em seu auxílio. Ele examinava uma fotografia grande pendurada entre diplomas emoldurados na parede atrás da mesa, mostrando Oscar Latimer de terno escuro e uma espécie de cinturão, apertando a mão do arcebispo McQuaid; como era mesmo que Jimmy Minor chamava McQuaid? — *Aquele sepulcro embranquecido em seu palácio em Drumcondra*. O arcebispo tinha um sorriso doentio; seu nariz era quase tão afilado e descorado quanto o da enfermeira de Latimer.

Oscar Latimer puxou o punho do paletó e olhou ostensivamente o relógio. Suspirando, disse:

— Não vejo minha irmã desde... Bem, não lembro quando foi. Ela se desligou há muito tempo do resto de nós e...

— Eu sei que havia... que havia tensão entre ela e sua mãe — disse Phoebe, tentando ser conciliatória.

Latimer a olhou com um frio desprazer.

— Ela renegou a família — disse ele.

— Sim, mas...

— Srta. Griffin, não creio que entenda o que estou lhe dizendo. No que diz respeito a nós, quero dizer, à família, April é independente, está além de nossa influência, longe de nossas preocupações. Ela sumiu há doze dias, é o que diz? Para nós, ela partiu há muito mais tempo do que isso.

A sala ficou em silêncio novamente. Quirke ainda olhava distraidamente a fotografia.

— Eu não disse que ela sumiu — disse Phoebe em voz baixa —, só que não temos notícias dela.

Latimer deixou escapar outro suspiro curto e mais uma vez olhou o relógio.

Quirke interrompeu o próprio silêncio.

— Gostaríamos de saber — disse ele — se April talvez tenha entrado em contato com a mãe. As meninas tendem a se apegar às mães em épocas de dificuldade.

Latimer o olhou com um desdém irônico.

— Dificuldades? — disse ele, como se levantasse a palavra pela ponta para examiná-la. — O que quer dizer com isso?

— Como disse Phoebe, sua irmã não deu notícia nenhuma, é só isso. Naturalmente os amigos estão preocupados.

Latimer deu um leve salto onde estava sentado.

— Os amigos dela? — exclamou. Foi quase um balido. — Não me fale dos amigos dela! Eu sei tudo sobre os amigos dela.

Quirke deixou seu olhar vagar novamente pelas paredes e depois voltou a fixá-lo no homem atrás da mesa.

— Minha filha se inclui entre esses amigos. E sua irmã não está além da preocupação *deles*.

Latimer abriu as mãos pequenas e elegantes na mesa e respirou fundo.

— Minha irmã, desde que ficou adulta, e na realidade muito tempo antes disso, não causou nada além de sofrimento a minha família, e à mãe em particular. Quer ela esteja em *dificuldades*, como você coloca, ou simplesmente foi a algum lugar em uma de suas periódicas traquinagens, eu francamente não me importo. Agora, se me derem licença, tenho uma paciente esperando. — Ele se levantou, formando dois tripés com os dedos pressionados na mesa, apoiando-se firmemente neles. — Lamento, srta. Griffin, que esteja preocupada, mas receio não poder ajudar. Como disse, minha irmã e seu comportamento deixaram de ter qualquer importância para mim há muito tempo.

Quirke se levantou, virando o chapéu lentamente nas mãos.

— Se souber alguma coisa dela, pode nos telefonar, seja a mim ou a Phoebe?

Latimer o olhou novamente com aquele quase sorriso desdenhoso.

— Não serei eu que terei alguma notícia dela — disse ele num bramido —, pode ter certeza disso, dr. Quirke.

Na escada da frente da casa, Phoebe colocou violentamente uma luva, depois a outra.

— Bem — disse ela entredentes a Quirke —, você foi de grande ajuda. Me parece que você nem mesmo olhou para ele.

— Se tivesse olhado — disse Quirke com brandura —, acho que teria pegado o sujeitinho e o atirado pela janela. O que esperava que eu fizesse?

Eles andaram pela praça sob as gotas das árvores silenciosas. Agora havia algum tráfego matinal na rua e trabalhadores de escritório encasacados passavam por eles, apressados. O amanhecer parecia ter caducado antes mesmo de romper plenamente e a luz cinzenta do dia mais parecia um obscurecimento.

— Ele é um bom médico? — perguntou Phoebe.

— Acredito que sim. A boa medicina não depende da personalidade, como você deve ter percebido.

— Imagino que ele esteja na moda.

— Ah, isso ele está mesmo, é verdade. Eu não me importaria que ele me apalpasse, mas não sou mulher.

Eles pararam na esquina.

— Malachy vai me dar uma aula de direção hoje — disse Quirke. — No Phoenix Park.

Phoebe não o ouvia.

— O que vou fazer? — disse ela.

— Sobre a April? Escute, tenho certeza de que Latimer tem razão, ela partiu numa aventura a algum lugar.

Ela parou e, depois de andar um passo, ele parou também.

— Não, Quirke, aconteceu alguma coisa com ela e eu sei disso.

Ele suspirou.

— E *como* sabe?

Ela refletiu, balançando a cabeça.

— Quando entramos ali, naquela sala dele, eu me senti uma tola. Pelo modo como ele me olhava, eu via que pensava que eu era só outra histérica, como aquelas que imagino que veja todo dia. Mas à medida que ele falava, fiquei cada vez mais... Não sei... Com medo.

— Dele? — Quirke parecia incrédulo. — Com medo de Oscar Latimer?

— Não, não dele. Só de... não sei. É só uma sensação que eu tenho, tive a semana toda, mas naquela sala se tornou... Se tornou *real*. — Ela baixou os olhos para as mãos enluvadas. — Aconteceu alguma coisa, Quirke.

Ele pôs as mãos nos bolsos do sobretudo e olhou o bico dos sapatos.

— E você acha que Latimer sabe o que aconteceu?

Ela meneou a cabeça.

— Não, não tem nada ver com ele, sei que não tem. Não foi nada que ele disse ou fez. É só uma certeza que fica cada vez mais forte dentro de mim. Eu acho — ela parou. Passou uma carroça de carvão, puxada por um pangaré castanho e velho, o carvoeiro de cara preta com o chicote colocado no alto dos sacos empilhados. — Acho que ela está morta, Quirke.

6

O lounge do Hibernian Hotel estava quase lotado no meio da manhã, mas Quirke encontrou uma mesa num canto, ao lado de uma palmeira em um vaso no estilo ânfora colocado no chão. Estava dez minutos adiantado e ficou feliz por ter trazido o jornal atrás do qual se esconderia. Depois de apenas seis semanas na atmosfera de algodão em rama da São João, ele se acostumou à vida regrada de lá e agora se perguntava se um dia voltaria a se adaptar ao mundo real. Dois homens de negócios, de risca de giz, na mesa ao lado bebiam uísque, e o cheiro pungente e defumado da bebida chegava a ele em ondas repetidas, sugestivo e adulador. Ele não se considerava alcoólatra, apenas um bebedor pesado, mas depois da última bebedeira de seis meses não tinha tanta certeza. O dr. Whitty, da São João, não faria crítica nenhuma — "não lido com rótulos" — e provavelmente não importava que nome tivesse seu problema, se fosse de fato um problema. Só ele tinha medo. Já passara da metade de sua vida; a partir de agora, não parecia haver nada que não pudesse influenciar ou alterar, com mais ou menos esforço; ser alcoólatra, porém, era um estado incurável, quer ele bebesse ou não. Este é um raciocínio sóbrio, disse Quirke a si mesmo, sorrindo atrás do jornal num arreganhar dos dentes.

Quando viu o inspetor Hackett entrar no lounge, ele entendeu que tinha escolhido o local errado para o encontro. O detetive parou logo depois das portas de vidro e olhava a sala com um ar de leve desespero, segurando nervosamente seu velho chapéu de aba larga no peito. Vestia um sobretudo singular, mais parecido com um casaco comprido, na verdade, preto e brilhante, com botões de alamar, dragonas e lapelas de 15 centímetros de largura e pontas finas. Quirke levantou-se um pouco e agitou o jornal, e Hackett o viu com um alívio patente, atravessando o salão, costurando entre as mesas. Eles não se apertaram as mãos.

— Dr. Quirke... Um bom dia para você.

— Como vai, inspetor?

— Melhor do que nunca.

— Queria poder dizer o mesmo.

Eles se sentaram. Hackett colocou o chapéu no chão, embaixo da cadeira; não tirou o casaco, que de perto parecia ainda mais extraordinário: era feito de um tecido sintético coriáceo e rangia a cada movimento de seu dono. Quirke gesticulou a uma garçonete e pediu chá para os dois. O detetive começou a relaxar e se acomodou de joelhos abertos e mãos presas às coxas, olhando Quirke com aquele seu jeito familiar e cordialmente penetrante. Os dois se conheciam havia muito tempo.

— Esteve fora, doutor?

Quirke sorriu e deu de ombros.

— Mais ou menos.

— Não esteve bem?

— Fiquei na São João da Cruz desde o Natal.

— Ah. Lugar difícil, pelo que soube.

— Na verdade, não. Ou, pelo menos, não é o lugar que é difícil.

— E agora você saiu.

— Saí.

A garçonete trouxe chá. Hackett olhou em dúvida enquanto ela baixava os bules de prata, as xícaras finas de porcelana, os pratos de pão com manteiga e um pedestal ornamental de bolinhos.

— Minha mãe do céu — disse ele —, isto é um banquete. — Ele se levantou e tirou o casaco com esforço; quando a garçonete se dispôs a ajudá-lo, ele resistiu por instinto, agarrando-se a ele, mas depois pensou melhor e se rendeu, com a testa se avermelhando.

— A patroa me obriga a usar isso — disse, voltando a se sentar, sem olhar para Quirke. — O filho me mandou de presente de Natal. Ele está em Nova York fazendo fortuna entre os ianques. — Ele pegou o bule de prata e o segurou cautelosamente entre um dedo e o indicador, examinando. — Em nome de Deus — murmurou —, o que é esta dupla?

Em todo o tempo que Quirke conhecia o inspetor Hackett, ele jamais conseguiu decidir se o que ele mostrava ao mundo era seu verdadeiro eu ou uma máscara elaboradamente planejada. Se assim fosse, era talhada com perspicácia e sutileza — veja aquelas botas, aquelas mãos de lavrador, aquele terno azul brilhante de procedência imemorial; veja aqueles olhos, alegres e atentos, aquela boca de lábios finos como uma armadilha de dentes; veja aquelas sobrancelhas. Agora ele ergueu a xícara de chá com um dedinho torto, tomou um gole afetado e ruidoso e baixou-a novamente no pires. Havia uma marca cor-de-rosa superficial em sua testa, onde a fita do chapéu apertara a pele.

— É ótimo ver você, dr. Quirke — disse ele. — Quanto tempo faz?

— Ah, muito tempo. O verão passado.

— E como está aquela sua filha?... Esqueci o nome dela.

— Phoebe.

— Isso mesmo. Phoebe. Como está se saindo?

Quirke mexia o chá lentamente.

— É sobre ela que quero conversar com você.

— É mesmo? — O tom do policial tinha se aguçado, mas o olhar era como sempre manso e afável. — Espero que ela não tenha se metido em nenhum outro problema, não? — Da última vez que Hackett viu Phoebe, foi tarde da noite, depois da morte violenta de um homem que por um breve tempo foi seu amante.

— Não — disse Quirke —, não ela, mas alguém das relações dela.

O detetive pegou um maço de Player's e estendeu pela mesa; ver os cigarros, dispostos numa grade, fez Quirke pensar constrangidamente no Alvis.

— E seria — perguntou Hackett delicadamente — este alguém uma mulher, ou...?

Quirke pegou um dos cigarros que ele oferecia e sacou o isqueiro. Os homens na mesa ao lado, que murmuravam inclinados para frente, quase testa com testa, de repente voltaram a se recostar, com a cara arroxeada e gargalhando ruidosamente. Um deles usava gravata-borboleta e um colete vinho; ambos tinham aparência suspeita. É estranho pensar, refletiu Quirke, que gente como esses dois era livre para virar todo o uísque que quisesse, no meio da manhã, enquanto ele não podia beber nem um gole.

— Sim — disse ele ao policial —, uma garota chamada April Latimer... Bem, na verdade, uma mulher. Ela é residente no Sagrada Família. — A folhagem da palmeira ao lado dele o distraía, dando-lhe a sensação de alguém entreouvindo ansiosamente junto de seu cotovelo. — Ela parece estar... desaparecida.

Hackett agora estava relaxado e parecia até desfrutar do lugar. Tinha comido quatro fatias de pão com manteiga e olhava o pedestal de bolinhos.

— Desaparecida — disse ele distraidamente. — Como assim?

— Ninguém tem notícias dela há quase duas semanas. Ela não entrou em contato com os amigos nem, ao que parece, com ninguém mais, e seu apartamento está desocupado.

— Desocupado? Quer dizer que as coisas dela foram retiradas?

— Não, creio que não.

— Alguém entrou para dar uma olhada?

— Phoebe e outro amigo de April entraram... April deixa uma chave embaixo de uma pedra.

— E o que eles descobriram?

— Nada. Phoebe está convencida de que a amiga... Que alguma coisa aconteceu com ela.

O detetive começou a comer um bolo de creme, e comia enquanto falava.

— E quanto a... hmmmm... à família da garota? — Um pouco de creme batido grudara-se em seu queixo. — Ou ela não tem nenhuma?

— Oh, ela tem. É filha de Conor Latimer... Sabe o cardiologista, que morreu?... E o tio dela é William Latimer.

— O ministro? Ora essa. — Ele limpou os dedos num guardanapo. A mancha de creme ainda estava em seu queixo; Quirke se perguntava se devia apontar. — Você falou com ele... Com o ministro... Ou com a mãe dela? A mãe é viva?

— É. — Quirke serviu mais chá e acrescentou melancolicamente o leite; ainda sentia o cheiro do uísque da mesa ao lado. — Fui com Phoebe ver o irmão de April esta manhã... Oscar Latimer, o médico.

— Outro médico! Deus de misericórdia, eles monopolizaram o mercado. E o que ele disse?

Os bebedores de uísque iam embora. O da gravata-borboleta lançou a Quirke o que pareceu um sorriso de pena e desdém; será que seus problemas estavam escritos tão na sua cara?

— Ele não disse nada. Parece que a irmã é a ovelha negra da família e eles têm muito pouco contato. Francamente, ele é um cretino hipócrita, mas acho que isto não tem relação nenhuma.

Hackett enfim tinha localizado o creme no queixo e o limpava. Sua gravata, notou Quirke, era de uma cor marrom-escura peculiar, como a cor de caldo de carne. A linha de chapéu na testa ainda não desbotara.

— E o que — perguntou ele — você espera que eu faça? Sua filha não gostaria de dar queixa do desaparecimento da amiga? O que a família pensaria disso?

— Desconfio fortemente de que a família não ia gostar nada.

Eles refletiram em silêncio, os dois, por um tempo.

— Talvez — disse o inspetor —, mas vamos dar uma olhada no apartamento nós mesmos. Sabe onde fica a chave?

— Phoebe sabe.

Hackett examinava indolentemente um fio solto no punho do casaco.

— Tenho a impressão, dr. Quirke, de que você não está nada ansioso para se envolver neste assunto.

— Sua impressão é correta. Eu conheço os Latimer, conheço seu tipo e não gosto deles.

— Um pessoal poderoso — disse o inspetor. Ele olhou para Quirke de sob as sobrancelhas grossas e sorriu gentilmente, e sua voz ficou mais branda. — Perigosos, dr. Quirke.

Quirke pagou a conta e o casaco de soldado alemão de Hackett voltou a seu corpo. Eles atravessaram o saguão e saíram na escada acima da rua Dawson. Ou a neblina baixara novamente, ou caía uma chuva incrivelmente fina, era difícil saber. Os automóveis que passavam emitiam um ruído de fritura no asfalto gorduroso.

— Eu diria, dr. Quirke — disse Hackett, encaixando o chapéu na cabeça com as duas mãos como se atarraxasse uma tampa —, eu diria que é do poder que você não gosta, do poder em si.

— O poder? Acho que é verdade. Não sei para que serve, é esse o problema.

— Sim. O poder do poder, pode-se dizer. É uma coisa esquisita.

Sim, uma coisa esquisita, refletiu Quirke, semicerrando os olhos para a rua. O poder é como o oxigênio, é igualmente vital, penetra em tudo, inteiramente intangível; ele vivia em sua atmosfera, mas raras vezes percebia que o respirava. Ele olhou o homenzinho atarracado ao lado, com seu casaco ridículo. Certamente ele sabia tudo o que se podia saber sobre o poder, sua posse e a falta dele; juntos eles tentaram, anos atrás, humilhar outra família influente na cidade e fracassaram. A lembrança desse fracasso ainda amargurava Quirke.

Eles andaram pela rua. Quirke disse que telefonaria para Phoebe e marcaria com ela de se encontrarem no apartamento de April Latimer quando ela saísse do trabalho naquela noite, e Hackett disse que certamente estaria lá. Depois eles se viraram e tomaram caminhos separados.

Malachy chegou a seu apartamento às duas horas e eles foram à oficina na rua perto do Mount Street Crescent, encontrando-se com Perry Otway, que entregou a chave para destrancar a garagem onde esperava o Alvis. A porta de ferro galvanizado abriu-se para cima em um mecanismo que envolvia uma mola grande e pesos deslizantes, e quando Quirke girou a maçaneta e empurrou, a porta resistiu a ele no início, mas depois, repentinamente, subiu com uma facilidade quase flutuante, e por um momento seu coração também se elevou. E então ele viu o carro, oculto nas sombras, radiante e imóvel, fixando nele o olhar prateado de seus faróis idênticos. É infantil, naturalmente, sentir-se intimidado por uma máquina, mas a infantilidade era um luxo incomum para Quirke, cuja verdadeira infância era um pesadelo esquecido.

    Ele pensara que, também para Malachy, o Alvis reviveria algo de sua juventude, alguma ousadia que ele pode ter vivido, mas ele dirigiu como fazia com o velho Humber, de braço esticado, resmungando e reclamando à meia voz. Eles passaram pelo Stephen's Green para a Christ Church e desceram a rua Winetavern até o rio, subindo para o parque. A névoa era carregada do cheiro pastoso de levedura e lúpulo da cervejaria Guiness. Era o meio da tarde, e o que havia de luz do dia já começara a esmorecer. Nem mesmo o estilo de direção de Malachy podia subjugar o poder e a veemência do carro, e ele assobiava como se tivesse controle próprio, deslizando pelas esquinas e arrancando nas retas com uma avidez reprimida e animal. Eles atravessaram a ponte na frente da Heuston Station, entraram pelos portões do parque e pararam. Por um tempo, nenhum dos dois se mexeu nem falou. Malachy não tinha desligado a ignição, entretanto o motor era tão silencioso que mal podia ser ouvido. As árvores que ladeavam a avenida longa e reta diante deles desapareciam em linhas paralelas na neblina.

    — Bem — disse Quirke com um ânimo forçado —, acho melhor continuarmos com isso. — De repente ele se encheu de pavor e já se sentia um tolo, antes mesmo de se colocar ao volante.

    Aprender a dirigir, porém, mostrou-se decepcionante de tão fácil. No início ele teve problemas para operar os pedais e várias vezes confundiu o acelerador com o freio — o uivo de repreensão do motor rapidamente ensinou-lhe a distinção — e era espinhoso pegar o jeito no movimento de cavalo de xadrez na alavanca de câmbio quando engrenava a terceira, mas ele logo o dominou. É claro, alertou Malachy, num tom ligeiramente aflito, ele não encontraria toda esta facilidade quando tivesse de lidar com o trânsito. Quirke não disse nada. Sua hora de expectativa e ansiedade animadas tinha passado; agora ele era um motorista, o carro era apenas um carro.

Eles chegaram ao Castleknock Gate e Malachy o ensinou a fazer uma baliza. Enquanto voltavam pelo caminho que haviam tomado, passaram por outro aprendiz de direção, cujo carro executava uma série de saltos e arremetidas, como um cavalo dando pinotes, e Quirke não conseguiu reprimir um sorriso presunçoso, sentindo-se depois ainda mais infantil.

— Quando vai voltar ao trabalho? — perguntou Malachy.

— Não sei. Por que... Estão reclamando?

— Alguém fez uma pergunta na reunião do conselho outro dia.

— Quem?

— Seu amigo Sinclair.

— É claro. — Sinclair era assistente de Quirke e ficou encarregado do departamento sozinho no último meio ano, enquanto Quirke primeiro estava bebendo, depois deixando de beber. — Ele quer meu emprego.

— É melhor você voltar e garantir que ele não consiga, então — disse Mal, com um riso fraco e seco.

Eles passaram novamente pelos portões, e Malachy disse que seria melhor se ele assumisse o volante e os levasse de volta à rua Mount, mas Quirke se negou, ele o faria, precisava experimentar as condições reais de trânsito. Ele tinha habilitação, perguntou Malachy, o carro tinha seguro? Quirke não respondeu. Um ônibus saiu numa guinada da garagem do CIE na Conyngham Road e vinha para eles obliquamente da direita. Quirke pisou no acelerador e o carro pareceu juntar forças nos quartos traseiros por um segundo, dando um salto para frente, rosnando.

A neblina se dispersava sobre o rio e havia até um brilho aquoso de sol do lado da ponte na Ilha de Usher. Quirke pensava no dilema do que faria com o carro, agora que o havia comprado e dominado o jeito da direção. Ele mal usaria na cidade, adorava caminhar e um dos prazeres secretos de sua vida era desfrutar do luxo do banco traseiro de táxis em dias de inverno escuros e manchados de chuva. Talvez ele desse uns rolés, como as pessoas sempre pareciam fazer. *Vamos lá, garota*, ele ouviria o motorista dizer a sua patroa, *vamos dar um rolé em Killiney, ou vamos até o Hellfire Club ou o Sally Gap*. Ele podia fazer isso; preferia pensar que não, porém. E quanto ao exterior, então, colocar o velho motor em uma balsa e aparecer na França? Ele se imaginou zunindo pela Côte d'Azur, com uma garota ao lado, a echarpe dela ondulando na brisa cálida pela janela aberta, ele de blazer e gravata e ela cintilante e atrevida, sorrindo para seu perfil, como num daqueles cartazes na ferrovia.

— Do que está rindo? — perguntou Malachy, desconfiado.

Na College Green, um guarda de trânsito vestido de branco agitou os braços para eles em gestos largos e estilizados. O carro acelerou ao entrar na Trinity College, os pneus cantando por algum motivo. Quirke percebeu as mãos de Malachy agarradas em seu colo, os nós dos dedos brancos.

Quirke falou.

— Perguntou no hospital sobre April Latimer?

— O quê? — Malachy estava como que hipnotizado, de olhos arregalados e fixos na rua. — Ah, sim. Ela ainda está doente.

— Você viu o bilhete?

— Bilhete?

— O bilhete de dispensa médica que ela mandou.

— Sim, dizia que estava gripada.
— Só isso?
— Sim.
— Indicava quanto tempo ela ficaria ausente?
— Não, só dizia que estava gripada e não iria. Aliás, isto é um sinal vermelho.

Quirke estava ocupado tentando se entender com aquela terceira marcha espinhosa.

— Datilografado ou manuscrito?
— Não me lembro. Datilografado, acho. Sim, datilografado.
— Mas assinado de próprio punho?

Malachy refletiu, de cenho franzido.

— Não — disse ele —, agora que falou nisso, não estava. Só o nome, datilografado.

Na esquina da rua Clare, um menino de mochila escolar nas costas desceu da calçada para a rua. Quando ouviu o berro da buzina, parou surpreso, virou-se e olhou, com o que parecia uma leve curiosidade, o carro preto e reluzente aproximar-se dele com seu nariz bem baixo no chão, os pneus soltando fumaça e dois homens boquiabertos atrás do para-brisa, um deles fazendo uma careta com o esforço de frear e o outro com a mão na cabeça.

— Deus Todo-Poderoso, Quirke! — gritou Malachy enquanto Quirke girava o volante violentamente para a direita e de volta a sua posição original.

Quirke olhou pelo retrovisor. O menino ainda estava no meio da rua, gritando alguma coisa para eles.

— Sim — disse ele pensativamente —, não seria bom atropelar um desses. Todos devem ter valor por essas bandas.

* * *

Ele pensou em levar o carro ao apartamento de Phoebe para mostrar a ela e Hackett, mas achou melhor não fazer e, em vez disso, foi a pé. Agora estava escuro e o ar novamente se adensava de neblina. Duas prostitutas madrugadoras vadiavam sob a parede lateral da Pepper Canister. Uma delas lhe falou suavemente quando ele passou e, como Quirke não respondeu, ela o chamou de uma obscenidade e as duas jovens riram. A luz do poste na ponte Huband era um globo cinzento e suave jorrando para todo lado. Brilhava no arco de pedra e tornava um fantasma o jovem salgueiro que se curvava sobre a margem do canal. Ele se lembrou de Sarah, como sempre acontecia quando passava por aquele local. Eles costumavam se encontrar ali às vezes, Quirke e ela, e andavam pelo caminho de sirga, conversando. É estranho pensar que ela estava em seu túmulo. Por um momento, ele parecia pegar fracamente as vozes balbuciadas de todos os seus mortos. Quantos cadáveres passaram por suas mãos, quantos corpos ele cortou, em sua vida? Eu devia ter feito outra coisa, sido outra coisa, pensou ele — mas o quê?

— Um motorista, um piloto de corridas, talvez — disse ele em voz alta e ouviu seu próprio riso triste ecoar pela rua vazia.

Phoebe esperava por ele na Haddington Road, na escada da frente da casa onde morava.

— Eu desci porque a campainha não está funcionando — disse ela. — Está com defeito há semanas. Não posso pedir ao senhorio para consertar e quando alguém bate, o escriturário de banco do apartamento térreo me apunhala com os olhos. — Ela entrelaçou o braço no dele e os dois partiram pela rua. Ela perguntou se ele se lembrara de indagar sobre April no hospital. Ele mentiu e disse que viu o bilhete e o descreveu como Malachy lhe contara.

— Então pode ter sido escrito por outra pessoa — disse ela.

— Sim... Mas por quê?

Hackett andava junto ao parapeito do canal. Seu chapéu estava na parte de trás da cabeça, as mãos entrelaçadas às costas, e havia um cigarro enfiado no canto de sua boca larga e de lábios finos de sapo. Ele cumprimentou calorosamente Phoebe.

— Srta. Griffin — disse ele, pegando sua mão nas duas mãos e dando um tapinha —, você é um colírio para olhos inflamados numa noite úmida e funesta. Diga-me, tem passado bem?

— Sim, inspetor — disse Phoebe, sorrindo. — Claro que sim.

Eles atravessaram a rua, os três, subiram a escada da casa e Phoebe levantou o canto quebrado da lajota, pegando a chave no buraco. O corredor estava às escuras e ela teve de tatear pela parede para encontrar o interruptor de luz. A luz, quando acesa, era fraca e parecia andar às apalpadelas nas sombras, como se a única lâmpada pendurada no teto tivesse se cansado há muito de tentar penetrar a escuridão. O tom amarelo amarronzado podia ser de pele humana desidratada.

— Parece uma casa muito tranquila — disse o inspetor Hackett ao subir a escada.

— Só há dois apartamentos ocupados — explicou Phoebe —, o de April e o do último andar. O térreo e o do porão parecem estar permanentemente vazios.

— Ah, sei.

Dentro do apartamento de April, parecia a Phoebe que tudo tinha se escurecido de algum modo e se tornado mais desgastado, como se anos, e não dias, tivessem se passado desde que ela estivera ali. Ela parou pouco depois da soleira da porta, os dois homens apertando-se atrás dela, e olhou a cozinha. Havia um odor pungente e rançoso de que ela não se lembrava; provavelmente era o leite azedo que Jimmy se esquecera de jogar fora, mas lhe pareceu sinistro, como o cheiro que Quirke às vezes emanava assim que saía do necrotério. No entanto, para sua surpresa, ela descobriu que agora estava menos inquieta do que da última vez. Algo tinha sumido do ar, a atmosfera era oca e inerte. Phoebe acreditava piamente que as casas registravam coisas que nós não percebemos, presenças, ausências, perdas. Será possível que o lugar concluíra que April não voltaria mais?

Eles entraram na sala de estar. Quirke ia acender um cigarro, mas pensou que seria um tanto inadequado e guardou a cigarreira de prata e o isqueiro. O inspetor Hackett estava de mãos nos bolsos de seu casaco volumoso e brilhante e olhou para ele com uma expressão afiada e profissional.

— Devo entender — disse ele, olhando os livros e papéis em toda parte, as xícaras de café sujas, as meias de nylon na guarda da lareira — que é assim que a srta. Latimer está acostumada a viver?

— Sim — disse Phoebe —, ela não é muito organizada.

Quirke andou até a janela e olhou a escuridão, a luz que vinha de um poste de rua deitando uma mancha amarelada por sua face. Por entre as árvores do outro lado da rua, podia ver o brilho fraco da água em movimento no canal.

— Ela mora sozinha, não? — perguntou ele, sem se virar.

— Sim, é claro — disse Phoebe. — O que quer dizer com isso?

— Ela tem uma colega de apartamento?

Ela sorriu.

— Não consigo pensar em ninguém que suportasse April e seu jeito.

O policial ainda olhava de um lado a outro, de boca franzida e olhos penetrantes. Phoebe de repente se viu arrependida de ter trazido os homens até ali, à casa de April, para bisbilhotar e especular. Ela se sentou em uma cadeira de espaldar reto junto da mesa. Neste cômodo, convencia-se inteiramente de que April sumira do mundo. Um tremor a percorreu. Que coisa deve ser morrer. Quirke, olhando para trás, viu a desolação repentina em seu rosto e veio da janela, colocando a mão em seu ombro, perguntando se ela estava bem. Ela não respondeu, só ergueu o ombro onde sua mão estava e deixou que baixasse novamente.

Hackett tinha entrado no quarto e agora Quirke, afastando-se da filha silenciosa, seguiu-o. O policial estava no meio do quarto desordenado, ainda de mãos nos bolsos, olhando especulativamente a cama em todo seu embotamento arrumado e severo.

— Não se pode vencer a formação em medicina — disse Quirke.

Hackett se virou.

— Como assim?

Quirke assentiu para a cama.

— Em perfeita ordem.

— Ah. Sim. Pensei que fossem só as enfermeiras. Os médicos aprendem a fazer uma cama?

— As mulheres sim, tenho certeza.

— Acha mesmo? Eu diria que tem razão.

O piso era de tábuas corridas com um acabamento de verniz grosso. Com o bico do sapato, o detetive chutou de lado um tapete de lã barato ao lado da cama; mais madeira nua, o verniz de um tom mais claro, onde o tapete o protegia da luz. Ele parou por um momento, pensando, ao que parecia. Depois, com uma brusquidão que sobressaltou Quirke, deu um salto e em um só movimento ágil puxou a roupa de cama — lençóis, cobertor, travesseiro, tudo, desnudando toda a extensão do colchão. Havia algo de quase indecente no jeito como ele fez isso, pensou Quirke. Novamente o policial parou, olhando sua obra e passando o dedo no lábio inferior — o colchão trazia as manchas humanas de costume —, depois levantou a bainha de seu casaco rangente e, com esforço, grunhindo, ajoelhou-se, abaixou-se bem e passou os olhos no piso do espaço mais claro, ao lado da cama, onde estivera o tapete. Aprumou-se, ainda ajoelhado, e pegou do bolso da calça um pequeno canivete de cabo de madrepérola com uma corrente longa e fina, curvou-se novamente e começou a raspar com cuidado as frestas entre as tábuas. Quirke curvou-se também e olhou por cima do ombro do policial os grumos escuros de poeira que ele recolhia.

— O que é? — perguntou ele, embora já soubesse.

— Ah, é sangue — disse Hackett, parecendo esgotado, e se sentou sobre os calcanhares, suspirando. — Sim, é mesmo sangue.

7

A sra. Conor Latimer morava num esplendor de viúva em uma casa grande, de quatro andares e pintura creme, no centro exato de um dos maiores terraços de Dun Laoghaire, bem recuada, afastada da rua e dando para as águas da baía e, em sua margem oposta, a corcova distante de Howth Head estendida feito uma baleia no horizonte. Podia ser tomada por uma protestante rica da velha escola se não fosse católica e se orgulhasse disso, intensamente. Não tinha mais do que a meia-idade — casou-se jovem e o marido morreu inesperada e tragicamente enquanto ela ainda estava no auge de seu vigor — e vários cavalheiros de seu círculo, nem todos de meios modestos, podiam ter se aventurado ali para fazer uma proposta interessante, se não ficassem todos temerosos de sua religiosidade e alarmados com a frieza de suas maneiras. Ela fazia boas ações; era renomada por sua dedicação à caridade e famosa pela implacabilidade com que se dedicava a arrancar dinheiro de muitos católicos ricos da cidade. Era benfeitora de muitas instituições sociais, inclusive o Real Iate Clube St George, cuja sede podia ver quando saía pela porta da frente. Tinha a atenção de um bom número daqueles no pináculo do poder na sociedade, não só o cunhado, o ministro da Saúde, que no íntimo ela não considerava nem metade do homem que foi o marido, mas do próprio sr. de Valera e aqueles de seu círculo imediato. Também o arcebispo, como se sabia bem, era seu amigo íntimo e confessor frequente, e em muitas tardes seu espaçoso Citroën preto era visto estacionado discretamente à beira-mar, perto do porto do St Jude, pois o dr. McQuaid era notoriamente afeito aos bolinhos amanteigados e caseiros e ao seleto chá Lapsang Souchong da sra. Latimer.

Tudo isso, refletiu Quirke, era bom demais para ser verdade.

Ele se encontrou em várias ocasiões com a sra. Latimer — no enterro do marido, numa arrecadação de fundos para o Hospital da Sagrada Família, num jantar da Associação de Medicina que Malachy Griffin o persuadiu a comparecer — e se lembrava dela como uma mulher baixa, intensa e dona de maneiras férreas e autoritárias, apesar de sua estatura delicada. Dizia-se que tinha como modelo de imagem pública a rainha da Inglaterra e que no jantar da Associação de Medicina ela usou, ao contrário do que ele mais tarde imaginou, uma tiara de diamantes, a única que ele vira na vida, na vida real, em sua cabeça régia. A lembrança mais forte que ele tinha dela era seu aperto de mão, inesperadamente brando, quase terno e, por um segundo fugaz, misteriosamente insinuante.

O inspetor Hackett pediu a Quirke para acompanhá-lo quando foi visitar esta formidável senhora.

— Você fala o jargão, Quirke — disse ele. — Eu sou de Roscommon... Preciso de um salvo-conduto antes que me deixem colocar os pés no Borough de Dun Laoghaire.

Assim, na manhã seguinte, eles foram juntos ao Albion Terrace. Quirke levou os dois no Alvis. Teve alguma dificuldade nos Merrion Gates — fez algo com a alavanca de câmbio e a embreagem juntas que afogou o motor — mas, excetuando isso, a jornada foi tranquila. Hackett ficou muito admirado da máquina.

— Nada como o cheiro de carro novo, não? — disse ele. — E estes assentos são de couro verdadeiro?

Quirke, cuja mente estava em outro lugar, não respondeu. Pensava naquele fio de sangue seco que Hackett cavara dos espaços na tábua corrida do apartamento de April Latimer; agora, para ele, não parecia tanto um rastilho de pólvora.

— Minha nossa! — exclamou Hackett, erguendo a mão. — Me parece que o caminhão tinha a preferência.

Eles estacionaram na frente do porto do St Jude e subiram o longo caminho entre gramados molhados e canteiros sem flores. Quirke tinha a sensação de que a casa, com suas muitas janelas, olhava-os de cima.

— Agora, lembre-se — disse Hackett —, estou contando que quem vai falar é você. — Quirke desconfiava de que o policial, apesar de mostrar tanta relutância nervosa, divertia-se como um estudante sendo levado a um banquete na casa de um parente petulante, mas promissoramente rico.

A porta foi aberta por uma garota ruiva que já estava ruborizando. O antiquado uniforme de empregada que vestia, avental preto com gola de renda e uma touca enfeitada com renda, caía-lhe desajeitadamente, como um vestido cortado de uma boneca de papelão recortada. Ela os viu entrar numa sala de visitas junto do hall e pegou seus casacos, apressando-se a sair, dizendo algo que nenhum dos dois conseguiu entender. A sala era grande e tomada de móveis imensos, marrons escuros e reluzentes. No nicho da janela havia uma planta em um vaso grande de bronze que Quirke desconfiava ser uma aspidistra.

— Então é assim — disse Hackett — que vive a outra metade.

— Esta sala me parece de uma casa paroquial. — Quirke olhou em volta com desprezo.

Eles se colocaram lado a lado junto da grande janela corrediça. A neblina era leve e eles quase podiam distinguir Howth, uma sombra escura e plana no horizonte. Uma buzina de neblina ribombou por perto, sobressaltando-os.

Dez minutos depois a empregada reapareceu. Levou-os à ampla escadaria.

— Não faz um frio horrível? — disse. Hackett piscou para ela, que corou novamente, desta vez num tom mais escuro, reprimindo o riso.

Ela os conduziu a uma sala comprida e gélida com três janelões dando para o mar. Havia poltronas cobertas de chitão e várias mesas pequenas e graciosas abrigando vasos de vidro lapidado com crisântemos secos; um longo sofá branco ficava posicionado de frente para as janelas, parecendo se curvar para trás, deslumbrado com a vista; também havia um piano de cauda, que de algum modo parecia não ser tocado havia muito tempo, se um dia foi. O ar tinha o cheiro levemente tostado de chá chinês. A sra. Latimer estava sentada a uma escrivaninha antiga com a agenda de capa de couro aberta à frente. Trajava um vestido de seda verde escaravelho bem cingido na cintura. O cabelo claro, não exatamente ruivo, era cuidadosamente ondulado e penteado. Um fogo de carvão ardia na lareira de mármore. Sobre o consolo, havia um retrato a óleo de uma menina pálida de blusa branca, de pé em um salpico de luz do sol num jardim de verão, facilmente reconhecível como uma versão mais nova da mulher sentada à mesa, que agora parou e esperou um momento antes de levantar a cabeça para os dois homens na soleira da porta. Ela sorriu com os lábios. Segurava uma lapiseira de prata nos dedos; Quirke já esteve de posse de lapiseira semelhante; foi usada para apunhalar um homem que merecia muito ser esfaqueado.

— Obrigada, Marie — disse a sra. Latimer, e a criada balançou a cabeça e disparou de volta, como se tivesse sido sacudida na ponta de uma corda.

— Sra. Latimer — disse Quirke. — Este é o inspetor Hackett.

A mulher se levantou da mesa e avançou, estendendo a mão. Foi dela, percebeu Quirke, que o filho herdou sua velocidade de passarinho. Ela ainda tinha algo da delicadeza de ossos finos da menina do retrato. Hackett rodava a aba do chapéu nos dedos. A sra. Latimer olhou de Quirke para ele, aparentemente sem se impressionar com o que via.

— Um policial e um médico vêm conversar comigo sobre minha filha. Sinto que devo ficar preocupada. — Ela gesticulou para uma mesinha na frente da lareira, onde estava posto o aparelho de chá. — Posso lhes servir um chá, cavalheiros?

Eles se sentaram em três cadeiras retas e a sra. Latimer, brandindo o bule, falou do tempo, deplorando a neblina e a umidade de fevereiro. O inspetor Hackett a olhava, perdido em admiração, ao que parecia, de seu equilíbrio feminino, sua cadência estudada. — É particularmente difícil para os pobres — disse ela — nesta época do ano, com o carvão ainda tão escasso, todos esses anos depois da guerra, e tudo também tão caro. Na Sociedade de São Vicente de Paula, mal conseguimos atender à demanda e todo inverno parece piorar.

Quirke assentiu educadamente. O chá em sua xícara cheirava a madeira fervida. Nem ele nem Hackett contaram a Phoebe sobre o sangue entre as tábuas do piso ao lado da cama de April Latimer; também não contariam a esta mulher.

Ela parou de falar e fez-se silêncio. Hackett deu um pigarro. Na baía, a buzina de neblina tocou novamente.

— Minha filha, Phoebe — disse Quirke —, a senhora conhece?

— Não — disse a sra. Latimer. — É uma das amigas de minha filha, devo crer?

— Sim, é. Ela me contou que não tem notícias de April há duas semanas. Está preocupada. Parece que ela e sua filha se viam com frequência e, quando não se encontravam, conversavam ao telefone.

A sra. Latimer sentava-se imóvel, olhando fixamente um ponto de luz refletida na tampa do bule de chá, com o sorriso frio evaporando dos lábios.

— Pelo que depreendo, sr. Quirke, o senhor chamou a Garda porque sua filha não tem notícias de uma das amigas por uma ou duas semanas?

Quirke franziu o cenho.

— Se prefere colocar desta forma, sim — disse ele.

A sra. Latimer assentiu, tornando o que restava de seu sorriso numa careta leve e torta de ironia. Levantou-se da mesa e foi ao piano, pegando uma cigarreira de ébano e voltando a se sentar. Abriu a cigarreira e a estendeu, e cada um dos homens pegou um cigarro, Quirke sacando o isqueiro. A sra. Latimer aceitou o fogo, curvando-se para a chama e tocando a ponta do dedo nas costas da mão de Quirke.

— Como pode ver — disse ela —, não me surpreendo nem estou confusa com sua visita, como poderia estar. Meu filho me disse, é claro, sr. Quirke, que o senhor e sua filha o procuraram. Diga-me — ela voltou em cheio o olhar penetrante para Quirke; seus olhos eram verdes e pareciam reluzir —, sua filha está bem? Isto é, ela sofre dos nervos, esse tipo de coisa? Meu filho parece pensar que sim. Soube que ela teve alguns... Alguns problemas na vida.

Antes que Quirke pudesse responder, Hackett deu outro pigarro e se curvou para frente.

— O caso, sra. Latimer — disse ele —, é que ninguém mais teve notícias de sua filha também. Ela não foi trabalhar nas últimas duas semanas. E seu apartamento está vazio.

A sra. Latimer transferiu seus olhos verdes para ele e abriu seu sorriso gélido.

— Vazio? — disse ela. — O que quer dizer? April se mudou?

— Não — respondeu o policial —, todas as coisas dela ainda estão lá. Não parecia faltar mala nenhuma. Mas não havia sinal de sua filha.

— Entendo. — Ela se recostou na cadeira e cruzou um braço, pegando um cotovelo com a mão em concha, segurando o cigarro junto do rosto. — E aonde pensam que ela foi? — Seu tom era apenas de uma pergunta educada.

— Nós tínhamos esperança — disse Quirke — de que a senhora soubesse.

A sra. Latimer riu, soltando um som duro e curto, como o tilintar de um sino de prata.

— Receio saber muito pouco do que faz minha filha. Ela não... não se confidencia comigo. — Ela olhou os dois e deu de ombros. — De certo modo ela é uma estranha para nós, quero dizer, o resto da família, e tem sido assim há algum tempo. Ela leva sua própria vida. É assim que quer, ao que parece, e assim é.

Hackett se recostou, de cenho franzido. Quirke baixou a xícara — não tinha tocado no chá.

— Então a senhora não faz ideia de onde ela teria ido — ele parou por um segundo — ou com quem ela possa estar?

Ele via que a sra. Latimer revolvia as implicações de sua pergunta, em particular a segunda parte.

— Como eu lhe disse, ela tem sua própria vida. — Repentinamente enérgica, ela apagou o cigarro pela metade no cinzeiro de vidro da mesa a sua frente. — Não posso me preocupar com ela. April endureceu seu coração contra nós, rejeitou tudo o que representamos, desistiu de sua religião. Mora no meio de Deus sabe que tipo de gente, trama coisas que nem me atrevo a especular. É claro que não sou indiferente. É minha filha, tenho de amá-la.

— Gostaria que fosse o contrário? — disse Quirke antes que conseguisse se conter.

— Que eu não... a amasse? — Novamente aquele brilho verde. — É bem impertinente, sr. Quirke.

— Doutor.

— Perdoe-me. Doutor. Estou acostumada a médicos diferentes. Além disso, pelo que soube, o senhor mesmo não está exatamente em condições de questionar ninguém quanto aos deveres de criação de um filho.

Quirke limitou-se a fitá-la, quase sorrindo, mas sem chegar a tanto, e Hackett levantou a mão como se antecipasse algum movimento violento. Do térreo, ouviram a campainha tocar. A sra. Latimer se virou de lado e baixou a xícara na bandeja.

— Deve ser meu cunhado — disse. — Pedi a ele que viesse.

Bill Latimer entrou na sala fumegando como uma locomotiva a vapor, de mão já estendida, abrindo seu sorriso largo e frio. Era grande e pesado, mas não gordo, com uma cara larga e ossuda e o cabelo ondulado e castanho; era muito favorecido, ao que se dizia, pelo eleitorado feminino. Movimentava-se com uma leveza surpreendente, até elegância, e Quirke se lembrou de que ele fora certo tipo de atleta em seus tempos de universitário.

— Meu Deus! — disse ele. — Não está um clima horrendo? — Ele apertou as mãos dos dois homens, dirigindo-se a Quirke pelo nome. A cunhada, ele cumprimentou com um beijo rápido no rosto e por ela passou até a mesa perto da lareira. — Eu mataria por uma xícara de chá — disse ele. — Pode chamar Maisie, Mary ou não sei que nome tem e dizer para trazer mais uma xícara?

A sra. Latimer exibia novamente seu sorriso gelado.

— Este é chinês — disse ela. — Mandarei Marie trazer um indiano para você.

Ele riu, virando-se para ela.

— Meu Deus, Celia, nós fomos criados sem chá da China. — Ele esfregou as mãos e as estendeu para o fogo, depois se virou e levantou a aba do casaco, expondo o traseiro ao calor. Olhou para Hackett, depois para Quirke. — E então — disse ele —, aquela minha sobrinha está dando dores de cabeça de novo? O que é desta vez... Outro namorado da classe criminosa?

A sra. Latimer tinha puxado uma sineta na parede ao lado da lareira e agora Marie, a criada, entrava e ouvia a solicitação de um bule de chá — "chá de verdade, veja bem!", disse Latimer, com falsa severidade — e ela partiu novamente, sorrindo do efeito do charme jovial do ministro. Quando fechou a porta, eles se sentaram à pequena mesa e Latimer aceitou um cigarro da cigarreira de ébano. Hackett repetiu brevemente o que ele e Quirke já haviam dito à sra. Latimer. O ministro se recostou na cadeira e riu ruidosamente; era um riso sem humor ou calor, apenas barulho.

— Pelo amor de Deus! — disse ele. — Ela provavelmente saiu do país com algum sujeito — ele se interrompeu e se virou para a cunhada —, desculpe-me, Celia, mas você sabe tão bem quanto eu como é sua filha. — Ele se voltou novamente para Quirke. — Uma doidivanas terrível, receio dizer, a April de sempre. Nossa própria ovelha negra.

Quirke e o policial nada disseram. O silêncio se espalhou, e a sra. Latimer, como se respondesse a um sinal, bateu as mãos animadamente no joelho e se levantou, ajeitando as pregas do vestido.

— Bem — disse ela —, tenho coisas a fazer... Deixarei os três cavalheiros aqui. — Ela foi até a escrivaninha, pegando a agenda e sua lapiseira e, lançando um sorriso rígido e brilhante, saiu da sala, fechando a porta delicadamente ao passar.

Latimer suspirou.

— É difícil para ela, entendam — disse ele. — Ela não demonstra, mas é assim. A filha foi rebelde desde o começo. — Ele se recostou e olhou duramente os dois homens. — E então: o que têm para me dizer?

Hackett se remexeu na cadeira.

— Fomos ao apartamento da jovem — disse ele. — Para dar uma olhada.

— Como entraram?

— Ela deixa uma chave debaixo de uma pedra, para os amigos — disse Quirke. — Minha filha nos acompanhou, para nos mostrar onde ficava a chave.

— E?

Hackett hesitou.

— Creio, sr. Latimer, que há motivo para preocupação.

Latimer olhou o relógio.

— Preocupação com o quê?

— Não nos pareceu que ela tivesse ido embora — disse Hackett. — Há duas malas no guarda-roupa de seu quarto. E toda a maquiagem e suas coisas estão lá... Não imagino uma mulher partindo sem seu batom.

— Talvez ela esteja com um amigo, sim? Ou, como já falei, talvez esteja amasiada em algum lugar com algum sujeito.

— De uma forma ou de outra, ela teria levado suas coisas.

O político e o policial se olharam com a mesma intensidade.

— Então, onde diabos ela está? — Latimer exigiu saber, colérico.

Todos tinham terminado os cigarros e agora Quirke pegou sua cigarreira de prata e ofereceu aos dois. Latimer se levantou com um suspiro e foi à lareira, parando com o cotovelo apoiado no consolo, olhando o calor ardente do carvão.

— Aquela vadiazinha só nos criou problemas desde que nasceu. A morte do pai não ajudou em nada... April tinha apenas nove ou dez anos, segundo penso. Quem sabe o que isso faz a uma criança que perde o pai? E esta é uma opinião generosa. Estou inclinado a pensar que ela teria sido a mesma, ainda que Conor estivesse vivo. — Ele pôs a mão no bolso da calça e, nervoso, tilintou as moedas. — Está no sangue. O avô, meu pai, era um jogador compulsivo e bêbado. — Ele soltou de novo aquele riso vazio. — Os pecados dos pais, hmmm? — Ele olhou para Hackett. — O que mais vocês descobriram?

De novo Hackett hesitou.

— Havia uma mancha de sangue ao lado de sua cama.

Latimer o encarou.

— Sangue?

— Que alguém limpou — disse o policial. — Mas é claro que não é possível se livrar realmente de sangue, como deve saber. Sempre deixa um vestígio revelador — ele olhou para Quirke —, não é assim, doutor?

Com um gesto violento, Latimer se impeliu da lareira e partiu a andar pela sala, de modo que Quirke e o policial tiveram de girar nas cadeiras para acompanhá-lo com os olhos. Ele parou, olhando fixamente o chão com uma carranca.

— E a cama? — perguntou. — Havia sangue ali também?

— Era de se esperar, se estava no chão — disse Hackett —, mas não encontrei nenhum. Apenas entre as tábuas do piso. Tenho alguns colegas lá agora, dando uma busca no lugar.

Latimer recomeçou a andar, fumando seu cigarro rigidamente em tragos rápidos e veementes.

— Não era o que eu esperava ouvir — disse ele, como se falasse sozinho. — Isto é grave. — Ele parou, virando-se. — É grave, não?

Hackett ergueu os ombros e deixou que caíssem novamente.

— Teremos de ver o que diz o pessoal da perícia. Terei o relatório deles amanhã.

— Quem são eles — perguntou Latimer causticamente —, esse pessoal? São diretamente subordinados a você, não?... Não vão tagarelar por aí? — O inspetor Hackett preferiu não responder, sentando-se impassível como um sapo, olhando para além dele.

— Quero dizer — disse Latimer —, não gostaria que Celia ouvisse nenhum mexerico antes... antes que se saiba de alguma coisa oficialmente.

Quirke via que ele girava por sua mente as implicações para si e sua reputação, se sua sobrinha tivesse um fim escandaloso.

— Sr. Latimer — disse ele —, o quanto o senhor conhece sua sobrinha, o que sabe de sua vida e de suas relações?

Latimer virou-se para ele. Sua testa estava vermelha e havia um brilho desagradável em seus olhos.

— Agora é detetive, fazendo perguntas? Por que está aqui, aliás?

Quirke o olhou longamente.

— Minha filha me procurou — disse ele em voz baixa — porque estava preocupada com a amiga e queria que eu fizesse alguma coisa.

— Então você procurou a polícia antes mesmo de falar com a família.

— Eu falei com o irmão de April.

— Isto você fez, é verdade — disse Latimer com outro riso desagradável. — Nem imagino o que conseguiu arrancar dele. — Ele voltou à lareira e ficou de frente para Quirke e o policial. — Escutem, sabem com o que estamos lidando aqui. Não podemos controlar esta jovem, não temos controle sobre ela. Ela é uma estranha para nós. Só Deus sabe o que esteve aprontando naquele apartamento... Uma missa negra ou coisa assim, não me surpreenderia.

— Então, não sabe — disse Hackett — com quem ela pode ter amizade?

Latimer o encarou.

— O que quer dizer com amizade?

— Com quem anda... o senhor sabe.

— Um namorado? — Seu olhar escureceu. — Um amante? Escute, inspetor... Qual é seu nome mesmo? Hackett, sim, desculpe. Não sei de que outras maneiras quer que eu diga isso... April se desligou de nós. Ela culpou a família por tudo, por tentar mandar em sua vida, impedir que ela fosse livre, ser respeitável demais... As coisas de sempre, tudo uma desculpa para se livrar de qualquer autoridade nossa e viver intensamente, fazendo o que gostava...

— Soube que ela é uma boa médica — disse Quirke. — Perguntei sobre ela no hospital. — Não era verdade, mas Latimer não saberia.

Latimer não gostava de ser interrompido.

— Você perguntou, não foi? — disse ele. — Então agora está fazendo suas investigações, não, seus interrogatórios? Você é o quê? Um patologista, não é verdade? Ouvi falar de você. Pensei que tivesse se aposentado, um problema de saúde.

— Eu estava na São João da Cruz — disse Quirke.

— Nervos, não foi?

— Bebida.

Latimer assentiu, sorrindo de um jeito desagradável.

— É verdade. Bebida. Foi o que soube. — Ele ficou em silêncio por um momento, fitando Quirke de cima a baixo com um olho desdenhosamente crítico. Voltou-se para Hackett. — Inspetor, creio que podemos encerrar a conversa. Não posso ajudar sobre April. Ninguém nesta casa pode. Informe-me do que descobrir sobre a mancha de sangue, ou seja o que for. Tenho certeza de que há alguma explicação simples. — Novamente ele olhou o relógio. — E agora me despedirei de vocês.

Ele se postou diante dos dois, esperando, e eles se levantaram lentamente, virando-se para a porta. A buzina de neblina mais uma vez soou seu berro. Na rua novamente, Quirke não disse nada e chutou com força um dos pneus traseiros do Alvis, e por essa demonstração de fúria só o que conseguiu foi um hematoma nos dedos dos pés.

8

O Shakespeare era um dos poucos pubs onde duas mulheres desacompanhadas podiam se encontrar para tomar um drinque sem ser olhadas ou mesmo convidadas a se retirar pelo barman. "Bem, é uma cantina de trabalhadores", diria Isabel Galloway. Todos os atores do Gate Theatre ali perto bebiam lá, e nos intervalos metade dos homens da plateia descia correndo e se atirava na multidão para tomar uma bebida de verdade, em vez do vinho azedo e do simulacro de café servido no bar do teatro. O lugar era pequeno, íntimo e relaxado, e de certa ótica, com gente e bebida suficientes, poderia parecer o auge da sofisticação, ou pelo menos o máximo que se pode esperar nesta cidade.

Phoebe e Isabel marcaram de se encontrar às sete horas. Nessa hora, havia poucos clientes e elas se sentaram a uma mesa no canto, perto da janela, onde não seriam incomodadas. Phoebe tomava um copo de shandy; Isabel bebia seu gim-tônica de sempre.

— Terei duas semanas de descanso — disse ela em seu arrastar mais cansado —, então isto terá de ser oferta sua, querida. — Ela estava com um boá de penas verde e o chapeuzinho que Phoebe lhe vendera com desconto na Maison des Chapeaux, onde trabalhava. As unhas enervantes de compridas eram pintadas de escarlate e o batom era vermelho, para combinar. Phoebe, como sempre, ficava cativada com a extraordinária tez da amiga, sua palidez de porcelana e a fragilidade compensada pelos mais leves toques de ruge aplicado no alto das maçãs do rosto e aqueles lábios vívidos, acentuadamente curvos e reluzentes, que davam a impressão de uma borboleta rara e exótica pousada na boca e pendurada ali, contorcendo-se e pulsando.

— Bem — ela perguntou agora —, quais são as últimas? April escapou do tráfico de escravas brancas e voltou para contar a história?

Phoebe meneou a cabeça.

— Meu pai e eu fomos ao apartamento dela ontem. Com um detetive.

Isabel arregalou bem os olhos.

— Um detetive! Que excitante!

— Não havia sinal dela ali, Bella. Todo o apartamento estava como April deixou... Ela pode muito bem ter saído para fazer compras e não voltou. Ela não pode ter ido embora sem ter levado nada. É como se tivesse sumido no ar.

Isabel balançou a cabeça com as pálpebras ligeiramente fechadas.

— Querida, ninguém some no ar.

— Então, onde ela está?

A amiga virou a cara e se ocupou de vasculhar a bolsa.

— Tem um cigarro? Acho que estou sem nenhum.

— Eu parei de fumar — disse Phoebe.

— Ai, meu Deus, você não parou, parou? Está se tornando mais casta a cada dia, praticamente uma freira, não consigo acompanhá-la... Não que eu queira isso, imagine. — Phoebe não disse nada. Às vezes havia uma amargura nada atraente no tom de Isabel. — Acredito — disse ela — que você não gostaria de comprar uns cigarros para mim, não? Estou realmente quebrada. — Phoebe pegou a bolsa. — Você é um amor, Pheeb. Me sinto uma puta completa comparada com você. Gold Flake... Pode ser um maço de dez.

No balcão, enquanto esperava que o barman lhe desse os cigarros e o troco, Phoebe se lembrou de uma noite em que o pequeno bando passou aqui três ou quatro semanas antes. Isabel estava numa peça que encerrou depois de cinco apresentações, e os amigos se reuniram no Shakespeare para consolá-la. Houve os olhares de costume dos outros clientes — Patrick parecia não perceber, como sempre — todavia acabou sendo uma ocasião feliz. April estava presente, alegre e sardônica. Eles beberam um pouco mais de que deveriam e quando saíram, na hora de fechar, as ruas cintilavam de geada e eles andaram sob as estrelas reluzentes até o Gresham, na esperança de convencer o barman de lá, admirador confesso e sempre esperançoso de Isabel, a lhes servir a saideira. No saguão, eles riram alto demais e passaram algum tempo tentando fazer o outro se calar, colocando o dedo nos lábios dos amigos e balbuciando. Para sua decepção, o fã de Isabel não trabalhava naquela noite e ninguém lhes deu uma bebida, e Patrick os convidou a seu apartamento na Christ Church. Os outros o acompanharam, mas alguma coisa, uma indisposição fraca, porém intransponível — seria timidez? Um medo obscuro? — fez com que Phoebe alegasse uma dor de cabeça, e ela pegou um táxi para casa. Quando chegou, estava arrependida, é claro, mas era tarde demais: ela teria se sentido uma idiota aparecendo na porta de Patrick no meio da noite, fingindo que a dor de cabeça de repente desaparecera. Mas ela sabia que alguma coisa acontecera na casa de Patrick naquela noite; ninguém falou nisso um dia depois, nem nos dias que se seguiram, mas era exatamente seu silêncio que lhe dizia que algo definitivamente ocorrera.

Ela levou o maço de cigarros de volta à mesa.

— Conte o que disse o detetive — insistiu Isabel, rasgando o celofane com as unhas escarlate. — Não, espere... Primeiro me conte como ele era. Alto, moreno, bonito? Fazia o tipo Cary Grant, todo elegante e sofisticado, ou era grandalhão e perigoso, como Robert Mitchum?

Phoebe teve de rir.

— Ele é baixo, macilento e tem cara de gângster, pelo que vi. Seu nome é Hackett, o que de algum modo combina com ele. Eu já o vi antes, quando... — Ela se interrompeu e uma sombra ofuscou suas feições.

— Oh — disse Isabel. — Quer dizer na rua Harcourt, quando todo aquele...

— Sim. Sim, nessa época. — Phoebe se viu concordando com a cabeça, muito rapidamente, não conseguia parar; parecia uma daquelas figuras de caixa de esmolas que fica assentindo quando se coloca uma moeda, e sua respiração também estava acelerada. Ela fechou os olhos. Devia se controlar. Não pensaria naquela noite na Harcourt, a brisa passando pela janela escancarada e o homem abaixo, na grade, empalado ali.

Isabel tocou sua mão.

— Está tudo bem, querida?

— Eu estou bem, é só que... É sério, estou bem.

— Tome uma bebida de verdade, pelo amor de Deus. Peça um conhaque.

— Não, prefiro não beber. É que às vezes, quando eu me lembro... — Ela se recostou na cadeira; era estofada em veludo da cor do vinho aguado; ela baixou as mãos de lado e de algum modo a textura felpuda a reconfortou, lembrando, ela não sabia por quê, a infância. — Isabel — disse ela —, o que aconteceu naquela noite na casa de Patrick? Lembra, depois que a peça foi encerrada, todos nós viemos aqui e nos embriagamos, e você e os outros foram com Patrick para o apartamento dele.

Isabel se ocupou de descolar um floco imaginário de tabaco do lábio.

— O que quer dizer — disse ela, virando a cara e franzindo a testa —, como assim, o que aconteceu?

— Aconteceu alguma coisa. Todos vocês ficaram muito calados a respeito disso e Jimmy ficou ainda mais sarcástico do que de costume.

— Ah, não me lembro. Estávamos bêbados, como você tão generosamente me lembrou, mas você não estava lá, tenho certeza, porque você era uma *boa* menina. — Ela sorriu com falsa doçura. — Acho que deve ter havido uma briga ou coisa parecida... Você sabe como é o Jimmy com Patrick quando toma umas e outras. — Phoebe esperou. Agora estava calma, de uma forma horrível. Isabel, ainda sem olhar para ela, soltou um suspiro contrariado que não soou muito bem, mais parecia encenado. — Sim, tudo bem, sim, houve uma briga. Surgiu do nada, como sempre. Jimmy queria levar April para casa... Ele estava cavalheiresco... E April não queria ir. Por fim, eu o convenci a deixar de rabugices e perguntei por que ele não levava *a mim* para casa.

— E depois?

— Depois fomos embora. Jimmy e eu. Era uma linda noite, geava em toda parte e não havia ninguém nas ruas. Teria sido muito romântica se fosse outro, e não Jimmy.

Isabel acendia o segundo cigarro com a guimba do primeiro. Phoebe se perguntou se era imaginação dela ou se as mãos da amiga tremiam, mesmo que apenas um pouco. Estaria ela dizendo a verdade sobre aquela noite?

— E April ficou lá? — perguntou Phoebe. — Com Patrick?

— Bom, não sei, depende do que você quer dizer por *ficar*, querida. — Enfim agora ela virava o rosto e olhava em cheio para

Phoebe, como se a desafiasse, com uma luz estranha nos olhos. — O que dizia?

Phoebe teve a impressão de que as lâmpadas no bar de repente escureceram. Sentiu algo amargo no fundo da garganta. Como se elas esperassem para nos pegar de tocaia, nossas verdadeiras emoções, pensou ela.

— Acredito sinceramente — dizia Isabel, em seu arrastar rouco de palco — que dão importância demais a estes incidentes da madrugada. Ninguém está em seu juízo perfeito, todos meio loucos de bebida, procurando um significado oculto nas menores coisinhas. É claro que eu posso ter perdido muita coisa, naquela hora da noite em geral estou esgotada demais depois de duas ou três horas de pé num palco, gritando para uma gente que não faz nada além de gritar para mim, a mesma coisa, vezes sem conta, toda noite. Só o que *eu* queria fazer era me arrastar para cama com um saco de água quente, e a única coisa forte que queria perto de mim era uma bebida.

Phoebe sentiu que pelejava por uma densa moita de espinhos e saía em um lugar cinzento e ermo.

— Então, vocês eram amantes — disse ela sem rodeios.

— O quê? — Isabel a olhou e soltou o que parecia um riso forçado. — Sabe de uma coisa, acho que nunca ouvi esta palavra ser usada na vida real, fora do teatro. Amantes, que coisa!

— Bem, não eram... Eram?

Isabel deu de ombros.

— Minha cara — disse ela de seu jeito esgotado e mundano —, você tem mesmo uma imaginação muito fértil para a garota de convento que finge ser. Patrick, é claro, deve explodir de impulsos primitivos... Mas amantes? Não consigo ver isso, você consegue? Você sabe como é a April.

— Como assim, como é a April?

— Bem, prefiro pensar que há muito mais papo do que ação. Segundo minha experiência, aqueles que parecem os mais atirados por acaso são os virgens. — Ela deu um tapinha na mão da amiga. — Como você é singular, Phoebe, singular e adoravelmente quadrada. Está com ciúmes? Você está vermelha... Você *tem* ciúmes. Veja bem, eu entendo. Ele é um pedaço de homem, não é? — Sua voz endurecera e aquela luz fria e amarga voltara a seus olhos.

— Sim — disse Phoebe —, sim, ele é muito... É muito bonito.

Isabel a olhou.

— Pelo amor de Deus — disse ela asperamente —, não me diga que você também se apaixonou.

Phoebe não ia chorar: o choro não traria conforto a seu coração subitamente apertado. Tinha certeza, independentemente do que dissesse Isabel, que April e Patrick eram amantes. A ideia sempre lhe passava pela cabeça, mas ela jamais acreditou realmente; agora acreditava. Depois de plantada, a convicção não enfraqueceria. E Isabel tinha razão, ela sentia ciúmes. Mas o pior de tudo era que ela não sabia de qual dos dois tinha ciúmes, se de April ou de Patrick.

Não, ela não ia chorar.

Assim, é claro que no dia seguinte ela teve de se fazer de boba. Sabia que não devia fazer isso, mas foi em frente e fez. Raciocinou que, como estava em sua hora de almoço, poderia fingir, se fosse necessário, que tinha saído para dar uma caminhada. Naturalmente, era ridículo: quem acreditaria que alguém faria uma caminhada da rua Grafton até a Christ Church com este tempo? Ela não esperava realmente vê-lo; afinal, quais eram as chances de ele estar em casa no meio do dia? Mas ela não tinha nenhuma intenção de chamar por ele. O que, então, estava pensando? Era infantilidade;

parecia uma menininha zanzando pelas ruas na esperança de ver um garoto por quem tinha uma queda. Ela disse a si mesma para deixar de idiotices e voltar, entretanto continuou, através do ar úmido e turvo, e quando saiu da Christchurch Place e entrou na rua Castle, lá estava ele! Ela o viu andando em sua direção, vindo do outro lado, com aquele grosso casaco marrom e o cachecol de lã, carregando um saco de mantimentos. Ele não a viu de imediato e ela pensou em girar nos calcanhares e escapulir, mas sabia que era tarde demais — e ele a veria então, certamente, fugindo, e pensaria que ela era uma tola ainda maior, e ela, portanto, saberia que era uma covarde. Então prosseguiu, obrigando-se a aparentar a surpresa que ele devia sentir.

— Phoebe! — disse ele, parando, com aquele grande sorriso dele. — Que bom ver você.

— Eu fui... Fui me encontrar com alguém — disse ela. — Na catedral. Uma amiga minha. Acabei de deixá-la. — Ela tagarelava, balbuciava, podia ouvir a si mesma. — Esqueci que você morava nessa rua. Estou voltando para o trabalho.

Patrick ainda sorria. Ele devia saber que ela mentia. O que pensaria que ela estava fazendo ali? Teria ele percebido que Phoebe esperava que ele estivesse ali e se encontrasse com ele?

— Entre por um minuto — disse ele. — Está muito frio.

Ele morava num prédio pequeno e decadente, com a porta da frente estreita pintada em linhas onduladas e envernizada de modo a parecer madeira. Seu apartamento ficava no segundo andar; ela nunca estivera ali. A senhoria ocupava o térreo — "ela saiu", disse ele, "então não precisa se preocupar". O corredor tinha piso de linóleo barato e a escada era íngreme e cheirava a umidade. Ele fez o possível para que a sala de estar mínima e lúgubre parecesse aconchegante, com pôsteres coloridos nas paredes e uma manta vermelha jogada no encosto de uma velha poltrona. Ela estava consciente da cama no canto, mas não se permitiu olhar para ela. A mesa era de carteado dobrável, encostada à janela. Nela, além de uma máquina de escrever portátil Olivetti verde e uma pilha de livros didáticos, havia a fotografia em porta-retrato de um casal de meia-idade em trajes tribais, a mulher com um penteado complicado. Havia um telefone no chão ao lado da cama; ela percebeu que era um modelo antiquado, como o de April, com aquela manivela na lateral.

— Já almoçou? — perguntou Patrick. — Eu ia preparar alguma coisa. — Phoebe olhava uma estatueta de bronze no peitoril da janela: era de um guerreiro de aparência temível e olhos grandes, com um capacete pontudo, brandindo uma lança ou uma espécie de espada longa e decorada, larga na ponta. — Do Benin — disse Patrick, seguindo seu olhar. — É um Oba... Um rei, ou governante. Sabe alguma coisa das estatuetas de bronze do Benin?

Phoebe balançou a cabeça.

— Desculpe.

— Ah, não tem por quê. Muito pouca gente aqui sabe do Benin... A arte africana nunca foi sofisticada aos olhos europeus. Esta peça é uma cópia, naturalmente.

Ele foi ao nicho onde havia uma pia e um armário de parede e, empoleirado precariamente numa prateleira, um fogareiro elétrico Baby Belling, pouco maior do que uma caixa de chapéu, com um único queimador. Encheu uma chaleira, colocou no fogo para ferver e começou a desfazer a sacola no escorredor de pratos.

— Prefere um café, ou chá? — perguntou ele. — Eu tenho queijo, pão e tâmaras. Está com fome?

— Adoro tâmara — disse ela, embora nem conhecesse o sabor.

Ele não tinha bule e fez o café em uma panela. O café era preto e amargo e ela sentia os grãos feito areia em seus dentes, entretanto pensou que nunca saboreara nada tão maravilhoso e exótico, com tal fragrância do exterior. Eles se sentaram de frente um para o outro à mesinha baixa, ela na poltrona com a manta vermelha e ele empoleirado em uma banqueta cômica de três pernas. As tâmaras eram pegajosas e tinham um gosto semelhante ao do chocolate. Pela borda da caneca, ela olhava as mãos de Patrick. Eram grandes e quase quadradas, com dedos muito grossos que pareciam acariciar com uma ternura cuidadosa as coisas que tocavam. Aqui, desse jeito, em sua própria casa, em meio a seus pertences, ele parecia mais novo do que em outros lugares, quase juvenil e um tanto tímido, meio vulnerável.

— Quer um pedaço de queijo? — perguntou ele. Quando falou a última palavra, seu lábio inferior foi puxado para baixo e ela teve um vislumbre do rosado por dentro de sua boca, mais carmim do que rosa, um ponto macio, secreto e escuro. Pelo canto do olho, viu que ele tinha colocado o casaco na cama; estava atravessado obliquamente, uma das mangas pendurada para fora; podia ter sido ela, prostrada ali.

— Eu menti — disse ela. — Não fui encontrar uma amiga. Não fui encontrar ninguém.

— Oh? — Ele não demonstrou surpresa, apenas sorriu novamente. Quando sorria, tinha um jeito de baixar e levantar a cabeça grande rapidamente de lado, o que o fazia parecer desajeitado e feliz ao mesmo tempo.

— A verdade é que vim aqui na esperança de ver você. E por uma estranha coincidência, encontrei-o na rua. Nem acreditei quando o vi.

— Sim, uma coincidência. Decidi ficar em casa hoje — ele assentiu para a mesa com sua pilha de livros — para estudar. — Ele comia com movimentos curtos, hábeis e rápidos, estranhos quando vistos em alguém tão largo e sólido, aqueles dedos grandes dobrados e levando bocado após bocado à boca, aqueles lábios que pareciam secos e eram rachados, embora parecessem também macios, macios como uma fruta madura e escura. — Por que você queria me ver? — perguntou ele.

Ela bebeu o café, segurando a caneca com as duas mãos, aconchegando-a a ela. Ainda tentava não ver o casaco na cama, mas ali estava ele, esparramado, a um só tempo inocente e sugestivo.

— Não sei. Acho que queria falar sobre a April. Não paro de pensar... Ah, não sei. Não paro de pensar nas coisas que podem ter acontecido com ela. — Ela o olhou quase suplicante. — Acha que ela vai voltar?

Ele ficou em silêncio por um tempo. Lá fora, um sino badalou a hora e um segundo depois outro sino repicou, mais distante, da catedral de St Patrick. Só esta cidade, pensou ela, teria duas catedrais a menos de cem metros de distância, ambas protestantes. Enfim, Patrick falou.

— Alguém falou com a família dela?

— Meu pai e eu fomos ver o irmão dela. Ele não sabia de nada, segundo disse, e também não se importava. Eles sempre se odiaram, ele e April.

— E a sra. Latimer?

— Sim, meu pai a procurou também. Foi com um detetive.

Patrick a fitou, seus olhos, mais os globos oculares em si, pareciam aumentar, inchando os brancos.

— Um detetive? Por quê?

— Meu pai o conhece... Eu também, mais ou menos. O nome dele é Hackett. Está tudo bem, ele é muito... discreto.

Patrick olhou para o lado, assentindo levemente, pensando.

— E o que ela disse, a sra. Latimer?

— Também não disse nada, eu acho. O cunhado dela estava lá, tio de April. O ministro. A família está unida para se proteger, segundo meu pai. Acho que eles pensam que April fez alguma coisa que prejudicará sua preciosa reputação, e provavelmente é só com isso que se importam. — Por que ela estava falando assim, com tanta amargura, com tal ressentimento, de repente? Desde quando era da conta dela o que os Latimer diziam ou não, o que faziam ou não? Nada disso traria April de volta. E então, no momento seguinte, ela ficou chocada ao se ver olhando para a cara grande, larga e de nariz achatado de Patrick e perguntando: — Você a ama?

No início pensou que não teria resposta, que ele fingia que ela nada dissera ou que não tinha ouvido ou compreendido. Ele piscou lentamente; havia ocasiões em que parecia existir num ritmo diferente de tudo que o cercava.

— Não sei o que quer dizer — disse ele simplesmente, a voz muito grave e ponderada. — Quer dizer, se estou *apaixonado*? — Ela assentiu, apertando os lábios. Ele sorriu e abriu as mãos diante dela, mostrando as palmas rosadas e largas. — April é maravilhosa — disse ele —, mas acho que não seria fácil me apaixonar por ela.

— Ninguém espera que seja fácil se apaixonar, não é? — disse ela. — Eu não esperaria que fosse fácil... Eu não ia *querer* que fosse.

Patrick baixou a cabeça e flexionou lentamente os ombros, como se sentisse alguma coisa sendo puxada em volta dele.

— Está tudo bem — disse Phoebe, e teve de se conter para não estender o braço e pegar sua mão —, não é da minha conta. Me fale das estatuetas de bronze do Benin.

Ele baixou a caneca de café, levantou-se e foi à janela. A leveza com que se movia, em um andar gingado, grande e, no entanto, estranhamente delicado, como, percebeu ela, sim, como seu pai.

Ele pegou a estatueta de bronze no peitoril e a carregou nas mãos. Lá fora, Phoebe via, de um jeito distraído, que começara a chover.

— Benin era uma grande cidade — disse ele —, no coração de um grande império. O povo bini era governado desde o início dos tempos pelos Ogisos, os reis-céu. Ekaladerhan, filho do último Ogiso, foi degredado e morava com o povo ioruba, onde mudou de nome e passou a ser um grande Oduduwa, governante da cidade de Ife. Quando os anciãos do povo bini pediram a Oduduwa que voltasse e fosse seu Oba, ele mandou o filho e a dinastia continuou. Os portugueses foram os primeiros europeus a chegar, depois os holandeses e em seguida, é claro, os britânicos. No final do século passado, alguns representantes britânicos foram mortos na cidade e foi realizada a famosa Expedição Punitiva, o palácio do último Oba foi saqueado e seus tesouros destruídos ou roubados. A maior parte das estatuetas do palácio agora está... — ele soltou uma risada curta e desdenhosa — ... No Museu Britânico. — Ele parou, ainda sopesando pensativamente o guerreiro, de olhos caídos. Ela sabia que era uma história que ele contava com frequência e se tornara uma espécie de exibição, uma salmodia. Ela imaginou April sentada ali, onde ela estava, olhando-o perto da janela com a estatueta de bronze na mão. O que ela sabia de April ou deste homem da África? O que ela sabia de sua amiga e Isabel Galloway, aliás, ou de Jimmy Minor — o que ela sabia? Todos, pensou, lhe são estranhos.

— É de onde você vem — perguntou ela —, do Benin?

— Não. Não, eu sou um igbo. Nasci em uma aldeia pequena, no Níger, mas fui criado em Port Harcourt. Não é um lugar muito bonito.

Ela não se importava com seu local de nascimento, em que cidade ou cidades ele morou. Sentiu-se repentinamente desolada ao ouvi-lo falar daqueles lugares tão distantes, onde ela nunca estaria, que ela jamais conheceria. A chuva sussurrava contra a janela, como se também tivesse uma história para contar.

— Sente falta de lá, de sua terra natal? — perguntou ela, tentando evitar que ele ouvisse a tristeza em sua voz.

— Devia sentir... Não sentimos todos falta da terra natal, quando a deixamos?

— Ah, mas você não a deixou, não é verdade? — disse ela rapidamente. — Quero dizer, você vai voltar. Certamente precisam de médicos na Nigéria.

Ele lhe lançou um olhar afiado e irônico, e seu sorriso ficou gélido.

— É claro... Precisamos de tudo. Exceto missionários, talvez. Deles, temos o suficiente.

Ela não sabia o que dizer; supôs tê-lo ofendido, parecia fácil ofendê-lo. Ele devolveu a estatueta ao peitoril com cuidado, no local onde estivera antes — seria algo sagrado para ele, remontando às raízes profundas de seu passado? — e voltou a se sentar de frente para ela no banco de madeira.

— Sabia que isto é uma banqueta de ordenha? — disse ela. — Não consigo imaginar onde você arrumou isso.

— Já estava aqui quando cheguei. Talvez a sra. Gilligan tenha sido leiteira quando jovem. — Ele riu. — A sra. Gilligan é minha senhoria. Se a conhecesse, entenderia a piada. Bobs no cabelo, lenço na cabeça, cigarro. Mas creio que as vacas não iam gostar dela. — Ele pegou um farelo de queijo daquele jeito com que agia, dobrando os dedos grossos, e colocou pensativamente na boca rosada. — Às vezes — disse ele, e seu tom de repente mudou —, às vezes é difícil, aqui, para mim. Eu fico cansado... Cansado de como me olham, cansado das caras feias, dos comentários cochichados.

— Quer dizer, porque você é... Por causa de sua cor?

Ele pegou outro farelo no prato.

— A coisa não diminui, e isto é o pior de tudo. Às vezes eu me esqueço de minha... — Ele sorriu, fazendo uma pequena mesura de reconhecimento — ... de minha cor, mas não por muito tempo. Sempre tem alguém para me lembrar dela.

— Oh! — disse ela, horrorizada. — Eu não, eu...

— Não você. Não os meus amigos. É uma sorte ter amigos assim... Não sabe a sorte que representa.

Houve um longo silêncio. Eles ouviram o sibilar da chuva na vidraça.

— Desculpe por ter perguntado aquilo sobre April — disse Phoebe. — Sobre você ser... Sobre ela...

— Sobre eu ser "apaixonado" por ela? — Ele fez aquele gesto de cabeça de novo, sorrindo. — Não posso me apaixonar por alguém como April. Tem a própria April, o que ela é e também a minha "cor".

— Eu lamento — disse ela novamente, num tom moderado, baixando a cabeça.

— Sim — disse ele, quase com a mesma suavidade —, eu também lamento.

Quando, cinco minutos depois, Phoebe chegou à rua — Patrick ficou na porta olhando enquanto ela se afastava —, estava mais confusa do que nunca. Enquanto estava sentada com Patrick e ele falava, ela pensou que compreendia o que ele dizia para além das palavras que ele pronunciava, mas agora percebia que não tinha entendido nada. Foi estranho — o que havia para compreender? O que ela esperava que ele dissesse, o que queria que ele dissesse? Ela queria que ele lhe dissesse, que a tranquilizasse, que ele e April não foram para a cama juntos naquela noite, depois dos drinques no Shakespeare, nem naquela noite, nem em qualquer outra, mas ele não disse isso. Talvez fosse culpa dela, talvez tivesse feito as perguntas erradas, ou fez a pergunta certa, mas contextualizada do jeito errado; sim, talvez fosse isso. Entretanto, que outras palavras poderia ter usado?

A chuva fina caía e brilhava nas pedras do calçamento com o que parecia uma intenção maligna, e ela teve de andar com cuidado por medo de perder o pé e cair. Mas estava caindo. Sentia alguma coisa se abrindo em seu íntimo, baixando como um alçapão, rangendo nas dobradiças e por baixo tudo era escuridão, incerteza e medo. Ela não sabia como sabia, mas sabia, agora, sem qualquer sombra de dúvida, que April Latimer estava morta.

Era a parte da tarde quando o inspetor Hackett telefonou.

— Fevereiro não lhe dá vontade de emigrar? — disse ele, soltando o seu riso de gorgolejo. Quirke, em seu apartamento, tinha dormido no sofá com o livro aberto no peito. Que injustiça, pensou, com uma onda de autopiedade, que embora ele não tivesse tomado nem um drinque em semanas, ainda se visse caindo no que podiam ser cochilos de bêbado, dos quais acordava com todos os sintomas de uma ressaca. — Estou incomodando? — perguntou o policial, ironicamente. — Estava no meio de alguma coisa, como dizem? — Ele parou, respirando. — Os camaradas da perícia me deram o relatório. Havia sangue, é verdade. Já com algumas semanas. Deve ter havido algum grande borrifo que alguém limpou.

Quirke esfregou os olhos até doerem.

— Grande como?

— É difícil saber.

— E a cama... Como não havia manchas de sangue nela?

— Havia, se você olhasse bem de perto, o que aparentemente não fiz. Só de um lado, alguns pontinhos. Devia haver um lençol de borracha ou coisa parecida debaixo dela.

— Ah, meu Deus. — Ele imaginava a garota, uma figura sem rosto com um vestido folgado, uma alça caída no ombro, sentada na beira da cama de cabeça pendida, as pernas abertas e o sangue caindo no chão, gota a gota, apavorante.

Por um tempo, nenhum dos dois falou. Quirke olhou a janela, a chuva, o dia que já escurecia.

— O importante — disse Hackett — é o tipo de sangue encontrado.

— Ah, sim? De que tipo?

— Eles têm o nome técnico para isso, não me lembro... Está escrito aqui em algum lugar. — Ouviu-se o som de papéis folheados. — Não consigo encontrar a maldita coisa — resmungou o policial. — De qualquer modo, é do tipo que haveria depois de um aborto espontâneo ou... — Ele parou.

— Ou?

— O que vocês da medicina chamam... Um término, é essa a palavra?

9

O inspetor Hackett sempre foi inquisitivo, demasiadamente, como às vezes ele pensava e às vezes demonstrava. Para ele, esta tinha de ser uma boa característica num policial — em geral pensava que foi isso que o fez ingressar na força, antes de mais nada — mas também tinha seus reveses. "Xereta" foi seu apelido quando estava na escola, e às vezes ele levava um soco na cara ou um chute no traseiro por se meter com avidez demais no que não era de sua conta. Não que ele quisesse particularmente tomar posse dos segredos para uso próprio, ou descobrir coisas que lhe dariam vantagem sobre aqueles que guardavam esses segredos. Não, a origem de sua comichão para saber era que o mundo, ele tinha certeza, nunca era o que parecia, sempre era mais do que aparentava. Ele aprendeu isto muito cedo. Aceitar a realidade em sua aparência era perder uma realidade inteiramente diversa por trás dela.

Ele se lembrava com clareza do momento em que teve o primeiro vislumbre da natureza dissimulada e enganadora das coisas. Não devia ter mais de oito ou nove anos na época. Andava por um corredor vazio certo dia na escola e olhou uma sala de aula, vendo um Irmão das Escolas Cristãs sozinho ali, sentado a uma mesa, chorando. Embora tenha se passado muito tempo, ele ainda podia trazer toda a cena à memória e era como se estivesse ali novamente. Era de manhã e o sol brilhava por todas as janelas grandes do corredor; ele se lembrava de ver a luz do sol caindo no chão em paralelogramos, com cruzes oblíquas e finas por dentro. Por que não havia ninguém ali, exceto ele e o Irmão, ou por que ele estava ali ou o que fazia, ele não se recordava. Deve ter havido uma partida de futebol ou coisa assim e alguém o enviara de volta à escola para fazer alguma coisa. Ele se viu andando e se encaminhando a uma porta aberta, olhando para dentro e espiando o Irmão sentado ali, inteiramente só, não em sua própria mesa na frente da sala, mas em uma das carteiras dos meninos na fila da frente, embora fosse pequena demais para ele. Ele chorava, amargamente, em silêncio, com a boca aberta e frouxa. Foi um choque, mas também fascinante. O Irmão era um dos professores mais tranquilos, jovem, de cabelo ruivo escovado como uma crista de galo, e usava óculos de aro de chifre preto. Segurava algo — uma carta, seria isso? — e as lágrimas escorriam pelo rosto. Talvez alguém tivesse morrido, embora ele não tivesse recebido notícia de uma morte por carta. Ou seria um telegrama, talvez? Mais tarde, no intervalo de almoço, ele viu o mesmo Irmão no pátio da escola, supervisionando os meninos, e estava como sempre, sorridente, brincalhão e fingindo bater nos colegas com a correia de couro. Como recuperou a compostura tão prontamente, sem nenhum sinal de sua tristeza anterior? Será que ainda estava pesaroso no íntimo e encobria, ou as lágrimas foram resultado de uma fraqueza passageira e agora já estavam esquecidas? Fosse como fosse, foi estranho. Também foi perturbador, é claro, mas a estranheza permaneceu nele, o caráter fora do comum do espetáculo de um adulto sentado ali a uma mesa pequena demais, aos prantos, no meio de uma manhã que, se não fosse por isso, seria comum.

 Desde esse dia, ele considerava a vida uma viagem de descoberta — uma descoberta rara e muitas vezes banal, era verdade — e a si mesmo uma sentinela solitária em meio a um navio de marinheiros broncos, lançando o prumo, puxando de volta e lançando novamente, por toda a superfície do mar, parecendo tudo o que havia para se ver e se saber, na bonança como na tempestade, enquanto, por baixo, havia todo um outro mundo de coisas, oculto, com outros tipos de criaturas faiscando misteriosamente nas profundezas.

O início do crepúsculo chegava quando ele subiu a escada mais uma vez à casa na Herbert Place e pegou a chave embaixo da lajota quebrada, entrando. O corredor estava silencioso e escuro, salvo pelo brilho fraco da lâmpada de rua que entrava pela bandeira da porta, mas ele não acendeu a luz, por uma vaga indisposição de perturbar o estado das coisas. A casa era de propriedade de um lorde Fulano — ele se esqueceu do nome — que morava na Inglaterra, um senhorio ausente. Ele procurou no *Thom's Directory* e encontrou apenas dois inquilinos registrados, April Latimer e uma Helen St J. Leetch. A filha de Quirke lhe dissera em que apartamento morava essa outra pessoa, esta Leetch, mas ele não conseguia se lembrar do que ela contara. Ele bateu na porta do apartamento térreo, mas, pelo som oco dos nós dos dedos, ele entendeu que estava desocupado. Passou pela porta de April no segundo andar sem parar e continuou, apoiando-se no corrimão e ofegando. O patamar acima era tão escuro que ele teve de tatear pelas paredes procurando o interruptor e, quando encontrou e o virou, não acendeu nada. Não havia luz também embaixo da porta e quando ele se abaixou, colocando um olho no buraco da fechadura, não viu nada além de escuridão. Entretanto, um de seus sentidos extra de policial lhe disse que o apartamento não estava vago. Ele ergueu a mão para bater, mas hesitou. Havia algo perto dele, uma presença; de repente, ele podia sentir. Ele não era dado a fantasias; de maneira nenhuma era o primeiro lugar escuro em que ficava sem uma presença humana próxima para produzir um ruído, nem mesmo um respirar, por medo de ser encontrado e atacado. Ele deu um pigarro, o ruído parecendo muito alto no silêncio.

Quando ele bateu na porta, ela se abriu imediatamente com um estrondo e uma lufada de ar frio e inerte chegou a ele.

— O que você quer? — perguntou uma voz rouca, rápida e urgente. — Quem é você e o que quer?

Ele a via indistintamente contra o brilho vago que devia vir da rua pela janela a suas costas. Era uma figura rígida e recurvada, apoiada em alguma coisa, devia ser uma bengala. Exalava um cheiro rançoso, de lã velha, folhas de chá, fumaça de cigarro. Ela deve tê-lo ouvido subindo a escada e esperou por ele, encostada na porta, escutando.

— Meu nome é Hackett — disse ele num tom deliberadamente alto. — Inspetor Hackett. É a sra. Leetch?

— Helen St John Leetch é meu nome, sim, sim... Por quê?

Ele suspirou; esta seria espinhosa.

— Importa-se se eu entrar, senhora...

— Senhorita.

— ... Só por um minuto?

Ele ouviu seus dedos arranhando a parede e em seguida uma lâmpada fraca acima de sua cabeça se acendeu. Um halo de cabelos cinza embaraçados, rosto todo fissuras, um olho afiado, preto e reluzente.

— Quem é você? — Sua voz agora era surpreendentemente firme; autoritária, ele podia ter dito. Tinha o que ele considerava uma pronúncia refinada. Protestante; relíquia da antiga decência. Numa outra casa por essas bandas haveria uma senhorita, e não uma senhora St John Leetch, esperando atrás de uma porta por alguém, qualquer um, que batesse.

— Sou detetive, senhora.

— Entre, então, entre, entre, está deixando entrar o frio. — Ela se arrastou um passo para trás num quarto de círculo, batendo colérica a bengala no chão. Vestia uma saia na altura da panturrilha que parecia feita de saco de aniagem e pelo menos três coletes de lã, que ele pudesse contar, um por cima do outro. Garras de uma ave, trêmulas, seguravam o castão da bengala. Ela falava precipitadamente, aos arranques, a dentadura chocalhando. — Se é sobre o aluguel, está perdendo seu tempo.

— Não, senhora, não se trata do aluguel.

Hesitante, ele deu um passo para dentro. Teve um vislumbre de uma cozinha às escuras com formas de mobília à espreita e uma janela corrediça alta, sem cortina. O ar era muito frio e parecia úmido. Ele adejou por ali, inseguro.

— Entre, entre! — disse ela, apontando. — Ande!

Ela se arrastou para o que ele supôs ser a sala de estar e acendeu a luz. O lugar era um caos. Havia coisas largadas por todo lado, roupas, pares de sapatos, chapéus fora de moda, caixa de papelão transbordando de velharias. Havia um forte cheiro de gato e quando ele olhou mais atentamente, viu ondas lentas em vários lugares sob os trapos largados, onde se esgueiravam criaturas sorrateiras. Quando ele se virou, sobressaltou-se ao descobrir a mulher parada imediatamente junto de seu ombro, examinando-o com atenção.

— Você não é um detetive — disse ela, com um desdém cabal. — Diga a verdade... O que você é? Algum vendedor? De seguros, é isto? — Ela fechou a carranca. — Não é testemunha de Jeová, assim espero.

— Não — disse ele com paciência —, não, sou policial.

— Porque eles vêm aqui, sabe, batendo na porta e me oferecendo aquela revista... Como se chama?... *The Tower*? Aceitei uma vez e o sujeito teve o desplante de me pedir para pagar seis pence por ela. Eu disse a ele para dar o fora ou eu chamaria a polícia.

Ele pegou a carteira e mostrou suas credenciais surradas.

— Hackett — disse ele —, inspetor Hackett. Vê?

Ela não olhou o cartão, mas espiava com profunda desconfiança. Depois colocou alguma coisa na mão dele. Era uma caixa de fósforos.

— Tome — disse ela —, eu estava tentando acender aquele maldito fogo, pode fazer isto por mim.

Ele andou até a lareira e se agachou junto dos bicos de gás, riscou um fósforo e virou o registro. Olhou para ela de baixo.

— Não tem gás — disse ele.

Ela assentiu.

— Eu sei, eu sei. Eles cortaram.

Ele se levantou. Percebeu que não tinha tirado o chapéu e o fez só agora.

— Há quanto tempo mora aqui, srta. Leetch?

— Não me lembro. Por que quer saber?

Um gato preto e branco esquelético saiu sorrateiro de baixo de uma pilha de jornais amarelados e se enroscou sinuosamente por seu tornozelo, soltando um gorgolejar grave.

— A senhora... conhece a srta. Latimer — perguntou ele —, do apartamento de baixo? A dra. Latimer, quero dizer.

Ela olhava para além dele, para a lareira a gás morta, carrancuda.

— Eu posso morrer — disse ela. — Posso morrer de frio e o que eles fariam? — começou ela e o fitou, como se tivesse se esquecido de sua presença. — Hein? — Seus olhos eram negros e tinham uma luz penetrante.

— A jovem — disse ele — do apartamento de baixo. April Latimer.

— O que tem ela?

— A senhora a conhece? Sabe a quem estou me referindo?
Ela bufou.

— Se eu a conheço? Se eu a conheço? Não, não conheço. Ela é médica, é o que diz? Que tipo de médica? Não sabia que havia um consultório nesta casa.

A chuva recomeçara a cair: ele a ouvia sibilando fraca nas árvores do outro lado da rua.

— Quem sabe — disse ele com gentileza —, não podemos nos sentar por um minuto?

Ele pôs o chapéu na mesa e puxou uma das cadeiras de madeira. A mesa era redonda, com pernas curvas em cujas pontas havia entalhes de garras de leão. O tampo tinha um lustre grosso e opaco e era pegajoso ao toque. Ele ofereceu a cadeira à mulher que, depois de um momento de hesitação desconfiada, se sentou, curvando-se para frente atentamente, com as mãos agarradas uma sobre a outra no castão de sua bengala.

— A senhora a viu recentemente? — perguntou Hackett, pegando a segunda cadeira para si mesmo. — A srta. Latimer, isto é... A dra. Latimer?

— Como eu poderia vê-la? Eu não saio.

— Nunca falou com ela?

Ela jogou a cabeça para trás e o olhou com um desprezo incrédulo.

— É claro que falei com ela, como eu não teria falado com ela? Ela mora bem abaixo de mim. Ela faz as minhas compras.

Ele não teve certeza de tê-la ouvido corretamente.

— Suas compras?

— Por isso eu não tenho nada na casa... Estou praticamente passando fome.

— Ah, entendo — disse ele. — Isto porque ela não aparece há algum tempo, não?

— É isso mesmo, e o frio aqui, estou surpresa de eu ainda não ter perecido. — Seu olhar opaco ficou ainda mais obscurecido. Fez-se um longo silêncio, depois ela voltou a si. — Hein?

Num canto da sala, debaixo de uma pilha que podia ser de lençóis, houve uma breve e violenta refrega, acompanhada de silvos e cusparadas. Hackett suspirou novamente; podia muito bem desistir, não conseguiria nada aqui. Pegou seu chapéu.

— Obrigado, senhora — disse ele, levantando-se. — Seguirei meu caminho e a deixarei em paz.

Ela também se levantou, com esforço, em movimentos de saca-rolha sobre o eixo de sua bengala.

— Creio que ela deve ter ido embora com aquele sujeito — disse ela.

Hackett, que começara a se virar para a porta, parou. Ele sorriu.

— E que sujeito seria? — perguntou ele mansamente.

Levou um longo tempo e mesmo então ele não soube realmente o que ouviria, ou mesmo se haveria alguma coisa. Aos poucos ficou claro, se fosse esta a palavra correta, pelo caos que era a compreensão da srta. St John Leetch, que o sujeito que pode ter saído com April não era um, mas muitos. As palavras saíam atropeladas. Ela ficou alternadamente indignada, desdenhosa, ofendida. Havia nomes, uma pessoa chamada Ronnie, ao que parecia — "ridículo, pavoroso!" — e figuras entrando e saindo a toda hora do dia e da noite, homens, mulheres também, indefinidas e duvidosas, uma galeria de fantasmas esvoaçando pela escada enquanto ela se escondia no patamar sem luz, olhando, escutando. Entretanto, uma figura em particular sempre voltava, indistinta como os demais e no entanto para ela, ao que parecia, singular.

— Rastejando por aqui e se escondendo de mim — disse ela —, pensando que eu não o veria, como se fosse cega... Bah! Eu era famosa por minha visão clara, sempre, sempre fui famosa por isso, meu pai costumava se gabar, *A minha Helen*, ele dizia, *a minha Helen pode ver o vento*, e meu pai não se gabava dos filhos levianamente, posso lhe garantir. Escondido ali, ao pé da escada, esquivando-se nas sombras, sei que havia vezes em que ele tirava a lâmpada do bocal para eu não poder acender a luz, mas mesmo quando não o ouvia, podia sentir seu cheiro, sim, com aquele perfume que ele sempre usa, uma pessoa pavorosa, um afeminado, tenho certeza, tentando se esconder no espaço embaixo da escada, ora, silencioso como um camundongo, silencioso como um camundongo, mas eu sabia que estava ali, o brutamontes, eu sabia que estava ali... — De repente ela parou. — Hein? — Ela olhou para Hackett de um jeito confuso, como se ele também fosse um intruso que de súbito tivesse se materializado diante dela.

— Agora me diga — disse ele, com muita brandura, adulador, como se falasse com uma criança —, diga-me quem ele era.

— Quem era quem?

Ela tombou a cabeça de lado e semicerrou os olhos para ele de banda, de olhos estreitos e lábios franzidos. Ele via a sujeira dos anos alojada nas rugas de seu rosto. Tentou imaginá-la jovem, uma beldade de ossos longos, andando sob as árvores no outono, segurando as rédeas de um cavalo baio. *A minha Helen, a minha Helen pode ver o vento.*

— Era o namorado, a senhora acha? — perguntou ele. — Ou talvez um parente? O irmão, talvez? Ou um tio, procurando por ela?

Ela ainda fixava nele aquele olhar astuto de banda e de repente riu, de prazer e escárnio.

— Um parente? Como poderia ser parente? Ele era negro!

10

Quirke estacionou o Alvis na esquina da Green e atravessava a rua quando se lembrou de que não o havia trancado e precisava voltar. Ao se aproximar do carro teve a nítida impressão, como acontecia com frequência, de que ele o olhava com um ar maligno e acusativo. Havia algo no jogo de faróis, em sua encarada fria, alerta e fixa, que o enervava e colocava na defensiva. Por maior que fosse o respeito com que tratava a máquina, por maior que fosse a diligência que tinha em se familiarizar com suas manhas — a leve guinada que ele dava nas curvas acentuadas à direita, a necessária pressão a mais no acelerador quando entrava em terceira — a coisa resistia a ele, mantendo o que lhe parecia uma obstinação emburrada. Só de vez em quando, em certos trechos abertos da rua, a máquina se esquecia de si, abandonava sua arrogância e saltava para frente com avidez, quase uma alegria, soltando aquele ronco distinto e abafado por baixo do capô que fazia as pessoas se voltarem. Depois disso, porém, quando ele parava na garagem na Herbert Lane, o motor em ponto morto lhe parecia arder com um rancor renovado e reprimido. Ele não servia para ser dono de um Alvis; ele sabia disso, o carro também sabia e não havia nada a fazer a não ser reconhecer melancolicamente o fato e cuidar para que a bendita coisa não se voltasse contra ele e o matasse.

Será possível que neste início de noite o carro estivesse consciente de que seu estado mental era mais vulnerável do que o de costume? Era o final de seu primeiro dia de volta ao trabalho sem beber, e não foi fácil. Sinclair, o assistente, foi incapaz de esconder o desprazer com a volta do chefe e o consequente eclipse dos poderes que ele exercera naqueles últimos dois meses. Sinclair era um profissional habilidoso, competente em seu trabalho — de certo modo, brilhante —, mas era ambicioso, impaciente para progredir. Quirke sentia-se um general voltando ao campo de batalha depois de um período emergencial de descanso e recuperação que não só descobre que seu segundo em comando lidera a campanha com uma eficiência impiedosa, mas também que o inimigo foi completamente derrotado. Naquela manhã, ele entrou com confiança suficiente, mas de algum modo seu capacete não se encaixava mais nele e a espada não sairia da bainha. Houve lapsos, contrariedades, mal-entendidos que podiam ser evitados. Ele realizou uma autópsia — a primeira em muitos meses — em uma menina de cinco anos, e não conseguiu identificar a causa da morte como leptomeningite, uma assassina nada sutil. Foi Sinclair que localizou o erro e ficou parado ali, num silêncio frio, examinando as unhas, enquanto Quirke, xingando em voz baixa e transpirando, redigiu o relatório. Mais tarde ele gritou com um dos carregadores, que ficou amuado e esperou ouvir desculpas esmeradas. Depois cortou o polegar num bisturi — novo e sem uso, por sorte — e foi compelido a suportar o sorriso forçado da enfermeira que lhe fez um curativo. Não, não foi um bom dia.

No Russell Hotel, como sempre, reinava um silêncio misterioso. Quirke gostava dali, gostava da impressão abafada e acolchoada do lugar, o ar que parecia não se agitar há gerações, a lisonja dos tapetes amortecendo seus passos e, sobretudo, a textura um tanto pubiana do papel de parede floculado quando seus dedos roçavam nele por acidente. Antes de ele passar pela última crise de bebedeira, quando não devia estar tomando álcool nenhum, costumava trazer Phoebe para jantar aqui nas noites de terça-feira e dividir uma garrafa de vinho com ela, sua única birita na semana. Agora, apreensivo, ele veria se conseguiria tomar uma ou duas taças de clarete novamente sem querer mais. Tentou dizer a si mesmo que veio unicamente num espírito de pesquisa, mas aquela efervescência sob seu osso esterno era familiar demais. Ele queria uma bebida e teria uma.

Ficou feliz de ver que era o único cliente no bar, mas assim que teve sua taça de Médoc e se acomodou a uma mesa em um dos cantos mais escuros do salão — não era, disse ele a si mesmo, que estivesse se escondendo, apenas que beber vinho em um lugar escuro e frio de algum modo adquiria profundidade —, entrou um grupo de quatro pessoas, criando uma comoção. Já estiveram bebendo, a julgar pela aparência e o barulho. Havia três homens e uma mulher. Reuniram-se no balcão e começaram de pronto a pedir gim, vodca e Bloody Mary. Dois dos homens eram os famosos Hilton e Mícheál, o casal de bichas dono do Gate; o terceiro era um jovem lindo e promissor de cachos e uma boca zangada. A mulher fumava um cigarro em uma cigarreira longa de ébano, que ela exibia com muita ostentação. Quirke abriu inteiramente o jornal e arriou atrás dele em sua cadeira.

Sua mente logo escapuliu dos relatos dos mais recentes temores de um surto de febre aftosa e os horrores das guerras no estrangeiro. Indolentemente, ele ponderou sobre a distinção entre ser sozinho e ser solitário. Ser sozinho, refletiu ele, é estar só, enquanto ser solitário é estar só em meio a outras pessoas. Era este o caso? Não, havia algo incompleto ali. Ele estava sozinho quando o bar estava vazio, mas estaria agora solitário com o aparecimento dos outros?

Seria April Latimer solitária? Não parecia provável, por tudo o que ele soubera dela até agora. Haveria alguém com ela quando de seu aborto espontâneo ou provocado? Haveria alguém para segurar sua mão, enxugar sua testa, cochichar palavras de consolo em seu ouvido? Ele não sabia muito das mulheres e seu jeito. Especialmente esse lado de sua vida, ter bebês e o resto, era um mistério em que ele não desejava ser iniciado. Não compreendia como seu cunhado escolhera fazer carreira em meio a toda essa confusão e melodrama transitório — toda essa histeria. Dê-me os mortos, pensou, os mortos cujas breves cenas no palco acabaram, para quem o último ato se encerrou e o pano caiu.

Se o bebê foi abortado, teria feito o aborto a própria April? Ela era médica; Quirke supunha que saberia o que fazer. Mas April correria tal risco? Dependeria do grau de ansiedade com que escondia sua gravidez. Certamente ela teria procurado a ajuda de alguém, pelo menos para se confidenciar. Se assim foi, esta pessoa, perguntou-se ele, teria sido Phoebe? Ao pensar nisso, ele se aprumou de repente na cadeira e segurou o jornal com mais força, estalando as páginas. Por isso Phoebe tinha tanta certeza de que a amiga sofrera algum mal? Havia coisas que ela sabia e não contou a ele e Hackett? Phoebe era uma alma ferida extraviada no mundo. Até que ponto ele era responsável por isso, ele não se importou de medir. Ele não a amou quando ela precisou ser amada. Ele foi um mau pai; não havia como escapar daquele fato triste, embaraçoso e doloroso. Se ela estava com problemas agora, se ela sabia a verdade sobre April Latimer e não sabia a quem se voltar, este era o momento de ajudá-la. Mas como? Ele sentia que começava a transpirar.

— Espero não estar incomodando você.

Ele levantou a cabeça do jornal, assustado e ao mesmo tempo desconfiado. Ela estava de pé diante dele, com um ligeiro sorriso, e tinha a cigarreira numa das mãos e o gim-tônica na outra. Trajava um vestido colante de lã vermelha por baixo de um sobretudo com gola e debrum de peles. Seu rosto estreito e maravilhosamente delicado era pálido, o cabelo ruivo escuro tinha um vivo brilho metálico. Ele sentiu um vago pânico — ela era alguém que ele devesse conhecer? Parecia-lhe um tanto familiar. Ele não era bom fisionomista. Levantou-se e a mulher, de repente mais baixa, riu de leve e recuou um passo trôpego.

— Sei que você é o pai de Phoebe. Sou amiga dela... Isabel Galloway.

É claro. A atriz.

— Sim — disse ele. — Srta. Galloway. Olá. — Ele estendeu a mão, mas ela olhou a cigarreira de um lado e o copo de gim do outro, indicando com um ar divertido sua impotência. — Phoebe fala muito em você — disse ele. — E é claro que eu já vi sua... Eu a vi no palco.

— Viu? — Ela arregalou os olhos num simulacro de surpresa e prazer. — Não pensei que você fosse do tipo de ir ao teatro.

Ela estava meio embriagada. Atrás dela, os outros no bar faziam questão de não demonstrar o menor interesse pelo homem com quem falava.

— Bem, é verdade — disse ele —, eu não vou com frequência. Mas vi você em... Em várias coisas. — Ela não disse nada, apenas esperou, enfaticamente, sem lhe deixar alternativa senão convidá-la a se juntar a ele. — Não quer se sentar? — Quirke sentiu o estalo suave de alguma coisa se fechando nele.

Mais tarde ele não lembraria se viu, naquela primeira vez, o quanto ela era linda, seu jeito dissimulado, lânguido e felino. Ele estava ocupado demais se adaptando à luz firme de seu olhar franco; enquanto ela se sentava e o fitava, ele se sentiu um alce velho e lento apanhado na mira de um rifle muito potente e lustroso. A presença de espírito dela o alarmou; era resultado, imaginou ele, de seu treinamento de atriz. Ela parecia se divertir com algo grande e contínuo, uma cavalgada maravilhosamente absurda na qual, suspeitava Quirke, ele agora tinha um papel.

Eles falaram de Phoebe. Quirke lhe perguntou há quanto tempo ela conhecia sua filha e ela gesticulou com a cigarreira num círculo grandioso, como um mágico rodando um aro de fogo.

— Oh — disse ela, naquela voz pastosa —, ela é nova demais para que eu a conheça há muito tempo. Mas gosto dela, gosto muito. — Ele bebeu o vinho, ela bebeu o gim. Sorrindo, ela o fitava. Ele sentiu como se fosse apalpado por alguém que procurava algo escondido em sua pessoa. Ele baixou a taça. Disse que teria de ir. Ela disse que também era hora de ir embora. Ela lhe dirigiu aquele olhar, tombando a cabeça uma fração para o lado. Ele perguntou se podia dar uma carona. Ela disse, ora essa, seria maravilhoso. Ele franziu o cenho e assentiu. Eles pararam ao passar pelo trio no balcão e ela apresentou Quirke.

— Ah, meu caro — disse o produtor teatral maquiado —, pelo seu tamanho, pensei que fosse no mínimo um policial.

Quando eles saíram à rua, era noite e chovia.

— Minha nossa — disse Isabel Galloway —, é este seu carro?

Quirke suspirou.

Ela morava em uma casa mínima de terraço, de tijolos cor-de-rosa e ocre, no canal em Portobello. Seu interior era curiosamente impessoal e lembrou a Quirke uma caixa de joias da qual as peças mais íntimas foram retiradas. Na sala de estar diminuta, quase todo o espaço era preenchido por duas poltronas de chintz e um sofá de mesmo estofado que parecia nunca ter sido usado. Havia estatuetas de louça e porcelana no console da lareira, cães, pastores e uma bailarina de tutu duro e afiado feito coral. Assim que entrou e antes mesmo de tirar o casaco, Isabel foi ligar um grande rádio a pilha que ficava numa prateleira ao lado do sofá; quando, depois de alguns instantes, tinha se aquecido, começou a tocar uma música dançante em volume baixo, exuberante e extasiada, embora o sinal fosse ruim e houvesse estática.

— Sinta-se em casa — disse Isabel, com um leve floreio irônico, e foi a outro cômodo, a cozinha, devia ser, pelos sons que vieram de copos tilintando e água de uma torneira aberta.

Quirke deitou o sobretudo acinzentado numa das poltronas e colocou o chapéu por cima. Considerou o sofá, mas achou intimidade demais e em vez disso ficou em pé, esperando pela volta de Isabel. O teto não podia estar a mais de quinze centímetros do topo de sua cabeça. Ele se sentia Alice depois de ter comido o bolo mágico e ficado imensa.

— Creio que só tem gim — disse Isabel, aparecendo com uma bandeja de copos e garrafas e fechando a porta a suas costas com um chute habilidoso do calcanhar. Ela colocou a bandeja numa mesa baixa e retangular na frente do sofá e serviu duas generosas doses de gim em um dos copos, mas Quirke cobriu com a mão a boca do segundo.

— Para mim, só tônica — disse ele. — Eu não bebo.

Ela o fitou.

— Bebe, sim... Estava bebendo vinho no hotel, eu vi.

— Aquilo era uma espécie de experiência.

— Ah. — Ela deu de ombros. — Sim. Phoebe me contou que você estava... Que você teve um problema. — Ele não falou nada e ela lhe serviu a tônica no copo. Ela ainda estava um tanto bêbada, ele podia ver. — Não tem gelo porque a maldita geladeira parou de funcionar. Acontece em todo inverno... Acho que ela pensa que deve tirar umas férias quando o clima esfria. Aqui está. — Ela lhe entregou o copo, roçando os dedos frios em sua mão. — Perdeu o gás. Tim-tim. — Ele tentava situar seu sotaque. Teria Phoebe dito que ela era inglesa? — Acho que podemos nos sentar — disse ela —, ou prefere continuar crescendo?

Quirke sentiu o sofá tão inutilizado como parecia; a almofada embaixo dele era roliça e dura e, empoleirado nela, ele teve a sensação de ser levado às alturas dando voltas, como uma criança num carrossel ou um mahout em seu elefante. Ele bebeu a água tônica; Isabel tinha razão, estava sem gás.

A música dançante no rádio chegou ao fim e o locutor disse que a seguinte seria um tango.

— Podíamos dançar, se houvesse espaço — disse Isabel. Ela o olhou de esguelha. — Você dança, dr. Quirke?

— Não muito.

— Foi o que pensei. — Ela tomou um gole do gim e recostou a cabeça no sofá, suspirando. — Meu Deus, fiquei bebendo a tarde toda com aquela gente. Devo estar num completo pileque. — Novamente ela o olhou de lado. — Veja bem, não quero que você tenha nenhuma ideia.

Havia uma cigarreira de prata na mesa e agora ela se curvava para frente e pegava dois cigarros, colocando os dois na boca, acendendo-os e lhe passando um.

— Desculpe — disse ela —, batom — e Quirke se lembrou de outra mulher fazendo isso, virando-se de um console de lareira, numa leveza de neve, entregando-lhe um cigarro, dizendo as mesmas palavras.

— Como você me reconheceu? — perguntou ele. — No hotel, quero dizer.

— Devo ter visto você, imagino, com Phoebe. — Ela estreitou os olhos, ainda sorrindo. — Ou talvez eu o tenha visto na frente dos refletores todas aquelas vezes em que você foi me ver atuar e me lembrei de você.

O tango girava, doce e suave.

— Conhece bem a Phoebe? — perguntou ele.

Ela soltou um suspiro agudo, fingindo estar ofendida.

— Mas que pergunta. E alguém conhece bem a Phoebe? De qualquer modo, ela na verdade é amiga de April... A April Latimer, sabe? — Quirke assentiu. — O resto do grupo, acho que ela apenas tolera.

— O resto do grupo?

— Somos um pequeno bando de amigos, o grupo de Faubourg, não sabia? Nós nos encontramos uma vez por semana, bebemos demais e falamos pelas costas dos outros. Bem, *eu* bebo demais, em geral. Não precisa se preocupar com Phoebe, ela é muito cautelosa.

— Então, April Latimer — disse ele —, o quanto você a conhece?

— Ah, eu conheço a April há uma eternidade. Ela roubou um homem de mim uma vez.

— Foi assim que você a conheceu?

— O quê? Ah, não. Já fazia muito tempo que nos conhecíamos quando isso aconteceu.

— Então você conseguiu perdoá-la.

Ela lançou-lhe um olhar afiado, desconfiando de uma zombaria.

— Bom, é claro. Para falar a verdade, antes de mais nada ele não era lá um bom partido, como April logo descobriu. Nós rimos muito pelas costas *dele*, April e eu.

O tango terminou e houve aplausos, mínimos e distantes, e o locutor anunciou que em seguida viria o noticiário.

— Ora, desligue isso, sim? — disse Isabel. — Importa-se? Detesto ouvir os desastres do dia. — Ela o olhou se levantar e, esticando o pescoço, seguiu-o com os olhos enquanto Quirke ia ao rádio para desligá-lo. — Você é mesmo muito grande — disse ela, fazendo uma voz ciciada de garotinha. — Não tinha percebido bem no hotel, mas nesta casinha mínima você parece o Gulliver.

Ele voltou ao sofá e se sentou.

— Ela era afeita aos homens, não era, a April? — perguntou ele.

Ela o encarou, arregalada.

— Você não perde tempo com rodeios, não? — Ela deitou a cabeça no sofá e a rolou lentamente de lado. — Notei que você fala nela no passado. Deve ter conversado com a Phoebe, que acha que April foi morta por Jack o Estripador.

— E você... O que acha que foi feito dela?

— Se seu comportamento no passado serve de guia, neste momento ela estará morando com algum bonitão num hotel aconchegante em algum lugar em... Ah, deixe-me ver... Nos Costwolds, atendendo pelos nomes de sr. e sra. Smith, jantando à luz de velas e exibindo uma aliança de casamento da Wollworth. E o que *você* acha, dr. Quirke?

Ele sugeriu que ela podia chamá-lo por seu nome de batismo. Quando Isabel perguntou qual era e ele disse, ela soltou um gritinho de prazer e incredulidade e imediatamente levou a mão à boca.

— Desculpe — disse —, eu não devia rir. Mas acho que vou ficar com Quirke, se não se importa... Até a Phoebe o chama assim, não é?

— Sim — disse ele simplesmente. — É como todo mundo me chama.

Ele terminou o cigarro e estava curvado para frente para apagar a ponta no cinzeiro da mesa quando sentiu os dedos dela em sua nuca.

— Você tem um lindo cachinho bem na ponta do cabelo — disse ela.

Ela deixou a mão deslizar lentamente entre as omoplatas até a cintura de Quirke. Ele se virou e colocou as mãos nos ombros dela — que ossos delicados, aqueles! — e beijou sua boca pintada. Era fria e tinha gosto de gim. Ela se afastou muitos centímetros e riu mansamente em sua boca.

— Oh, dr. Quirke — murmurou —, eu devo mesmo estar bêbada.

— Mas quando Quirke colocou a mão em seu seio, ela o afastou.

— Vamos tomar outra bebida — disse ela e se sentou reta, tocando o cabelo. Serviu o gim e o que restava da água tônica sem gás, entregando-lhe o copo. Ela o olhou atentamente. — Agora você está de mau humor. Vejo que está. O que esperava? Não sabe como é para uma garota, nesta cidade?

Ele deu um pigarro.

— Desculpe — disse ele. — Cometi um erro.

O olhar dela endureceu.

— Sim, obviamente cometeu. Eu sou uma atriz, portanto devo ser fácil, não é verdade? Seja sincero... Foi esse erro que acha que cometeu, não foi?

— Desculpe — repetiu ele e se levantou, passando as mãos na frente do paletó. — Preciso ir.

Ele pegou o casaco e o chapéu. Isabel não se levantou, continuou sentada de joelhos unidos, agarrada ao copo de gim entre as palmas das mãos. Ele passava por ela quando ela estendeu o braço e tentou segurar a mão dele.

— Ah, pare com isso, grandalhão. Venha cá. — Ela sorriu torto para ele, puxando sua mão. — Talvez nós dois tenhamos a ideia errada e veremos no que vai dar.

* * *

Um sino de igreja distante tocou às três horas quando ele saiu da cama no escuro e se colocou junto da janela. Uma luz tortuosa de rua lançava um círculo de luz na calçada. Atrás dele, Isabel, adormecida, era um emaranhado de cabelos pretos no travesseiro e um braço branco e reluzente atravessado no lençol. A janela era baixa e ele teve de se curvar para olhar por ela. A chuva parara e o céu, incrivelmente, estava claro — para ele, parecia fazer semanas, meses até, desde que viu um céu limpo. Uma lasca de lua estava suspensa feito uma cimitarra acima dos telhados reluzentes das casas do outro lado do canal. Um carro passou chiando deste lado, de faróis baixos. Fazia frio e ele estava nu, todavia se demorou ali, um vigilante recurvado da noite. Ele estava calmo, como se alguma coisa, algum motor que girava perpetuamente em sua cabeça, tivesse reduzido a uma marcha mais baixa e mais lenta. Que delícia era ficar algum tempo sem pensar, apenas curvado ali, acima da rua, ouvindo o bater suave do próprio coração, lembrando-se do calor da cama a que logo voltaria. Apesar da quietude do ar, o canal tinha movimento, a água subindo até as duas margens e se enrugando como papel de alumínio, e lá vinham... Olhe!... Dois cisnes, deslizando serenamente lado a lado, mergulhando os pescoços compridos ao avançar, um par de criaturas silenciosas, brancas como a lua e movendo-se em meio aos reflexos brancos e espatifados do luar na água.

A manhã, é claro, não foi fácil, assim como não foi a noite. Isabel tinha ressaca, embora tentasse escondê-la por trás de maneiras delicadas, mas havia um nó de tensão entre as sobrancelhas e a pele, aquela palidez cinzenta e granulada que era uma delação inconfundível, Quirke a conhecia de muitas manhãs cinzentas depois de uma noitada, melancólico no espelho de barbear. Ela usava um vestido de seda com estampa floral em carmim e amarelo, a padronagem tão intensa que ele se perguntou como ela conseguia suportar. Eles se sentaram à mesa na cozinha apertada junto de uma janela que dava para um pátio com uma lixeira; um sol fraco de inverno brilhava ali, fazendo o melhor que podia, mas sem causar muita impressão em nada. Isabel fumava com uma concentração quase feroz, como se fosse uma tarefa que lhe tivesse sido imputada, difícil e cansativa, mas a que ela não devia se esquivar. Ela preparou café num coador de tampa de vidro; o café era forte e amargo e tinha um gosto alcatroado que fez Quirke pensar desagradavelmente em couro de macaco. Ele se perguntou se podia contar a ela sobre os dois cisnes no canal à luz da lua, mas decidiu que seria melhor não falar.

Nas primeiras horas, eles ficaram deitados, acordados e conversando. Isabel então fumou também, e havia algo de íntimo no modo como a chama vermelha da ponta do cigarro brotava no escuro a cada trago fundo que ela dava e depois desbotava. Ela nasceu em Londres, filha de mãe irlandesa e pai inglês — "ou você achava", disse ela, "que nasci num baú?" Logo no início da vida, seu pai fugiu e ela veio para a Irlanda com a mãe para morar com os avós maternos. E Isabel odiava os velhos, especialmente a avó, que lhe batia quando a mãe não estava olhando e ameaçava entregá-la aos mendigos se ela não fizesse o que mandavam. Não soube mais do pai, que podia estar morto, pelo que ela sabia. Ela riu mansamente no escuro.

— Tudo isso parece tão teatral, quando ouço a mim mesma falando — disse ela. — Parece uma peça vagabunda de realismo social no Abbey. Mas assim é a vida, eu acho... Muito menos colorida, querido, do que no Gate.

E então foi a vez de Quirke contar sua história, embora ele não quisesse. Ela o pressionou, virou-se de lado e se apoiou num cotovelo, ouvindo atentamente. Ele falou do orfanato, dos anos na escola industrial em Carricklea, depois do resgate pelo pai de Malachy Griffin. Depois de um tempo, ele fingiu ter adormecido, e logo ela também dormiu. Ela roncava. Ele ficou deitado, acordado no escuro, ouvindo-a bufar e resfolegar e pensou no passado, como ele nunca conseguia se livrar de suas garras.

Agora, pela manhã, eles estavam sem graça juntos. Ele queria ir embora, mas não sabia como sair.

— Sabia que April Latimer estava grávida? — perguntou ele.

Ela o encarou.

— Está brincando — disse ela. Ela se jogou na cadeira com uma gargalhada feliz. — Meu Deus! Não pensei que April podia ser tão... Tão banal. — Depois assentiu. — Mas é claro... É onde ela está, então, foi à Inglaterra para dar um jeito nisso.

Quirke meneou a cabeça.

— Não, ela não está na Inglaterra. Ou, se estiver, não é por esse motivo. Ela *esteve* grávida, mas não está mais.

— Ela perdeu o bebê? — Quirke não disse nada. — Ela o tirou? Aqui? — Uma ideia lhe ocorreu, e ela o olhou mais aguda e inquisitivamente. — Como sabe dessas coisas?

— Fui ao apartamento dela... Phoebe e eu.

— Ah, sim, é claro. A Phoebe me contou. Você levou um detetive. Que pistas ele encontrou, o seu Sherlock Holmes?

Quirke hesitou.

— Havia sangue no chão, ao lado da cama.

— Sangue de April?

— Sim.

Ela baixou os olhos para a mesa.

— Ah, meu Deus — ela suspirou —, que coisa sórdida. Pobre April.

Ele esperou, depois perguntou:

— Ela teria contado a você?

Ela balançava a cabeça lentamente, deprimida e incrédula, sem escutar, e agora levantou os olhos.

— O quê?

— Em que termos era sua relação com April? Quero dizer, ela falava com você sobre... sobre coisas íntimas?

— Quer dizer, se ela me contaria que tinha engravidado? Meu Deus, não sei. Ela era engraçada, a nossa April. Agia de um jeito extrovertido e despreocupado, um espírito livre e essas coisas, mas era reservada, mais do que qualquer pessoa que eu conheça. — Ela pensou por um momento, semicerrando os olhos. — Sim, havia alguma coisa escondida bem no fundo, ali, debaixo de camadas e mais camadas. — Ela bateu o cigarro meditativamente na lateral do cinzeiro de estanho. — Você pensa como a Phoebe, não é? Pensa que alguma coisa... Alguma coisa aconteceu com a April.

Ele a olhou. Por que eles tinham de falar de April Latimer? Por que ele não podia ficar sentado ali à vontade, no brilho de sua beleza fascinante e embaçada, vendo o sol fraco dourar o pátio, bebendo seu café horroroso?

A manhã estava bem adiantada quando ele chegou à rua Mount. Agora devia fazer a barba e ir trabalhar, pois já estava horas atrasado. Na correspondência na mesa do hall do prédio havia uma carta para ele, entregue por mensageiro; o envelope pardo tinha uma harpa — quem escreveria para ele do governo? Um dos legados de sua infância era um pavor de qualquer autoridade, um pavor de que ele jamais conseguiu se livrar. Ele levou a carta para seu apartamento e a colocou, sem abrir, na mesa da sala de estar e foi tirar o casaco e o chapéu. Acendeu a lareira elétrica e preparou uma bebida com água quente, mel e suco de limão de um recipiente plástico no formato da fruta. Sentia-se inchado e febril, como se tivesse uma das suas ressacas; talvez estivesse contraindo alguma coisa, gripe, quem sabe. Ele se distraiu com as imagens de Isabel deitada nua em seus braços, sua pele tão clara que era quase fosforescente no escuro. A palavra *Portobello* girava sem parar em sua cabeça, como o título de uma música.

A carta, quando ele enfim se decidiu a abri-la, era do dr. William Latimer, TD, que se dirigia a ele como *A Chara*. O ministro requisitava que o dr. Quirke fosse ao gabinete do Ministério na rua Kildare naquela manhã às 11 horas — ele olhou o relógio e viu que já eram quase onze e meia — para discutir mais fundo a questão de que falaram recentemente. Encerrava garantindo a ele *Is mise le meas* e era firmada *pp* com uma assinatura indecifrável, com muitos acentos nas vogais. Ele estava prestes a pegar o telefone para ligar para a Leinster House quando o aparelho de repente explodiu numa gritaria urgente. Ele se retraiu — um telefone tocando, mesmo quando era dele próprio, sempre o alarmava — depois pegou o fone cautelosamente.

— Alô — disse a voz, num arrastar conhecido. — Aqui é a Rose... Rose Crawford. É você, Quirke? Sim, é a Rose! Eu voltei.

II

II

1

Quirke chegou ao meio-dia nos Edifícios do Governo, onde foi recebido pelo secretário particular do ministro, uma pessoa estranhamente implausível que atendia pelo nome de Ferriter, roliço e desgastado, de cabelo preto escorrido e uma papada pendular. Quirke se desculpou por chegar atrasado e Ferriter disse que sim, foi necessário remarcar duas reuniões importantes, seu sorriso seboso sem falhar, o que fez a reprimenda parecer ainda mais incisiva. Ele levou Quirke a uma imensa sala com duas janelas altas e sujas que davam para a Leinster Lawn e o deixou ali. Os prédios do serviço público, sua atmosfera esgotada e seus silêncios taciturnos e de algum modo reprovadores, sempre deixavam Quirke inquieto; ambientes como este o lembravam da sala de visitantes em Carricklea. Era um enigma por que essa instituição precisava de uma sala de visitantes, uma vez que ninguém vinha de visita, a não ser de vez em quando um dos inspetores escolares de Dublin, que andava apressado e cabisbaixo pelo prédio e fugia do lugar sem olhar para trás.

Ele beliscou a ponte do nariz entre o polegar e o indicador; pela segunda vez hoje era obrigado a pensar em Carricklea.

Ainda de sobretudo, ele se colocou junto a uma janela e olhou o gramado. Ferriter, numa tagarelice melíflua, alegara detectar um toque de primavera no ar. Se havia, Quirke não percebeu. Embora houvesse sol na grama, pálido e inseguro, a seus olhos parecia frio.

Agora Ferriter voltou para buscá-lo. Eles passaram por corredores abafados, onde seus passos mal produziam um ruído no carpete grosso. Os poucos funcionários por quem passavam ou evitavam os olhos de Ferriter, ou o cumprimentavam com sorrisos obsequiosos; claramente ele era um homem a ser temido.

A sala de Latimer era revestida de madeira escura e tinha cheiro de poeira e papel mofado. Um fogo mínimo de carvão, ardendo em uma enorme lareira, tinha pouco efeito no ar gelado e úmido. A janela ao lado da mesa dava para uma parede de tijolos. Latimer estava sentado atrás de sua mesa, com a cabeça baixa num documento que fingia ler. Ferriter deu um leve pigarro e Latimer levantou os olhos, simulou surpresa e colocou-se de pé num átimo, estendendo a mão. Quirke se desculpou novamente pelo atraso.

— Não há problema, não há problema — disse Latimer distraidamente. Ele parecia nervoso e havia um matiz doentio em seu sorriso. — Sente-se, por favor. Coloque seu casaco nessa cadeira. — Ele olhou para Ferriter. — Ficará tudo bem, Pierce — disse ele e o secretário se afastou, fechando silenciosamente a imensa porta branca ao passar.

Latimer abriu a tampa de uma caixa laqueada de cigarros grossos e curtos e a virou para Quirke.

— O consulado turco costuma mandá-los — disse ele. Quirke olhou em dúvida os cigarros. — Sim, umas coisinhas vulgares — disse Latimer —, não suporto nem o cheiro deles. — Quirke pegou sua própria cigarreira de prata, estendeu-a pela mesa e eles acenderam um cigarro. — Bem — disse o ministro, recostando-se na cadeira —, este é um assunto muito ruim e vem piorando.

— Falou com o inspetor Hackett?

— Sim, ele me telefonou. Eu podia ter passado sem essa ligação. Juro por Deus, eu sabia que a menina um dia nos meteria em algum problema.

Quirke examinou a ponta do cigarro.

— O que disse Hackett?

— Que o sangue que ele encontrou embaixo da cama era dela, era verdade. Eles fizeram testes... O mesmo tipo sanguíneo, tipo O, creio. — Ele se levantou da mesa com uma torção quase violenta do corpo e foi ao pequeno armário de madeira no canto, pegando uma garrafa de Jameson Redbreast e dois copos. — Vai tomar um gole, mesmo sendo cedo?

— Não, obrigado.

— Bem, espero que não se importe de eu beber. Preciso de uma dose depois daquele telefonema.

Ele baixou os copos na mesa e serviu um deles pela metade, tomando um gole do uísque e fazendo uma careta.

— Meu Deus — disse ele, balançando a cabeça —, que confusão. — Ele voltou a se sentar e colocou o copo num mata-borrão a sua frente, olhando-o por um momento num silêncio furioso. Depois ergueu a cabeça e olhou firme para Quirke. — Sabe o que isto pode fazer comigo, dr. Quirke, talvez até com o governo?

— Não sei se entendo o que significa "isso" — disse Quirke.

— Teve notícias de April? Ela apareceu? Soube alguma coisa dela?

Latimer acenou com o cigarro, desprezando o assunto.

— Não, não. Não tive notícias dela. Só Deus sabe onde está. E vou lhe dizer uma coisa, aonde quer que tenha ido, espero que pretenda ficar um bom tempo por lá. Ou fica lá, ou volta e mantém a boca fechada. Se isto chegar aos jornais... — Ele se interrompeu e lançou um olhar desvairado pela sala, como se já pudesse ler as manchetes, escritas em grandes caracteres pretos no ar.

— Hackett abriu uma investigação oficial? — perguntou Quirke.

— Não, ainda não... Não oficialmente. Eu disse a ele para segurar por um tempo. — Ele bebeu outro gole do uísque. — Se não fosse pelo sangue, Deus nos proteja, eu o teria feito arquivar o caso inteiramente. — Ele fixou outra vez o olhar furioso no copo. Quirke esperou. — Vai me dizer, Quirke — explodiu Latimer, aflito e colérico —, por que diabos você levou um detetive ao apartamento dela, antes de tudo?

— Nós estávamos preocupados.

— "Nós"?

— Minha filha e eu.

— Sei... E não estão menos preocupados agora, os dois?

Quirke tinha terminado seu cigarro e acendeu outro.

— Dr. Latimer — disse ele, recostando-se na cadeira —, eu me pergunto se o senhor considerou todas as implicações do que o inspetor Hackett descobriu no quarto de sua sobrinha. Tem consciência de qual era o tipo específico de sangue?

— Sim, eu sei, eu sei... Hackett me disse. Estou chocado, mas não surpreso. — Ele ergueu o copo para beber novamente, mas em vez disso baixou no mata-borrão, levantou-se e foi à janela, ficando ali com uma das mãos no bolso do paletó, olhando a parede de tijolos. — O que sua filha diz sobre April? — perguntou, sem se virar. — Sua filha sabe que tipo de garota ela é?

— Não sei. Que tipo de garota *ela é*?

— Bem, dr. Quirke, do tipo, suponho, que deixaria sangue como aquele no chão de seu quarto. Oh, não alego que ela seja inteiramente má. De qualquer modo, ela não ficou assim do nada, não é a primeira louca na família. — Ele voltou à mesa e se sentou, aparentando repentinamente cansaço. Pôs o rosto nas mãos por um momento, meneando a cabeça, em seguida a levantou. — O pai dela era da Central de Correios em 1916 — disse ele —, combateu ao lado de Pearse e Connolly.

— Eu sei.

— É claro que sabe... Quem não sabe? — Quirke pegou um tom de amargura em sua voz. — Conor Latimer, o homem que não conseguiram matar. E era verdade... Os britânicos teriam dado um tiro nele, se não fosse quem era. Amigo de Oliver Gogarty e George Bernard Shaw, Yeats e Lady Gregory... De Lady Lavery também, mas não falamos nesta ligação específica com muita frequência na família, se entende o que quer dizer. Sabia que Bertrand Russell apresentou um pedido de clemência quando a corte marcial o considerou culpado?

— Você também estava na Insurreição, não é verdade?

— Ah, sim, eu estava. Eu não passava de um garoto e mal conseguia distinguir uma ponta de um fuzil da outra. Conor esteve em treinamento por meses, nas montanhas Dublin. — Ele fez uma pausa. — Ele era um homem durão, dr. Quirke, um feniano louco sem respeito por Deus ou pelos homens. Era meu irmão mais velho e eu o amava, mas, por Deus, eu também tinha medo dele. Era como ficar perto de uma espécie de animal semidomesticado... Nunca se sabia o que ele ia fazer. E foi dele que April herdou o temperamento desvairado. Ela é o pai cuspido e escarrado, cuspido e escarrado. — Ele bebeu o que restava do uísque no copo e se serviu de outra dose. — E ela também nunca superou a perda dele. Adorava-o. Quando o pai morreu, embora na época ela fosse apenas uma criança, alguma coisa se rompeu nela e jamais se curou. — Ele suspirou. — E agora só Deus sabe em que tipo de problemas acabou por se meter. E quanto à pobre coitada de sua mãe...

Houve uma leve batida na porta e Ferriter entrou. Ao atravessar a sala, ele parecia de algum modo trotar na ponta dos pés, furtivamente. Curvou-se e falou ao ouvido do ministro.

— Minha cunhada e seu filho estão aqui — disse Latimer a Quirke. — Pedi que viessem, espero que não se importe. — Ele assentiu para Ferriter, que mais uma vez se retirou, silencioso como uma sombra.

Celia Latimer estava meticulosamente arrumada, como da última vez que Quirke a vira em Dun Laoghaire, mas hoje, por trás das maneiras calmas e do sorriso régio, ele detectou certo cansaço e angústia. Vestia um casaco de mink e um chapeuzinho do tamanho e do negror de um morcego, preso na cabeça com um grampo de pérola.

— Dr. Quirke — disse ela, estendendo a mão enluvada. — É um prazer vê-lo novamente.

Quirke olhou a mão estendida; pelo modo como a oferecia, plana e com os dedos caídos, ela parecia esperar que ele a beijasse; em vez disso, ele a pegou brevemente, sentindo mais uma vez aquela pressão momentânea e sugestiva. Oscar Latimer manteve-se bem atrás da mãe, quicando de um lado a outro sem parar, o rosto ora aparecendo em seu ombro esquerdo, ora à direita, como se ela fosse uma boneca em tamanho natural que ele precisava manter de pé e fazer andar diante dele, uma camuflagem ou um escudo. Ele assentiu rispidamente para Quirke.

— Pedi ao dr. Quirke que viesse aqui hoje — disse Bill Latimer — para se encontrar conosco devido a sua ligação com April... Quer dizer, a ligação da filha dele. Ele está tão preocupado quanto nós com o que aconteceu com April.

Oscar Latimer e a mãe viraram a cabeça e olharam para Quirke com vaga inquirição. Ele retribuiu o olhar, sem nada dizer. Perguntou-se se eles saberiam sobre o sangue no quarto de April. Se soubessem, isto explicaria aquelas rugas de preocupação em leque contornando os olhos de Celia Latimer e o retorcer leporino do lábio superior de seu filho, onde um bigode arruivado, que certamente devia coçar, parecia mais minguado e impróprio do que nunca. Oscar puxou uma cadeira para a mãe e colocou outra ao lado, sentando-se. Agora ele, sua mãe e Quirke sentavam-se em semicírculo na frente da mesa.

— Sim — dizia Celia Latimer a seu cunhado, num tom acre —, não tenho dúvida de que o dr. Quirke está preocupado. — Ela olhou incisivamente o copo de uísque em cima do mata-borrão e Latimer o arrebanhou com culpa, levando-o ao armário no canto e tirando-o de vista. A cunhada virou-se novamente para Quirke.

— Tem alguma notícia de April, dr. Quirke?

Quirke de repente se viu pensando no cheiro da pele de Isabel Galloway. Era um cheiro caloroso e suave, com um toque do que devia ser maquiagem cênica; lembrava-o alguma coisa e agora ele percebia o que era. Ele se viu quando menino, sentado de pernas cruzadas no tapete diante de uma lareira, com folhas de papel espalhadas à volta. As folhas eram escritas e ele usava o verso para desenhar. Ele devia estar no estúdio do juiz Griffin, onde com frequência tinha permissão de brincar enquanto o juiz trabalhava ali; as folhas de papel em que desenhava deviam ser rascunhos descartados de julgamentos. O dia lá fora estava frio, um dia como este, nas profundezas do inverno, mas a lareira era quente e havia diamantes de arrepios em suas pernas, a testa ardia de modo que ele mal suportava, mas também era agradável. Nunca sentiu tanta felicidade desde então, nunca tanta segurança. Ele desenhava com crayons, e foi o cheiro de cera que deve tê-lo feito se lembrar, no quarto da casinha perto do canal, de quando Isabel Galloway pôs o rosto junto do dele, um rosto que parecia também arder, como o dele naquele dia, há muito tempo, diante da lareira, na sala do juiz Griffin.

Ele pestanejou.

— O quê? — disse. — Como?

— Eu dizia, teve alguma notícia de April? — perguntou novamente Celia Latimer. — Ela fez contato com sua filha?

Ele se curvou para apagar o cigarro no cinzeiro no canto da mesa de Latimer.

— Não — disse ele —, receio que não.

Ela olhou o cunhado, que voltava a sua cadeira.

— E o que diz a Garda, William? — perguntou ela.

Latimer não a olhou.

— A Garda, em si, não está envolvida, só um homem, Hackett, o detetive que você conheceu em sua casa outro dia. Na realidade — ele olhou sombriamente na direção de Quirke —, não sei bem por que ele foi levado até lá.

Quirke retribuiu seu olhar com uma encarada firme. Não gostava deste homem corpulento, truculento e estúpido. Queria estar em outro lugar. Pensou no sol que brilhava lá fora, tão fracamente, tão inseguro, no gramado acinzentado. *Portobello*.

Oscar Latimer, que até agora estivera em silêncio, teve uma espécie de tremor furioso, cerrando as mãos nos braços de madeira da cadeira como se estivesse prestes a saltar e cometer alguma violência.

— É uma desgraça — disse com a voz entrecortada. — Primeiro, estranhos tendo conhecimento de nossa vida, depois a polícia! Logo serão os jornais... E isto será ótimo. E tudo porque não se pode confiar que minha irmã cuide de sua vida de uma forma responsável. — A mãe colocou a mão repressora em seu braço e ele parou de falar, cerrando bem os lábios. Apareciam pontos de cor no alto das maçãs do rosto. Quirke pensou que ele tinha o ar esforçado e estorvado de um homem abrindo caminho a cotoveladas por uma turba agitada.

Bill Latimer virou-se novamente para a cunhada.

— Eu disse a Hackett, o detetive, que a discrição é sumamente necessária. Imagino — ele lançou outro olhar duro a Quirke — que todos concordemos com isso, não?

Quirke estivera confuso, e agora a confusão repentinamente cessou. Percebeu enfim o que acontecia ali e por que fora convocado a participar. Uma cerimônia de banimento era ali encenada. April Latimer estava sendo tácita, mas definitivamente desterrada de seu meio pelos familiares. Era deserdada. O irmão, o tio, nem a própria mãe se responsabilizariam mais por seus atos, nem mesmo por sua existência. E Quirke era a testemunha neutra mas necessária, aquele cuja chancela, quer ele a oferecesse ou não, seria aposta no pacto. E se ela, perguntou-se Quirke, estivesse morta? Notou que esta possibilidade também seria incorporada no anátema.

Rose Crawford esperava por ele no bar do fundo do Jammet's. Havia uma garrafa de Bollinger em um balde de gelo na mesa diante dela. Ela voltou à América antes do Natal para cuidar de questões financeiras e retornara no *Queen Mary*, atracado em Cobh naquela manhã. Reclamou do trem de Cork, dizendo que era frio e sujo e que não tinha vagão-restaurante.

— Eu quase me esqueci — disse ela — de como é este país. — Ela lhe trouxe uma caixa de Romeo y Julietas e uma gravata nova com a imagem de uma loura seminua de peitos enormes e mamilos cor de cereja. Usava um terninho de seda azul e uma echarpe de seda com um nó frouxo no pescoço. Seu cabelo, em que ela deixava aparecer alguns fios prateados, estava arrumado em um estilo novo, repartido ao meio e puxado para trás dos dois lados. Ela parecia viçosa e renovada, e suas maneiras, como sempre, eram de uma ironia sombria e cética. — Você parece muito bem — disse ela a Quirke, fazendo um gesto ao garçom para abrir o champanhe. — Certamente melhor do que da última vez em que o vi.

— Eu também estive fora — disse ele.

— Ah, sim?

— Eu estava na São João da Cruz.

— Minha nossa... O que é isso?

— Uma clínica para alcoólatras.

— Sim, agora pensando bem, Phoebe mencionou em uma de suas cartas que você estava engaiolado. Pensei que ela estivesse exagerando. Como foi?

— Tudo bem.

Ela sorriu.

— Sei que foi. — O garçom serviu o champanhe e baixou as taças borbulhantes diante deles. Quirke olhou a dele, mascando o lábio.

— Importa-se? — perguntou Rose, sorrindo com uma malícia doce. — Não quero ser responsável por pregar você na cruz de novo.

Ele pegou sua taça e bateu a borda na dela. Eles beberam.

— À sobriedade — disse Quirke.

Ela havia reservado sua mesa preferida, no canto, com uma banqueta, de onde eles tinham vista do resto do salão de jantar. Pediram salmão escaldado. Hilton e Mícheál, do Gate, estavam a uma mesa próxima, almoçando no que aparentava ser um silêncio raivoso; a peruca de Mícheál estava mais preta e mais reluzente que nunca.

— Me conte as novidades — disse Rose. — Se houver alguma.

Ele bebericou o champanhe. Era uma bebida que em geral não lhe atraía, achando até as melhores safras secas e ácidas demais; hoje, porém, seu sabor estava ótimo. Ele beberia uma taça, disse a si mesmo, apenas uma taça, depois disso talvez uma taça de Chablis, em seguida pararia.

— Eu me perguntava se um dia você voltaria — disse ele. — Pensei que Boston a pegaria em seu seio e a prenderia lá.

— Ah, Boston — disse ela com desdém. — Na realidade, fiquei principalmente em Nova York. Ora, isso sim é uma cidade.

— Entretanto, você voltou para sua querida e suja Dublin.

— E para você, Quirke, para você.

O garçom trouxe o peixe dos dois e Quirke pediu sua taça de Chablis. Rose não fez nenhum comentário, dizendo apenas ao garçom que continuaria com o champanhe.

— Já falou com Phoebe? — perguntou Quirke. — Isto é, desde que voltou.

— Não, Quirke, meu querido, você foi minha primeira escala, como sempre. Como está a linda menina?

Ele lhe falou de April Latimer, que agora estava desaparecida e ninguém sabia de seu paradeiro; não mencionou o sangue que fora encontrado ao lado de sua cama. Rose escutava, observando com seu jeito sagaz. Ela era a segunda esposa, agora viúva, de seu sogro Josh Crawford, um gigante irlandês-americano do frete de carga, como os jornais costumavam chamá-lo, e às vezes escroque. Ele era muito mais velho do que ela e a deixou rica. Depois da morte do marido, ela se mudou para a Irlanda por capricho e comprou uma grande casa em Wicklow que raras vezes visitava, preferindo o que chamava do aconchego de sua suíte no Shelbourne, onde tinha seu quarto, duas áreas de recepção, dois banheiros e uma sala de jantar privativa. Quirke e ela foram para a cama uma vez, apenas uma vez, em tempos turbulentos, coisa de que eles nunca falavam, mas que permanecia entre os dois, algo que impunha sua percepção como uma luz que brilhava distante e incerta numa floresta escura.

— E o que você acha que foi feito dela — perguntou Rose —, desta jovem?

— Não sei.

— Mas tem suas desconfianças.

Ele parou, baixando garfo e faca e olhando à frente por alguns instantes.

— Eu tenho... receios — disse por fim. — Isso não parece bom. Ela é aloucada, segundo a família me disse, embora Phoebe insista que eles exageraram. Não sei dizer. Ela trabalha no hospital, mas nunca a encontrei lá.

— Malachy a conhece?

— Ele deve ter lidado com ela algumas vezes no trabalho, mas disse que não se lembra. Você conhece o Mal... Ela teria de fazer brotar penas e rabo antes de ele dar pela presença dela.

— Ah, sim, o Malachy. Como ele está?

A taça de Chablis de Quirke de algum modo parecia ter se esvaziado sozinha, sem que ele percebesse. Ele não pediria outra, por maior que fosse o clamor de seu sangue por ela; não, não faria isso.

— Ele disse que vai se aposentar.

— Aposentar-se? Mas ele é tão novo.

— Foi o que eu disse.

— Ele devia se casar de novo, antes que seja tarde demais.

— Por que ele se casaria?

— Este país não estava tomado de mulheres à procura de um homem?

Ele chamou o garçom e pediu outra taça de vinho. Rose ergueu uma sobrancelha, mas não fez nenhuma observação.

— A propósito — disse ele —, comprei um carro.

— Ora, ora, seu diabinho!

— Foi muito caro.

— Era o que eu esperaria. Não consigo ver você num calhambeque barato.

Quando terminaram o almoço, ele sugeriu que fossem dar um passeio. Rose mal lançou um olhar ao Alvis — não se impressionava com facilidade e, quando ficava impressionada, tinha o cuidado de não demonstrar — e quando eles iam entrar, ela não deixou que ele arrancasse com o carro antes de colocar a gravata da loura. Ele riu e disse que se eles fossem parados pela polícia, ele seria preso por perturbação da paz.

— Além disso, eu não tenho carta de habilitação e provavelmente acabaria na cadeia. — Seu cérebro crepitava agradavelmente dos efeitos do champanhe e das duas taças de Chablis, e ele se sentiu quase leviano. Baixou o espelho para ver o nó da gravata ridícula. Rose se sentou de lado no banco, observando.

— Você ia gostar disso — disse ela.

— Ia gostar do quê?

— De ser preso. Posso ver você lá, com sua roupa listrada, costurando satisfeito bolsas de carteiro e escrevendo suas memórias à noite antes do apagar das luzes.

Ele riu.

— Você me conhece bem demais. — Ele alisou a gravata e ajeitou o retrovisor, dando a partida no motor. — Que bom que você voltou. Senti sua falta.

Agora foi a vez de Rose rir.

— Não, não sentiu. Mas ainda é bom que diga isso.

Eles foram pela Rathfarnham e subiram às montanhas.

— Você não dirigia antes, dirigia?

— Não. Mal me ensinou. Não foi difícil pegar o jeito.

— E você comprou um carro novo em folha. — Ela deu um tapinha no painel polido. — Muito elegante. Imagino que impressione as mulheres.

Ele não respondeu a isso. O sol que aparecera mais cedo agora sumia e o dia se tornava cinzento. Também entre eles, inexplicavelmente, algo escurecia um pouco, e por alguns quilômetros eles permaneceram calados. As encostas das montanhas, queimadas pela geada, eram ocre, e havia gelo no acostamento e trechos de neve ao abrigo das pedras e nos sulcos longos e retos onde a turfa fora cortada. Abaixo, à direita deles, surgiu um lago vulcânico circular, a água negra e imóvel, parecendo irreal. Subindo sinuosamente cada vez mais pela estrada estreita, eles sentiram o ar mais rarefeito e mais frio com o tempo, e Quirke ligou o aquecedor no máximo. Em Glencree, houve uma pancada repentina de chuva com neve e os limpadores de para-brisa tiveram dificuldade para lidar com isso.

— Antigamente eu vinha aqui com Sarah — disse Quirke. — Foi aqui, um dia, em algum lugar por aqui, que ela me disse que Phoebe era minha filha, minha e de Delia, e não dela com Mal.

— Mas você já sabia disso.

— Sim. Eu sempre soube e nunca disse a ela que sabia. Só Deus entende por quê. Covardia, claro, sempre é a covardia.

Rose riu novamente, baixinho.

— Segredos e mentiras, Quirke, segredos e mentiras.

Ele lhe contou de seu encontro naquela manhã com os Latimer. Ela ficou fascinada.

— Ele convocou vocês todos na sala dele, onde fica o governo, esse homem... Qual o nome dele mesmo?

— Bill Latimer. Ministro da Saúde.

— Estranhíssimo. O que ele queria que você fizesse?

— Eu? Nada.

— Quer dizer, nada de nada?

— Exatamente. Ele quer que o desaparecimento da sobrinha continue acobertado, pelo menos por enquanto, segundo diz. Tem medo de um escândalo.

— Ele acha que pode guardar segredo disso para sempre? E se ela estiver morta?

— Você pode fazer o que quiser neste país, se tiver poder suficiente. Sabe disso.

Ela assentiu com uma ironia amarga.

— Segredos e mentiras — repetiu Rose, baixinho, com seu sotaque arrastado do sul, quase cantarolado.

A chuva cessou e eles seguiram por um vale longo e raso. Ao longe se podia ver o mar, uma linha de hidrográfica azul no horizonte. Havia moitas verde-enegrecidas de tojo e espinheiros varridos pelo vento em formatos agoniados de garras; farrapos de lã de ovelha flutuavam no arame farpado na lateral da estrada.

— Meu Deus, Quirke — disse Rose de repente —, você está me trazendo a um lugar horrível.

Ele ergueu as sobrancelhas, surpreso.

— Aqui em cima? Horrível?

— É tão árido. Se há um inferno, é assim que imagino. Sem fogo nem nada disso, só gelo e vazio. Vamos voltar. Gosto de ter gente por perto. Não sou uma vaqueira, os espaços abertos me apavoram.

Ele fez a volta com o carro em um portão e eles partiram para a cidade.

Tinham saído das montanhas quando Rose voltou a falar.

— Talvez eu deva me casar com Malachy. Pode ser a missão de minha vida, animá-lo. — Ela olhou de banda para Quirke. — Não se sente sozinho?

— Sim, claro — disse ele simplesmente. — Não se sentem todos?

Por um momento ela não respondeu, depois riu.

— Você é sempre muito previsível, Quirke.
— Isso é ruim?
— Não é bom nem ruim. É simplesmente você.
— Um caso irremediável, é isso?
— Irremediável. Talvez não seja com Malachy que eu deva me casar.
— Então, com quem? — perguntou Quirke alegremente. Depois a leveza se esgotou nele, seu cenho se franziu e ele manteve os olhos no para-brisa.

Rose deu uma gargalhada.

— Oh, Quirke. Você parece um garotinho a quem disseram que podia morar com a vovó pelo resto da vida. A propósito — disse ela, voltando a cabeça rapidamente para olhar para trás —, você não devia parar quando alguém pisa em um daqueles... Como chamam mesmo? Aquelas faixas de travessia?

Ele a deixou no Shelbourne. Ela disse que ainda tinha de desfazer as malas e descansar um pouco. Sugeriu que ele e Phoebe jantassem com ela. Ele estava de volta a seu apartamento quando percebeu que ainda usava a gravata lúbrica que ela lhe dera. Olhou-se no espelho. Tinha olheiras. Desejou não ter bebido aquela taça de champanhe: ainda sentia seu gosto ácido. Tirou a gravata e entrou na cozinha, jogando-a na lixeira com os restos de comida.

2

Phoebe estava rigidamente deitada, fitando o escuro. Frequentemente era assim: ela dormia e depois de uma ou duas horas acordava de um pesadelo sem que dele perdurasse um único detalhe. De algum modo era isto que mais a apavorava, o sonho simplesmente sumir, feito um animal que escapulia por um buraco sem deixar nada além de uma aura de horror e sujeira. Tantas coisas pavorosas aconteceram em sua vida e certamente era com elas que sonhava, mas como se esquecia de tudo assim que acordava? Seriam as visões de seus sonhos tão terríveis que sua mente, sentindo que estava prestes a acordar, enxotava-as e as escondia dela? Se assim fosse, ela não ficava nada satisfeita; preferia saber a não saber. Acordara deitada de costas com os punhos cerrados contra o pescoço e os dentes arreganhados, a caixa torácica ofegante. Era como se fugisse precipitadamente de alguma coisa e, por fim, tivesse como escapar, embora a coisa, sem rosto, ainda estivesse lá, escondida no escuro, esperando por outra noite para voltar de mansinho e aterrorizá-la.

Acendeu o abajur da mesa de cabeceira e deitou a cabeça no travesseiro quente e úmido, fechando os olhos com força. Não queria ficar acordada, mas agora não dormiria tão cedo. Suspirando, ela se levantou e vestiu o robe de seda — *pegnoir*, era como se chamava corretamente; a palavra lhe agradava. Pertenceu à mulher que nos primeiros dezenove anos de sua vida ela pensou que fosse sua mãe.

Phoebe foi à cozinha. Os cheiros da noite, em geral ela percebia, eram diferentes daqueles do dia, eram mais úmidos, mais fracos, mais insidiosos. Abriu as lapelas de seu robe de seda e colocou o rosto na cavidade, cheirando. Sim, seu cheiro também era diferente, uma rancidez de bebê, secreta.

Ocorreu-lhe que jamais se acostumou a estar viva.

Ela pegou no armário uma garrafa de leite pela metade e sacudiu para saber se não coalhara — não tinha geladeira —, despejou numa panela escurecida, colocou no bico de gás para aquecer e acrescentou uma colher de geleia de framboesa. Havia uma fatia de bolo inglês que sobrara de um pedaço comprado dois dias antes para comer depois do jantar; ficara duro e esfarelado, mas ela precisava comer alguma coisa. Atrás dela o leite começou a fervilhar e ela apagou o fogo quando estava prestes a entrar em ebulição. Formara-se uma escuma enrugada, é claro, e teve de retirar o melhor que pôde com uma colher de chá, esforçando-se para que não se rompesse, coisa que sempre a deixava um tanto nauseada. Ela serviu o leite escaldante e tingido de rosa numa caneca e desembrulhou o bolo de seu papel vegetal, colocando-o num prato e levando prato e caneca para a mesa, onde sentou-se. Fechou os olhos e ficou imóvel por um instante, depois os reabriu. Não tinha fechado a cortina — odiava cortinas, davam-lhe a impressão de mantos estendidos de pele cinza-claro — e a janela ao lado era um retângulo alto de escuridão reluzente. Não era muito tarde, talvez uma da manhã, todavia tudo lá fora era silêncio. Ela bebeu o leite com geleia e comeu os farelos do bolo doce e seco. Seu coração ainda não tinha se aquietado do estresse do sonho esquecido.

Naturalmente seus pensamentos se voltaram para April, como sempre acontecia em horas insones como esta, embora Phoebe pensasse nela também durante o dia. Era estranha a sensação de impotência que tinha com relação à amiga. Na realidade, parecia estar num sonho, um sonho em que havia algo de muita importância a ser feito — um aviso a ser dado, um segredo revelado — entretanto, todos os outros estavam relaxados e indiferentes, e não havia ninguém que se incomodasse em ouvir a notícia horrenda de que só Phoebe tinha posse. Embora ninguém mais parecesse se preocupar tanto, ela pensou que Quirke certamente valorizaria o caráter medonho do desaparecimento de April — o fato de ela simplesmente sumir, sem dizer nada, sem deixar rastros — pois, afinal, outra jovem que ela conhecia desaparecera no verão passado e Quirke descobriu que fora assassinada. Porém, quando ele foi com ela e o detetive ao apartamento de April, e no dia seguinte procuraram o irmão de April, Quirke mal disse uma palavra e pareceu não se importar com April ou o que fora feito dela. Mas talvez ele estivesse certo e ela errada, talvez ela fosse fantasiosa e melodramática com a história toda. Ou talvez simplesmente fosse verdade que ele não se importava. Alguém entre eles realmente se importava, Isabel, Patrick, Jimmy Minor? Eles não pareceram muito preocupados, ou não tanto quanto Phoebe. Ela estava cheia de pavor, não conseguia se livrar disso.

Estranho, a clareza e agudeza que a mente pode ter a essa hora da noite, pensou. Será que existem tão poucas distrações na madrugada, ou o cérebro faz uso então de uma energia que normalmente estaria armazenando como combustível para a atividade mental do dia seguinte? Pensando em April agora, e na atitude aparentemente despreocupada de Quirke e dos outros, ela também sentiu um estranhamento, uma alienação que, para sua surpresa, parecia permitir que considerasse o caso da amiga com uma imparcialidade nova e tranquila. De algum modo, em sua mente April tornava-se separada de todas as coisas que compunham a imagem que Phoebe tinha da amiga e flutuava livremente, como às vezes na consciência de alguém uma palavra se liberta da coisa a que é ligada e se torna algo mais, não só um ruído, exatamente, não um grunhido ou grito sem significado, mas uma nova entidade misteriosa, nova e misteriosa porque é em si unicamente um meio de significar alguma coisa.

Quem *é* April?, perguntou-se ela. Pensava que a conhecesse, mas agora se perguntava se não estaria enganada o tempo todo, se April era outra pessoa inteiramente diversa de quem ela sempre julgou ser. Em vez da amiga franca e aberta com quem ela falava quase todo dia, com quem batia papo e fofocava, agora aparecia em sua mente uma criatura inteiramente diferente, dissimulada, reservada, que escondia sua verdadeira personalidade de Phoebe e talvez também de todos os outros. Sim, reservada, era assim que April era, não era nada aberta, mas oculta. E por trás desta figura havia algo mais que também se escondia, ou alguém mais, talvez, sempre ali ao fundo, uma presença secreta e difusa. Sim. Sempre havia alguém ali.

Ela viu Jimmy Minor na noite anterior. Eles se encontraram no O'Neill's, na Wicklow Street. O pub estava lotado e barulhento — alunos do Trinity comemoravam uma vitória em um ou outro jogo — e eles mal conseguiam se ouvir. Ela sugeriu que fossem a um lugar mais tranquilo, mas é claro que bastava alguém sugerir alguma coisa a Jimmy para ele fincar pé e resistir, e ele pediu a bebida e acendeu um cigarro em vez de concordar em passar a outro bar. Dizia-lhe algo sobre April e seu jornal. Ela não conseguiu acreditar em seus ouvidos na primeira vez e pediu que repetisse: ele tinha procurado o editor e contou que April estava desaparecida.

— Ah, Jimmy, você não fez isso! — exclamou Phoebe.

Ele a olhou com uma surpresa magoada.

— Eu sou repórter. — E ergueu as mãos miúdas para demonstrar uma simples sinceridade. — Se tem alguém desaparecido, eu noticio. — De qualquer modo, o editor, ao que parecia, não estava interessado em April Latimer, ou fingiu não estar, e disse para deixar a matéria de lado. — Eu disse a ele, "Sabe quem ela é, de quem ela é parente?" E isso o fez fechar a cara... Ele não é o que um velho amigo meu costumava chamar de malcriado. Eu insisti, mencionando o ministro, tio dela, e o irmão, o médico da Fitzwilliam Square, mas de nada adiantou, não houve...

Um grito estridente surgiu da multidão de jovens de cara vermelha no bar e ela perdeu o resto da frase.

— Mas ele sabe alguma coisa sobre isso? — perguntou ela. — Ele já sabia que April estava desaparecida?

— Eu já lhe disse, só o que tive dele foi a cara feia. Mas, sim, tive a impressão de que alguém já havia soprado a ele, dizendo para abafar qualquer história sobre garotas desaparecidas.

Ela o encarou, por um momento sem fala.

— Quem teria ligado para ele? — perguntou Phoebe, perplexa. — Quem daria esse tipo de telefonema?

— Ah, Phoebe. — Jimmy abriu um sorriso penalizado, meneando a cabeça. — Você não sabe nada desta cidade, de como funciona, não é?

— Quer dizer que o tio dela, o sr. Latimer, o ministro, telefonaria ao editor de um jornal e pediria que não publicasse uma matéria, nem mesmo que a investigasse?

— Escute, querida, deixe-me explicar. — Ele assumiu sua voz de Jimmy Cagney. — O ministro não telefonaria e não haveria pedido nenhum. Alguém do departamento daria um toquezinho, algum capacho do ministro com um nome supergaélico como Maolseachlainn Mahoganygaspipe, falaria por dez minutos sobre o tempo e o preço absurdo da batata e então, quando parecia estar prestes a desligar, diria, *Ah, a propósito, Séanie, a moça do ministro que deu uma sumidinha e a família está tentando trazê-la para casa... Não adianta nada o jornal publicar matéria nenhuma sobre isso, não sabe, só para você terminar levando ovo na cara, ou eu devo dizer tinta de impressão? Ha ha ha.* Seria assim. Na maciota, uma ameaça velada. Acorda, maninha.

— E o editor de um jornal de circulação nacional cederia a uma ameaça desse jeito?

Isto foi recebido com uma gargalhada aguda.

— Ameaça? Onde está a ameaça? Um conselho de amigo, meia palavra para bom entendedor, só isso. E lá vem a boa vontade, os favores... Da próxima vez que Séanie, o editor, precisar de alguma informação interna, ele vai ligar para o sr. Mahoganygaspipe e mencionar o serviço que prestou ao ministro e sua família, deixando de soltar os repórteres naquela vez em que a sobrinha problemática do ministro foi viajar. Entendeu?

Agora Phoebe, sentada perto da janela escura, repassou tudo o que disse Jimmy, tentando concluir se seria verdade, se pode ter sido isto que aconteceu. Mas, pensou ela então, e se fosse? Se os Latimer estivessem usando sua influência para impedir que os jornais falassem no desaparecimento de April, o que havia de tão terrível? Qualquer família faria o mesmo, se tivesse uma filha desaparecida e o poder de manter histórias sobre ela fora dos jornais. Entretanto, lhe dava arrepios a ideia daquela voz insinuante e aflita ao telefone — Jimmy imitava muito bem —, sussurrando ameaças nos ouvidos de alguém.

Ela precisava refletir. Pense. Lembre-se. Concentre-se. *Quem é April Latimer?*

O leite na caneca ficava morno, mas ela bebeu mesmo assim, até os sedimentos, e ficou com um caroço de framboesa, afiado e duro, preso entre dois molares, fazendo-a pensar na infância.

Uma vez, há não muito tempo, elas estavam sentadas, April e ela, num banco junto do lago em St Stephen's Green, olhando as crianças e suas mães darem comida aos patos. Era uma tarde no final do verão: ela se lembrava das árvores sussurrando suavemente acima delas e o sol que parecia erguer grandes flocos de ouro da superfície da água. April fumava um cigarro, como sempre fazia, segurando-o bem diante do rosto, inclinando-se para frente e se recurvando como se sentisse frio. Era o estilo antigo de fumar das mulheres, Phoebe se lembrou de pensar com uma onda de ternura pela amiga, uma ternura ao mesmo tempo doce e inquietante. Não conseguia se recordar do que estiveram falando, mas a certa altura ela notou que April ficara em silêncio, tinha se retraído para dentro de si e ficou sentada ali, fumando, de cenho franzido, olhando a água com uma expressão estranha e assombrada. Phoebe também caiu em silêncio, respeitando por instinto o lugar privativo para onde a amiga se retirara. Por fim, April falou.

— O problema da obsessão — disse ela, ainda olhando a superfície reluzente do lago — é que não existe prazer nela. Você pensa no início, se há um início, que é o maior prazer que pode conhecer — essa palavra, *prazer*, o modo como April a pronunciou pareceu perturbador a Phoebe, quase indecente —, mas, depois de um tempo, quando você é apanhada nela e não consegue sair, é uma cela de prisão. — Ela então parou, para outro intervalo de intensa reflexão e cigarro, depois descreveu que você, nesta cela, olha ansiosamente para a janela gradeada, alta demais para alcançar, para a luz do sol e o pedaço de céu azul ali, percebendo que não sabe como é a vida, lá fora, onde os outros são livres.

Phoebe não soube o que dizer, como responder. Não pensava em April como uma pessoa que fosse obcecada — esta era outra palavra sombria e perturbadora — e sentia que uma cortina fora puxada por um momento, dando-lhe um vislumbre de uma passagem escura e longa, sussurrante de presenças invisíveis, onde o ar que pressionava seu rosto era úmido, abafado e docemente pesado. Ela se lembrou do tremor que a tomou, olhando aquele lugar escuro, mesmo enquanto estava sentada ali no parque sob o sol forte, em meio àquela paisagem de verão. Apareceu um bando de gaivotas, batendo as asas e gritando, pretendendo as crostas de pão que as crianças jogavam aos patos, e ela se retraiu com um medo súbito. April, porém, animou-se ao ver a descida das detritívoras e riu.

— Ora, olhe só aquilo! — disse ela — ... Aqueles *monstros*! — Olhando as gaivotas vorazes com um sorriso do que parecia uma aprovação intensa, seus dentes pequenos, brancos e regulares expondo-se um pouco, cintilantes, e seus olhos ansiosamente luminosos. Este foi um momento em que Phoebe não conhecia a amiga, não a reconhecia. Teria havido outros desses momentos que ela deixou de perceber no passado, momentos de discernimento medonho de que ela se esquecera, ou preferiu esquecer? O que ela sabia da amiga? O que ela sabia...?

Ela se levantou da mesa e quase caiu porque suas pernas tinham enrijecido do frio. Enrolando-se bem no robe de seda fino, foi para a sala de estar e se colocou junto da janela. Não acendeu a luz. Não se importava com o escuro, nunca teve medo dele, nem quando criança. A neblina caiu novamente, pelo que ela viu, não densa o suficiente para ser chamada de fog, e a luz do poste de rua abaixo dela tinha um halo cinza. A rua estava silenciosa. Uma prostituta recentemente passara a fazer ponto ali, uma criatura triste, jovem e esquálida, que sempre parecia estar morta de frio;

Phoebe às vezes falava com ela, sobre o tempo ou algo dos noticiários, e a jovem sorria agradecida, feliz por não ser rejeitada nem olhada com censura, ou chamada de alguma obscenidade. Ela chegou a dizer seu nome a Phoebe, e era Sadie. Que vida devia ser a dela, pensou Phoebe, tendo de ir com qualquer um que tivesse uma libra no bolso? Como seria...?

Ela olhou. Havia alguém na rua, alguém que não tinha percebido até agora, uma pessoa um tanto afastada do anel de luz molhada do poste. Ela não conseguia distinguir se era homem ou mulher, embora soubesse que não era Sadie. Era apenas uma figura, parada ali, muito quieta, olhando para cima, ao que parecia, para esta mesma janela de onde ela olhava. Quem quer que fosse, será que a via, ali, no escuro? Não. Mas se ela avançasse e ficasse bem encostada no vidro, então ficaria visível? Ela avançou um passo, prendendo a respiração. Colocou a mão no pescoço. Tremia, não sabia se de frio ou de medo, ou de outra coisa. A figura não se mexeu — estaria realmente ali ou seria só imaginação dela? Isto já aconteceu, quando ela morava na rua Harcourt; ela pensou ser vigiada e disse a si mesma, também, que era sua imaginação, mas por acaso não tinha imaginado nada. Ela percebeu que deixara acesa a luz da cozinha, que quem estivesse ali saberia da presença dela, que não estava dormindo, talvez até a tenha visto sentada à mesa com seu leite e seu bolo — teria sido possível ver deste ângulo, da rua, se ela estava sentada? — e esperava que ela agora voltasse à luz, com seu robe de seda fino, com o cabelo despenteado, insone e indócil, preocupada com a amiga desaparecida.

De súbito ela se virou da janela, praticamente correu à cozinha e, sem atravessar a soleira da porta, estendeu a mão para dentro e apagou a luz. Esperou um instante, depois avançou cautelosamente no escuro, evitando os contornos da mobília, conseguindo, no entanto, bater o quadril no canto do aquecedor, e espiou a rua enevoada. Não havia ninguém ali. É provável que não houvesse antes, que fosse só uma sombra que ela vira e pensara ser uma pessoa. Contudo, ela não acreditava nisso. *Tinha* alguém ali, parado no escuro e no ar úmido, olhando para cima, vigiando-a. Mas, quem quer que fosse, agora havia sumido.

3

Quirke nunca pôde explicar muito bem o carinho que sentia pelo inspetor Hackett. Afinal, não havia muitas pessoas por quem tivesse carinho. Apesar das muitas diferenças evidentes entre os dois, eles pareciam ter algo em comum. Talvez o que apreciasse fosse o ceticismo tranquilo e irônico do policial com relação ao mundo em geral. Em certa época, Quirke pensou que Hackett, como ele, tivesse passado seus primeiros anos numa instituição, mas havia uma brandura na personalidade do detetive, uma amabilidade essencial, que não teria sobrevivido a um lugar como Carricklea. Os Quirkes e os Harcknesses deste mundo eram uma fraternidade fechada e pertinaz, cuja saudação secreta indicava não confiança ou amizade, mas suspeita, medo, frieza, infelicidade recordada, rancor inquebrantável. O companheirismo e a confiança estavam entre as boas coisas atrás do vidro frio da grande vitrine contra a qual eles apertavam o rosto, presos entre o desejo e um desdém furioso. O que se podia fazer era esconder os danos. Era o que eles esperavam um do outro, o que pediam um do outro, o que os mutilava; este era seu código de honra. O que foi mesmo que Rose Crawford disse a ele uma vez, há muito tempo? *Um coração frio e uma alma quente — isto somos nós, Quirke.* Ainda assim, ele tinha carinho por Hackett — como podia ser?

Todavia, quando o telefone tocou, ele atendeu e ouviu as vogais arrastadas de interiorano do detetive, Quirke se deprimiu. April

Latimer, de novo. Quirke estava em sua sala no hospital, de jaleco branco, recostado na cadeira, com os pés em cima da mesa. Pela vidraça da sala de dissecação, ele via seu assistente Sinclair trabalhando num cadáver, ocupado com a serra e o bisturi.

— Alguma coisa nova, inspetor? — perguntou ele, cansado.

— Bem, não — disse Hackett, e Quirke o imaginou, em seu cubículo no andar térreo do quartel na rua Pearse, tombando a cabeça de lado e semicerrando os olhos para o teto cor de tabaco —, é nova, é bem verdade, mas se é alguma coisa ou não, não sei. — Sinclair, Quirke percebeu pela primeira vez, tinha um jeito peculiar de se aproximar de um cadáver, lateralmente, com a cabeça tombada de lado e a língua metida no canto da boca, como um caçador cercando sua presa. — Voltei à casa na Herbert Place — disse Hackett. — Há uma moradora no apartamento do último andar, uma mulher de tipo muito raro. Uma tal de srta. Helen St John Leetch, veja você. — Ele riu. — Não é um nome grandioso?

— O que ela disse?

— Eu me arriscaria a dizer que ela é meio tantã, a criatura desafortunada, mas também é vigilante, a sua maneira, e não perde nada.

— E o que ela viu, em sua vigilância?

Ouviu-se um ofegar na linha, que, depois de um ou dois segundos de confusão, Quirke identificou como riso.

— É um homem muito impaciente, dr. Quirke — disse enfim o policial —, sabia? Vou lhe dizer uma coisa, por que não salta naquele seu carro novo e grande e vem até aqui, e saímos para comer alguma coisa? O que me diz?

— Não posso — mentiu Quirke. — Já tenho compromisso para o almoço.

— Ah, é o que diz... Um compromisso para o almoço? — Ele gostou de como isso soou, ao que parecia, e houve outro intervalo ofegante. — Bem, pode me reservar dez minutos antes de se dirigir a seu almoço? Acha que seria possível?

Quirke concordou de má vontade, ele passaria na sala do inspetor, mas agora era tarde demais, teria de ser depois do almoço. Ele pôs o fone no gancho e ficou recostado por um bom tempo, com as mãos na nuca, olhando Sinclair trabalhar, mas sem realmente ver. Isabel Galloway ainda assombrava seus pensamentos. A imagem dela, sua extensão fria, longa e branca, afligia-o. Ela não era parecida com as mulheres com quem estava acostumado. Depois daquela noite na casa dela em Portobello, com os dois cisnes deslizando nas águas enluaradas do canal, algo nele que ficara trancado a vida toda começou a se soltar, rangendo e gemendo, como uma geleira que se move, um iceberg se rompendo.

Agora, quando ele lhe telefonava e dava seu nome, ela deixou que o silêncio perdurasse, depois falou.

— Ora, se não é você. E eu pensando que minha noitada fosse a última.

— Eu pensei — disse ele cautelosamente — que podíamos nos encontrar.

— E estava pensando em quê?

— Pensei que podíamos almoçar.

— Sim, você gosta de um almoço, não é mesmo?

Ele segurou o fone de lado e franziu o cenho, depois recolocou na orelha.

— O que quer dizer com isso?

— Um passarinho bem grande e maquiado... Na verdade, *dois* passarinhos bem grandes me disseram que viram você no Jammet's na companhia de uma *femme mystérieuse*, uma senhora *d'un certain âge*, mas também bonita e, supuseram meus dois pardais, ainda por cima endinheirada.

Embora estivesse no porão do prédio, ele sabia que chovia lá fora; podia sentir em vez de ouvir, uma espécie de zunido úmido geral e distante.

— O nome dela — disse ele — é Rose Crawford. Ela foi casada com meu sogro.

— Ah. Complicado. Então ela seria sua... O quê, sua contrassogra? — Ela riu baixinho.

— Agora ela está morando aqui. Em Wicklow. Ela caiu de amores pelo lugar... O vento na urze, a chuva no penhasco, esse tipo de coisa. — Com a mão livre, ele tirou um cigarro do maço na mesa e procurou o isqueiro no bolso do jaleco branco. — Estou cavando uma citação em seu testamento.

— Pelo que disseram meus amigos emplumados, ela está longe de bater as botas. Na verdade, o querido Mícheál... que, surpreendentemente, tem olho para essas coisas, notou particularmente a perfeição dos tornozelos da dama. — Ela soltou outra gargalhada baixa. — Você não tentaria enganar uma simples atriz sobre a natureza de suas relações com esta contraparente, não é mesmo?

— Provavelmente sim — disse ele.

— Não precisa ser tão franco, sabe disso. A franqueza é uma virtude muito superestimada, na minha opinião.

— E que tal? O almoço, quero dizer.

— Sim. Mas não no Jammet's. Já tem associações demais.

Ela disse que se encontraria com ele no Gresham Hotel — "Estou ensaiando, querido, será só um pulinho ali para mim" — onde agora, na grandiosidade sombria e falsa do lugar, Quirke se sentia pouco à vontade. Alguma estrela de cinema era esperada do aeroporto e o lugar fervilhava de repórteres, fotógrafos e dezenas do que deviam ser fãs reunidos na calçada, apesar do vento e da chuva. Isabel esperava por ele no bar.

— É o Bing — disse ela, indicando a multidão do lado de fora. — Eles são loucos por um cantor. — Ela estava com a maquiagem de palco — "É um ensaio com figurino, Deus nos ajude" — e usava um impermeável, que não desabotoou. Não teve tempo para trocar de roupa, disse ela, com uma cara aflita. — Estamos fazendo O *pássaro azul*, de Maeterlinck. E eu sou uma fada.

Ela bebia Campari com soda. Ele disse que ficaria só com a soda, e acendeu um cigarro. Ele devia estar encarando-a, porque agora ela ruborizava um pouco e baixava os longos cílios.

— Você me deixa constrangida — murmurou ela, sorrindo. — Imagine só, uma atriz e constrangida... Já ouviu falar de tal coisa?

Ele teria gostado de estar na cama com ela agora, neste minuto, quando ela estava assim, não irritadiça e ferina, mas tímida, confusa, quase indefesa.

— Sabe qual é o nome completo dele, de Maeterlinck? — Ela olhou sua bebida e fingiu estar ocupada com um misturador plástico de coquetel. — Maurice Polydore Marie Bernard, conde Maeterlinck. — Ela o olhou de sob aqueles cílios baixos. — O que acha disso?

Ele tirou o misturador de sua mão e colocou no balcão.

— Não paro de pensar em você — disse ele. — Não sei o que... Não sei como... — Ele deu de ombros. — Eu não sou bom nisso.

Ela se curvou para frente e o beijou, de leve, no rosto.

— Até parece — cochichou ela — que alguém é.

— Por que não abre seu casaco e me deixa ver seu figurino de fada?

No saguão, houve uma gritaria: enfim Bing tinha chegado.

Sentado na sala de Hackett, Quirke podia estar na casa do leme de uma traineira lutando por um mar tempestuoso. A janela raquítica atrás da mesa do detetive era, na melhor das hipóteses, imunda, mas neste dia de vento e chuva a própria luz do dia se esforçava para abrir caminho pelos vidros escorridos e embaçados. Havia um fogo de carvão ardendo na lareira e o ar na sala era quente e carregado. De vez em quando, um estalo fazia uma bola de fumaça rolar pelo carpete puído, misturando-se com o bafo geral de fumaça de cigarro. Hackett estava em mangas de camisa, com a gravata afrouxada e o colarinho aberto. A metade superior da testa, em geral oculta pelo chapéu, era rosa bebê e parecia macia, e seu cabelo, gomalinado com o que parecia graxa de sapato, era furiosamente escovado para trás; Quirke observou que começava a ficar cinzento pelas bordas.

— Aquela sua garota — disse o policial — parece atrair problemas.

Por um momento de irreflexão, Quirke pensou que ele se referia a Isabel Galloway e se perguntou como saberia dela; depois percebeu seu equívoco.

— Ah, a Phoebe. Os problemas parecem encontrá-la, é o que quer dizer... Não é bem a mesma coisa.

Hackett assentiu, abrindo seu sorriso de sapo.

— De qualquer modo, ela se mantém ocupada... E a mim também. Imagino que não tenha havido notícia nenhuma da amiga.

— Não que eu saiba. E estou quase acreditando que não haverá.

Desta vez Hackett suspirou e mexeu nos papéis que atulhavam sua mesa, um sinal de frustração, como Quirke bem sabia.

— É uma boa de uma confusão, isso é que é — disse o policial.

— Sim, é o que diz o tio dela.

— Ele reconhece uma confusão quando vê uma, é bem verdade.

Quirke olhou as gotas de chuva amontoando-se nas vidraças abaladas e trêmulas dos golpes de rajada de vento.

— A mulher no apartamento em cima da casa de April, o que ela disse?

— A srta. Helen St John Leetch. — Hackett rolou o nome na língua. — Eu não sabia o jeito certo de pronunciar o nome "St John". Extraordinário.

— Ela conhecia April?

— Ela ficava de olho na menina, devemos dizer? Gente solitária sempre dá a melhor testemunha ocular.

— E o que ela viu, enquanto ficava de olho?

— Não muita coisa. A propósito — ele se curvou para frente ansiosamente —, estou subindo na vida. Veja só isto. — Era uma campainha elétrica encaixada numa luminária instalada no canto de sua mesa. — Agora veja isto. — Ele apertou a campainha, recostou-se e esperou, com o dedo erguido no ar. Segundos depois, a porta se abriu e entrou um jovem policial. Era alto e desajeitado, tinha uma cabeleira cor de cenoura e o queixo pustulento. — Este é o Garda Tomelty — anunciou Hackett, num tom de orgulho, como se tivesse conjurado pessoalmente a existência do jovem. — Terence — disse ele ao policial —, pode fazer a gentileza de nos trazer um bule de chá e alguns biscoitos?

— Perfeitamente, senhor — disse o Garda Tomelty, retirando-se.

O detetive olhava radiante para Quirke.

— Mas isto não é impressionante?

Ele tinha terminado seu cigarro e procurou pela mesa novamente, pegando um maço de Player e acendendo outro. Lá fora, o vento arremeteu com tanta força que provocou um tremor em todo o prédio.

— A mulher no apartamento. — Quirke o incitou. No almoço com Isabel, ele bebeu uma taça de clarete que lhe subiu direto à cabeça e mesmo então ele sentia seu arrebol. Seria um sinal bom ou ruim que uma única taça tivesse tal efeito nele?

— Sim, a mulher no apartamento — disse Hackett. — A srta. Leetch... A srta. St John Leetch. Mas espere — ele colocou a mão em concha atrás da orelha —, estou ouvindo os graciosos passos da lei?

A porta se abriu de novo e o Garda Tomelty entrou com uma pequena bandeja de madeira em que havia um bule, uma leiteira e um açucareiro, além de duas canecas grandes listradas de azul.

— Bom sujeito — disse Hackett, empurrando de lado os papéis desordenados em sua mesa. — Coloque aqui e muito obrigado.

O jovem pôs a bandeja na mesa e saiu batendo os grandes sapatos pretos, fechando a porta depois de passar.

Hackett serviu o chá nas canecas e passou uma delas a Quirke.

— Leite? Açúcar?

— Prefiro puro.

— Ah, claro — murmurou o detetive, sorrindo maliciosamente consigo mesmo. Em sua própria caneca, serviu uma porção generosa de leite e acrescentou quatro colheres cheias de açúcar, depois mergulhou a colher do açúcar no chá e mexeu. — A srta. Helen St John Leetch — repetiu ele com suavidade, num tom musical. Olhou frouxamente a colher que rodava devagar e incessante na caneca. — Ela a viu com um negro — disse.

— Um o quê?

— Um negro, um crioulo.

— Quem... April?

— É. Assim disse ela, a srta. Leetch. — Ele jogou a colher molhada de volta ao açucareiro e se virou de lado na cadeira, colocando um pé em cima da mesa. O couro surrado e pregado da sola de suas botas era finamente rachado, como a superfície de uma antiga pintura. — Andando por ali, foi o que ela disse.

— Ela os viu juntos, April e este sujeito, quem quer que seja?

O detetive tomou um gole ruidoso do chá e refletiu.

— Ela não foi muito clara, devo dizer. Pensei que estivesse falando de um dos parentes da garota, mas a senhora riu de mim e disse que não pensava que a srta. Latimer tivesse um parente que fosse negro. — Ele parou, ergueu os olhos e os semicerrou para um canto do teto. Fumou, bebeu, fumou. — E isso foi o máximo que consegui tirar dela. — Ele girou o olho semicerrado para Quirke. — Sabe de algum negro que ela possa conhecer, dr. Quirke?

Quirke recolocou a caneca na bandeja, com o chá intocado.

— Sei muito pouco dela, a não ser pelo que minha filha me conta. E, na realidade, não tenho certeza do quanto minha filha sabe. April Latimer era... é... uma pessoa muito reservada, assim calculo.

Hackett assentiu, projetando o lábio inferior.

— Parece ser assim mesmo, é bem verdade. Assim como a família... São uma gente reservada. Eu diria que eles não vão ficar satisfeitos ao saber que a jovem April se relacionava com... um estrangeiro. E você?

— Se eu concordo, ou se não ficaria satisfeito se fosse comigo?

— Bem, imagine que estamos falando de sua filha.

— Receio não ter muito que dizer, no que diz respeito a minha filha. Ela tem a própria vida.

Hackett soltou uma tosse curta; sabia do passado problemático de Quirke e Phoebe e das relações ainda tensas entre os dois.

— Sim, eu estive me perguntando mesmo sobre meus próprios garotos — disse ele. — Os dois agora estão na América, sabe, cuidando da própria vida. E se um deles um dia chegar em casa na companhia de uma negona bonita e disser: *Pai, esta é a mulher com quem vou me casar?*

— Bem, o que você *faria*?

— Duvido que houvesse alguma coisa que pudesse fazer... Nenhum de nós tem muito a dizer hoje em dia quando se trata dos jovens. — Ele terminou seu chá e tirou o pé de cima da mesa, sentando-se inclinado para frente na cadeira, colocou a caneca de lado e plantou os cotovelos na mesa, apoiando-se neles. — Mas vou lhe dizer uma coisa. Posso imaginar o que a sra. Celia Latimer e seu cunhado, o ministro, para não falar do sr. Oscar Latimer da Fitzwilliam Square... Posso bem imaginar o que essa gente diria se a jovem dra. Latimer aparecesse com um negão pendurado no braço e o apresentasse a todos como seu noivo.

— Pelo pouco que sei dela — disse Quirke —, April Latimer não é do tipo de se casar.

Eles ficaram em silêncio, ouvindo o martelar oco da chuva na janela.

— Mas eu me pergunto — disse Hackett em voz baixa —, se a família sabe deste sujeito de cor e, se souber, o que decidiu fazer a respeito. — Ele riu. — Você e eu, dr. Quirke, talvez não tenhamos muito a dizer em questões como esta, mas, por Deus, os Latimer fariam questão de dizer tudo o que passasse pela cabeça, e muito mais.

Quirke pensou no assunto.

— Acha possível que a tenham tirado do país? Que eles fizeram um teatro de não saber o que foi feito dela? — Hackett não disse nada, só ficou apoiado ali, feito um sapo, olhando estultamente pela mesa. — Não seria tão fácil, mesmo para os Latimer — disse Quirke pensativamente. — Duvido que April tivesse ido embora em silêncio, por maior que fosse a pressão imposta sobre ela.

— Mas no final ela iria... E parece mesmo ter ido. Os Latimer deste mundo não gostam de ser enjeitados, o que me diz, dr. Quirke?

Eles novamente ficaram em silêncio, olhando em direções opostas, pensando.

— Vou falar com Phoebe — disse por fim Quirke. — Perguntar a ela deste negro, se ela o conhece.

— Talvez não conheça — disse Hackett —, mas isto não significaria que ele não existe. Ah, e por falar em gente conhecida — ele tinha terminado sua caneca e agora espiava dentro dela como se lesse as runas das folhas de chá no fundo —, sua filha falou alguma coisa de alguém com o nome de Ronnie?

— Não. Por quê?

— Sua Graça, a srta. Leetch, mencionou alguém com este nome. Não consegui arrancar nada dela que fizesse algum sentido. Não parecia ser o nome do negro. — Eles se olharam e Hackett suspirou. — O único Ronnie de que ouvi falar é Ronnie Ronalde... O sujeito do rádio, sabe, aquele dos assovios.

— Não — disse Quirke —, não, acho que não conheço. Ele *assovia*?

— "Mockin' Bird Hill" é uma de suas músicas. Mas a mais conhecida é "If I Were a Blackbird". Incrível... Você seria capaz de jurar que o passarinho é ele.

Quirke se levantou.

— Acho, inspetor, que já vou andando.

Descendo a escada, ele ouviu a suas costas, vindo do alto, a voz distante de Hackett se elevar num gorjeio.

If I were a blackbird, I'd whistle and sing...!

4

O pequeno bando não se encontrava desde a noite no Dolphin Hotel, que agora parecia fazer muito tempo, aquela noite em que Phoebe chegou em casa e telefonou para Oscar Latimer. Desde então, ela vira a todos, mas separadamente, Patrick em seu apartamento, Isabel no Shakespeare e Jimmy Minor no O'Neill's, quando ele lhe contou que seu editor ordenou que ficasse longe da história do desaparecimento de April. Ele também lhe disse algo mais, naquela noite, algo que agora lhe voltava, como se houvesse uma ligação que Phoebe não conseguia situar inteiramente entre o que Jimmy dissera e a figura espectral à luz da rua.

Eles saíram do O'Neill's e estavam na esquina enquanto Jimmy terminava de fumar. A chuva caía, do tipo tão fino que mal se sente, mas pode molhar toda a pele em um minuto. Ela estava ansiosa para ir embora — os últimos ônibus já partiam e não lhe agradava a perspectiva de ter de ir a pé para casa numa noite daquelas —, mas Jimmy tinha bebido três canecos de cerveja, estava ainda mais loquaz do que de costume e não a deixava partir. Começou a falar de Patrick Ojukwu, como quase sempre fazia quando tinha bebido.

— É claro — disse ele, dando uma risadinha —, se você o encontrasse aqui, numa noite escura como essa, não seria capaz de vê-lo, a não ser que ele estivesse sorrindo. — Phoebe não entendeu. Jimmy abriu um sorriso de palhaço. — A pele negra, os dentes brancos? Entendeu?

— Queria que você não falasse dele desse jeito, pelas costas — disse Phoebe. — Devia ser amigo dele. Por que não gosta dele? É porque ele é negro?

Jimmy fechou a carranca e deu um trago fundo no cigarro; segurou-o protegido no oco da mão, como um moleque de rua, pensou Phoebe.

— Não sou o único — murmurou ele, olhando as luzes da rua Dame.

— Não é o único *o quê*? — Ela exigiu saber. — Não é o único que o detesta por causa da cor de sua pele?

— Não tem nada a ver com a cor — rebateu Jimmy.

Ela suspirou.

— Não sei do que está falando, Jimmy. E está tarde, tenho de pegar meu ônibus.

Ele lhe lançava um daqueles olhares de pena.

— Você nunca percebe nada, não é? — disse. — Só anda por aí alegremente como se tudo fosse ótimo, cômodo e descomplicado.

Ela teve vontade de bater pé.

— Fale o que quer dizer com isso, Jimmy, ou me deixe ir embora. O último ônibus vai passar pelos portões do Trinity daqui a dez minutos. E *não* acenda outro cigarro, pelo amor de Deus!

Ele colocou o cigarro, ainda apagado, no bolso do peito do casaco de tweed e puxou a capa plástica em volta do corpo. Mesmo no escuro, ela podia ver seus lábios azuis de frio. Ele não se cuidava, pensou ela; podia ter uma pleurisia, uma tuberculose, até. De repente ele lhe pareceu tão pequeno e frágil, e tão infeliz. Ela o pegou pelo braço e o arrastou para o abrigo da porta do pub.

— Você sabia que Bella e ele estavam indo para a cama — disse ele. — Sabia disso, não?

Ela não disse nada; não daria a ele a satisfação de mostrar o ridiculamente pouco que sabia. Ele tinha razão: ela não gostava de entrar fundo demais nos problemas dos outros, no coração dos outros. Nisso, pelo menos, era bem filha de seu pai.

— E se estivessem? — disse ela. — O que tem isso?

— E você sabia que April o tirou dela?

Phoebe baixou a cabeça para evitar seu olhar fixo e feroz, ligeiramente embriagado.

— Não — disse, rendendo-se. — Não, eu não sabia disso.

— Pensei mesmo que não soubesse — disse ele num tom de satisfação azeda. — Há muita coisa medonha sobre April que você não sabe... Muita coisa medonha.

Ela ouvia de dentro do pub os estudantes bêbados começando a cantar e os barmen gritando para que parassem, que o lugar sofreria uma batida se houvesse cantoria e todos seriam presos. Acontecia o mesmo toda noite, os rapazes embriagados e as meninas querendo ir para casa, e o lugar se esvaziando, e brigas na rua, mais tarde as apalpadelas nas vielas de trás e nos bancos da frente dos automóveis. Ela estava enjoada desta cidade, enjoada dela. Talvez Rose Crawford a convidasse novamente a acompanhá-la à América. Naquele momento, nenhum lugar lhe parecia tão distante como a América.

— E Isabel? — perguntou ela. — Ela ficou muito chateada?

— O que acha? Isabel e O Príncipe, que combinação! Ela via a si mesma como Desdêmona, sem a asfixia no final. E então April chama com o dedo e Sua Majestade vai, agitando as plumas da cauda. Eu diria que é páreo duro saber quem ela odeia mais, Sua Negritude ou April, a mais cruel...

Ela não ia ouvir mais nada disso e passou por ele na porta do pub, andando rapidamente para os sinais de trânsito, correndo pela Dame até o ponto de ônibus. O ônibus estava prestes a arrancar, ela teve de pular e se agarrar no corrimão para não cair de costas, e o motorista a xingou. Foi só quando entrou e se sentou que ela sentiu as lágrimas no rosto, percebendo que estivera chorando desde que se afastou de Jimmy, e não conseguia parar.

Agora, hoje, chovia novamente, forte, e soprava uma ventania, cortando as ruas e sacudindo as árvores nuas pelo canal. Apesar do clima, ela decidira ir ao trabalho a pé. Era mais fácil pensar quando estava caminhando. Ela tentou abrir o guarda-chuva, mas logo o vento o apanhara e o viraria pelo avesso se ela não o fechasse imediatamente. De qualquer modo, não se importava com a chuva. Até manhãs tempestuosas como esta eram um presságio da primavera, para ela. Phoebe pensava de novo na América, na chuva no Boston Common e nas árvores pela avenida Commonwealth batidas pelo vento; era um jeito de procurar não pensar em April, em Isabel, em Patrick Ojukwu.

Phoebe viu, pelo sorriso da sra. Cuffe-Wilkes, toda dentadura e doçura pegajosa, que a mulher estava furiosa com ela — não só com seu atraso, mas por ela estar molhada e desarrumada, os sapatos enlameados do caminho de sirga.

— Precisa muito ter mais cuidado, minha cara — disse a sra. Cuffe-Wilkes, numa voz do mais puro aço. — Pode acabar gripada andando na chuva desse jeito.

— O ônibus estava atrasado e pensei que seria mais rápido se eu viesse a pé.

— E foi?

— Não, sra. Cuffe-Wilkes. Desculpe.

A mulher tinha parado de fingir que sorria e seu rosto estava inchado, as bochechas e a testa cor-de-rosa e brilhantes, daquele jeito pavoroso que aparecia quando estava prestes a perder a paciência. A raiva da sra. Cuffe-Wilkes alimentava-se de si mesma e podia continuar se incitando por toda a manhã. Phoebe se retraiu para a sala dos fundos e tirou o casaco molhado, pendurando-o numa cadeira e colocando-o na frente do fogo a gás; logo começou a emanar um forte cheiro de ovelha. As solas das meias também estavam ensopadas e ela as tirou, na esperança de que a empregadora não percebesse. Pelo menos o capuz de seu casaco impediu que seu cabelo se molhasse — a sra. Cuffe-Wilkes não tolerava cabelo molhado na loja.

A manhã se arrastava. Foram poucos clientes, por causa do tempo. Da rua, seria quase impossível enxergar dentro da loja, pois a vitrine escorria água da chuva por fora e começava a embaçar por dentro. A sra. Cuffe-Wilkes, ainda num amuo colérico, ficou no cubículo que chamava de escritório, onde a certos intervalos emitia suspiros longos, trêmulos e maltratados e murmúrios fracos e atormentados. Phoebe tentou não olhar os ponteiros que se arrastavam pelo mostrador do relógio. Tentou não pensar nos amigos, nos supostos amigos, e em todas as coisas que descobria que não sabia sobre eles. Teria Jimmy dito a verdade sobre April tirar Patrick Ojukwu de Isabel, e de Isabel odiar os dois por isso? Porque, se foi assim, Isabel mentira para ela no Shakespeare na noite em que riu de Phoebe por ela pensar que April e Patrick eram amantes. E Patrick, ele também teria mentido, em seu apartamento na hora do almoço, quando ela lhe perguntou diretamente sobre April e ele negou que fosse amante dela, ou pelo menos que estivesse apaixonado por ela. Ou ele negou isso? Ela tentou se lembrar exatamente do que ele disse, como respondera quando ela perguntou: *Você a ama?* Aquelas mentiras, aquele faz de conta, aquelas dissimulações — ela odiava tudo isso. Foi um susto quando Jimmy lhe falou muito despreocupadamente da chave que April deixava debaixo da pedra, a chave que April nunca mencionou a ela. No que ela deveria acreditar, o que tomaria como a verdade de tudo que todos lhe diziam? Será que todos mentiram para ela, desde os primeiros momentos de sua vida?

O tinir do pequeno sino de bronze sobre a porta a despertou desses pensamentos amargurados. Rose Crawford entrou na loja.

A sra. Cuffe-Wilkes ficou a um só tempo surpresa, encantada e desconfiada. Ignorara o sino, pensando significar apenas a entrada de uma cliente comum, mas quando ouviu o sotaque arrastado e lânguido da América, sugestivo de credulidade transatlântica e uma bolsa Bergdorf Goodman explodindo de dólares, saiu às pressas de seu cubículo como um grande cuco muito maquiado surgindo de seu relógio. Visitantes americanas ricas só eram esperadas no verão, mas aqui, nas profundezas do inverno, estava o que certamente era uma americana, e evidentemente rica. Rose tinha uma capa de chuva Burberry que não mostrava mais do que algumas leves gotas nos ombros — não só o taxista a deixou na porta da loja, como a acompanhou sob seu próprio guarda-chuva — e por baixo dela os olhos experientes da sra. Cuffe-Wilkes logo viram um terninho Chanel de lã rosa clara.

— Querida — dizia Rose a Phoebe, soltando-a de um abraço leve e hábil —, veja só você, toda de preto, como sempre, parece uma viúva da Máfia.

Phoebe apresentou a empregadora, depois hesitou — como devia explicar sua relação com Rose? —, mas Rose de imediato veio em seu resgate, abrindo o sorriso mais cintilante e estendendo a mão bem cuidada.

— Rose Crawford — disse ela. — Encantada, certamente.

A sra. Cuffe-Wilkes não sabia como agir. Embora permitisse que Phoebe de vez em quando desse descontos numa compra a uma familiar ou uma amiga, deixou claro a sua assistente que as visitas das amigas ou de parentes à loja não seriam permitidas se elas não estivessem dispostas a pagar o preço cheio de varejo — havia padrões profissionais a serem mantidos, afinal. Rose Crawford, quem quer que fosse, não era uma prima sem tostão tentando mascatear uma pechincha, nem uma velha colega de escola na véspera de suas núpcias procurando algo elegante para completar a roupa da lua-de-mel; Rose era Dinheiro, possivelmente Dinheiro de Herança, e era só isso que a sra. Cuffe-Wilkes precisava saber sobre ela.

— Eu estava indo para Brown Thomas quando lembrei onde Phoebe trabalhava — disse Rose. — Preciso de algo para lidar com seu clima irlandês — um sorriso irônico e olhos lançados para o alto —, mas que ao mesmo tempo não me deixe parecer a irmã mais velha de *Minha mãe,* do John Ford.

Ora, claro, disse ansiosamente a sra. Cuffe-Wilkes, e começou a pegar chapéus de todos os cantos da loja e os espalhar pelo balcão como muitas flores de lótus exageradas. Phoebe via, pelo estreitamento das narinas, que Rose considerava todos igualmente feios; entretanto, pegou dois modelos ao acaso e os experimentou, um de cada vez.

— Qual deles é menos medonho? — perguntou ela a Phoebe pelo canto da boca.

Phoebe, bem ao lado dela, sorriu.

— Não precisa comprar nada, sabe disso — murmurou ela.

A sra. Cuffe-Wilkes, que era meio surda, olhava-as incisivamente.

No fim, Rose decidiu por um chapéu de feltro preto e severo com um alfinete rubi. Ficou muito elegante nela, pelo que Phoebe viu. Rose perguntou se podia pagar com traveller's cheque, e a sra. Cuffe-Wilkes correu a sua sala para telefonar ao banco e pedir orientação.

— E então — disse Rose a Phoebe, colocando cuidadosamente de lado o chapéu —, como está, querida?

— Estou muito bem.

— Você mudou. Está mais velha.

Phoebe riu.

— Não muito mais, espero.

— Eu me preocupo com você.

— Preocupa-se? Por quê?

A sra. Cuffe-Wilkes voltou, ofegante de agonia.

— Lamento, o jovem no banco parece pensar que não seria...

— Não importa — disse Rose. — Vou buscar algum dinheiro e volto logo. — Ela abriu de novo seu sorriso cheio de dentes. — Quem sabe a srta. Griffin não pode me mostrar o caminho para a agência da American Express?

— Oh, fica logo ali, no final da...

— Eu quis dizer, ela pode me levar lá? Eu me perco com facilidade nessas ruazinhas.

A sra. Cuffe-Wilkes ia protestar ainda mais, porém deu um passo atrás, parecendo murchar.

— Oh, bem, sim, claro.

A chuva parou enquanto Rose e Phoebe andavam pela rua Grafton.

— Eu queria — disse Rose — consultar você sobre uma coisa. — Ela engachou o braço no de Phoebe. — É bem... — ela soltou uma risada curta e constrangida — ... bem delicado, devo dizer.

Phoebe esperou, sem fôlego de curiosidade — o que podia fazer com que Rose Crawford se comportasse de um jeito tão estranho? Elas chegaram à agência da American Express.

— Chegamos — disse Phoebe. — Me diga antes de entrarmos.

Rose olhou toda a rua, como se temesse ser ouvida, e mordeu o lábio. Por um momento podia ter metade de sua idade.

— Não — disse ela —, primeiro vou pegar meu dinheiro; sempre me sinto mais confiante, de algum modo, com um maço de verdinhas no bolso de trás de meu blue jeans.

Pareceu levar uma eternidade para que o cheque fosse trocado. Phoebe esperou junto da porta, olhando os vários pôsteres de viagem e lendo os folhetos. Por fim, o negócio foi concluído e Rose voltou, fechando a bolsa.

— Muito bem. Vamos voltar e fazer de sua chefe uma mulher feliz.

Mas Phoebe não se mexeu.

— Não vou arredar pé antes que me diga sobre o que quer me "consultar".

Rose parou e a olhou com uma consternação sorridente.

— Ai, Senhor! — exclamou. — Por que comecei com isso? — Ela pegou de novo o braço de Phoebe e a levou decidida para a rua, e ali as duas pararam novamente. Rose respirou fundo. — Eu queria lhe perguntar, querida, como você se sentiria se eu... Bem, se eu me casasse na família de novo.

— Casar?

Rose assentiu, apertando bem os lábios. Phoebe olhou para cima. Por entre os telhados a faixa estreita de céu, de nuvens cinzentas e prateadas correndo velozmente, por um momento lhe pareceu um lindo rio cintilante e invertido.

— É claro que talvez — continuou Rose rapidamente — ele não diga sim. Na realidade, eu ficarei... ora, ficarei muito surpresa se ele concordar.

— Quer dizer que não foi *ele* que a pediu em casamento?... *Você* é que fará o pedido?

— Dei umas dicas a ele. Mas você sabe como são os homens irlandeses e as dicas. E seu pai, ora... Ele é o mais irlandês dos irlandeses, não é?

— Mas mas mas...

Rose pôs um dedo nos lábios da garota.

— Shhhh. Nem mais uma palavra por enquanto. Já tive constrangimento suficiente por um dia. Preciso daquele chapéu para esconder minha cara vermelha.

E elas partiram pela rua para a Maison des Chapeaux e sua proprietária ansiosa. No alto, Phoebe viu, aquele rio de nuvens corria em alegre inundação.

Quando Rose pagou pelo chapéu e saiu, ainda parecendo aturdida, Phoebe perguntou à sra. Cuffe-Wilkes se podia usar o telefone. Este era um pedido atrevido, porque o telefone era um objeto de reverência e certo pavor para sua dona, e ficava como num relicário na mesa do cubículo, o que fazia Phoebe sempre pensar em um gato mimado de pedigree. Mas o chapéu que Rose comprara era tão caro que a sra. Cuffe-Wilkes nem mesmo se incomodou em descê-lo, até que Rose o localizou numa prateleira alta e pediu para ver melhor e, depois de uma venda tão pródiga, como poderia ela recusar um telefonema à menina? Ela estava se coçando para saber quem exatamente era Rose, mas Phoebe não deu nenhuma informação sobre ela e o momento de insistir em saber parecia ter passado. Exibindo toda a graça que podia, portanto, a sra. Cuffe-Wilkes disse sim, claro, o telefone estava ali, fique à vontade, por favor.

Foi ao pai que Phoebe telefonou, convidando-o a convidá-la para jantar. Tal como sua empregadora, o que ele poderia dizer além de sim?

5

O próprio Quirke estava prestes a dar um telefonema, embora não tivesse certeza se deveria. Estava em sua sala e pensava em April Latimer. Não conhecia a jovem, jamais a vira, pelo que sabia, embora possa ter passado por ela num corredor do hospital, entretanto ela sempre lhe voltava à mente. Era como se ele tivesse o vislumbre de uma figura na névoa e cambaleasse em seu encalço, embora ela mantivesse uma distância enlouquecedoramente constante à frente e às vezes desaparecesse inteiramente em meio aos enganadores vagalhões cinzentos. A lembrança daquele dia na sala de Bill Latimer com Latimer e a mãe e o irmão de April, o importunava; parecia irreal, como uma apresentação teatral amadora encenada só para ele. Alguém ali sabia algo mais do que dissera.

Oscar Latimer atendeu pessoalmente ao telefone, no primeiro toque.

Eles combinaram de se encontrar perto do canal da ponte Huband. Quirke chegou cedo e andou pelo caminho de sirga, sentando-se no velho banco de ferro ali, embrulhado em seu casaco. A chuva tinha parado e o dia era úmido e enevoado, com uma quietude formidável em toda parte, e quando uma gota caiu de um dos galhos da árvore acima dele e pousou com uma pancada na aba de seu chapéu, ele se assustou. Fantasmas deixavam-se ficar neste lugar, o fantasma de Sarah, a pobre e perdida Sarah, e até o fantasma dele mesmo também, como era na época, quando ela estava viva e eles costumavam passear em dias como este junto da água, ali. Hoje galinholas remavam em meio aos juncos, como na época, o mesmo salgueiro arrastava-se na ponta dos pés nos baixios e um ônibus de dois andares, que podia ser o protótipo de todos os ônibus verdes que passavam ali na rua Baggot, seguia pesadamente pela ponte corcunda com a elegância desajeitada de uma criatura grande a trote na floresta.

Ele devia ter se casado com Sarah quando teve a oportunidade, não devia ter deixado que ela voltasse a decepção que teve com ele para Mal, que não era digno dela. Pensamentos estéreis, remorsos estéreis.

Ele acendeu um cigarro. A fumaça que exalou demorou-se no ar úmido, vaga e insegura, sem um sopro de brisa que a dispersasse. Ele segurou o fósforo diante dos olhos e viu a chama arder firme pela madeira. Deveria ele deixar que queimasse os dedos? Em sua vida, ansiava por uma sensação forte e irresistível, de dor, angústia ou alegria. Seria preciso mais do que um fósforo aceso para lhe suprir isto.

Oscar Latimer chegou do lado aonde Quirke não olhava, a Lower Mount. Quirke ouvira seus passos leves e ligeiros e se virou, levantando-se do banco e jogando fora o cigarro pela metade, endireitando os ombros. Por que ficava tão nervoso com este homenzinho esmerado e reprimido? Talvez fosse precisamente pelo que havia de reprimido nele, toda aquela indignação, a raiva, a sensação que ele dava de um ego ofendido furioso para se libertar, sem jamais conseguir. Ele vestia um sobretudo curto de tweed espinha-de-peixe e um casquete de tweed. Mantinha as mãos nos bolsos e se postou diante de Quirke, olhando-o com uma expressão de desprazer e ceticismo azedo.

— E então? — disse. — Aqui estou... O que tem a me dizer?

— Vamos dar uma caminhada, sim? — disse Quirke.

Latimer deu de ombros e eles partiram pelo caminho. Quirke pensava no contraste que eles deviam formar, os dois, ele tão corpulento e Latimer tão pequeno. Um pato castanho saiu da beira gramada e andou à frente deles por um pequeno trecho, jogando-se depois na água.

— Não venho aqui desde criança — disse Oscar Latimer. — Eu tinha uma tia que morava na rua Baggot, ela costumava nos trazer aqui para pescar barbo. Como chamávamos mesmo?... Tinha um nome irlandês, não?

— Pinkeens? — disse Quirke. — Ou bardógs, era outra palavra.

— Bardógs? Não me lembro dessa. Nós os colocávamos em vidros de geleia. Coisas horríveis, eles eram, só dois olhos grandes presos a um rabo, mas ficávamos emocionados por pegá-los. Minha tia costumava fazer alças para os potes de geleia com barbante. Ela era dona de um talento peculiar, nunca vi como fazia aquilo. Enrolava bem firme o barbante no gargalo do vidro e dava um nó especial que deixava o barbante formando um laço com duas ou três voltas, criando uma alça. — Ele meneou a cabeça, admirado. — Parece fazer tanto tempo. Um século.

O sujeito não podia ter mais de 35 anos, pensava Quirke.

— Sim — disse ele —, o passado não perde tempo em se tornar o passado, é bem verdade.

Latimer não o ouvia.

— Éramos felizes, April e eu, aqui, com nossas redes de pesca. A vida de repente era... simples, por algumas horas.

Um trabalhador de botas impermeáveis, pretas e brilhantes, estava mergulhado até os quadris no canal, cortando juncos com uma faca. Eles pararam um momento para olhar. A faca tinha uma lâmina curva, longa e fina. O homem os olhou com cautela.

— Diazinho horrível — disse ele. Quirke se perguntou se ele seria funcionário da prefeitura ou se recolhia juncos para uso próprio, para fazer alguma coisa com eles. Mas o quê? Cestos? Tapetes? Ele fazia os cortes dos caules rígidos e secos sem esforço nenhum. Quirke sentiu uma pontada de inveja. Como seria ter uma vida tão simples?

Eles continuaram a andar.

— Onde está sua filha hoje? — perguntou Latimer. — Imagino que queira falar comigo novamente sobre April, não?

— E eu imagino que vá me dizer novamente que não é da minha conta.

Latimer soltou uma risada curta e desdenhosa.

— Preciso?

Eles chegaram à ponte da rua Baggot e subiram a escada para a rua. Do outro lado, o poeta Kavanagh, de sobretudo e gorro, estava sentado na vitrine da livraria Parsons em meio a livros dispostos por ali, com os cotovelos nos joelhos e os buracos das solas dos sapatos rachados à mostra, lendo atentamente. Os transeuntes não prestavam atenção, acostumados com esta visão.

— Já almoçou? — perguntou Latimer. — Podíamos comer um sanduíche em algum lugar. — Ele olhou em dúvida para o Crookit Bawbee.

— O Searsons fica por ali — disse Quirke.

O lugar estava apinhado de bebedores do horário de almoço, mas eles encontraram duas banquetas junto do balcão no fundo. Quirke pediu um sanduíche de queijo, temendo o pior, e Latimer pediu uma salada de presunto e meio caneco de Guiness. Quirke disse que beberia um copo de água. O barman, que o conhecia, olhou-o indagativamente.

O sanduíche era tudo que Quirke esperava; ele o abriu e espalhou mostarda Colman's na fatia brilhante de queijo laranja processado.

— Sabe do sangue no chão ao lado da cama de April, não sabe? — disse ele.

Quando ele estava na escola em St Aidan's havia um menino, cujo nome não se lembrava, que ele costumava espancar regularmente, uma criaturinha esquisita e estapafúrdia com cabelo puxado para trás, caspas e um dente acavalado na frente. Quirke não tinha nada de particular contra ele. Era apenas que nada, nem mesmo os socos repetidos, podia abalar a compostura do bobão e seu ar de autocontrole. Ele quase parecia gostar de apanhar; parecia, o que era de enfurecer, diverti-lo. Latimer era assim, distante, astutamente sorridente e misteriosamente intocável. Agora, por um tempo, ele continuou calmamente a comer, e talvez não tenha ouvido o que Quirke dizia. Então falou.

— Não acho adequado discutir esse tipo de coisa com você, Quirke. É um problema de família e você nem sequer é policial.

— É verdade, não sou. Só que a polícia também ouviu que o desaparecimento de sua irmã é um problema de família. E francamente, sr. Latimer, eu não creio que seja.

Latimer sorria levemente consigo mesmo. Meteu na boca uma garfada de presunto úmido e rosado e por um minuto mastigou, pensativo, depois tomou um gole delicado de sua cerveja.

— Você continua dizendo que ela desapareceu. Como sabe disso?

Quirke mordeu o sanduíche e agora o recolocava no prato, empurrando-o de lado e tomando um bom gole de água; tinha um leve gosto de alcatrão.

— Sua irmã não é vista há três semanas. Eu diria que "desaparecida" é a palavra certa.

— Por quem?

— O quê?

— Ela não foi vista por quem, nessas três semanas? — Ele falava como que a uma criança, como a uma de suas pacientes, espaçando as palavras deliberadamente, dando a cada uma delas igual ênfase.

— Então *você* a viu? — perguntou Quirke. — *Você* soube dela?

Latimer tocou um dedo em seu restolho de bigode ralo e abriu outro sorriso frouxo. Comeu sua comida e bebeu sua bebida com um ar satisfeito. Suas mãos, sardentas no dorso, eram mínimas, pálidas e hábeis. Ele limpou a boca num guardanapo de papel e virou-se na banqueta, colocou o cotovelo no balcão e olhou para Quirke por um bom tempo, como se o avaliasse.

— Estive perguntando sobre você — disse. — Sobre seus antecedentes, de onde você vem.

— E o que descobriu?

— Você veio do nada, ao que parece. Um orfanato aqui na cidade, depois uma escola técnica no oeste, de onde você foi libertado... acho que esta é a palavra certa?... pelo juiz Garret Griffin, que o criou em sua casa como se fosse o próprio filho. Você e Malachy Griffin, como irmãos. Tudo muito pitoresco, devo dizer. — Ele riu. — Como algo que se lê numa novela barata.

Quirke rodou a base do copo de água, sem parar, como se tentasse atarraxá-lo na madeira do balcão.

— Isto resume tudo. A propósito, quem foram seus informantes?

— Ah, várias pessoas. Sabe como é esta cidade, todo mundo sabe da vida de todo mundo.

Malachy, Quirke estava pensando — Malachy teria falado com este homenzinho inflamado? E se falou? Nada do que Latimer disse era segredo. Ele olhou o bar. A luz em seu interior era amarronzada, baixa, e lá fora estava cinza. Ele se sentia numa caverna, bem no fundo, agachado, esperando.

— Falei em tudo isso — disse Latimer — para deixar claro que você não pode saber tudo sobre as famílias. Como poderia? Existem laços que você não sentiria... Laços de sangue.

— Laços de sangue? Pensei que tivéssemos renunciado a essas coisas quando saímos das cavernas.

— Ah, aí está, vê? O próprio fato de você dizer isso mostra sua ignorância, sua falta de experiência nessas questões. A família é a unidade da sociedade e tem sido assim desde o comecinho, quando ainda andávamos de quatro... Sabe disso, pelo menos, certamente. O sangue é o sangue. Ele vincula. — Ele cerrou uma das mãozinhas em punho e a ergueu diante da cara de Quirke. — Ele *prende*.

Quirke fez sinal para o barman e pediu um uísque — Bushmills Black Label —, balbuciando as palavras como se fingisse que não as falava realmente. O barman o olhou de novo, desta vez com mais malícia, mais cumplicidade.

Latimer pegava rapidamente farelos de seu prato com a ponta molhada do dedo e os colocava na boca. Sua cabeça era pequena, pequena demais até para o corpinho elegante. Um chapim, pensou Quirke, era isso que ele era, um chapim, ligeiro, esperto, faminto, atento.

— Diga-me a verdade — disse Quirke em voz baixa. — Diga-me onde April está.

Latimer arregalou os olhos, fazendo uma cara de grande e doce inocência.

— O que o faz pensar que eu sei?

O barman trouxe o uísque e Quirke bebeu metade de um gole só. A sensação da bebida se espalhando por seu peito o fez pensar em uma árvore pequena, de muitos galhos, ardendo lentamente em chamas quentes e luminosas.

— Sua irmã desaparece, some sem deixar vestígios — disse ele, mudando o peso do corpo na banqueta. — Há sangue no chão ao lado de sua cama que alguém limpou. É um tipo muito específico de sangue. A reação da família é abafar todo o caso...

— Abafar! — disse Latimer, com uma risada feia. — Você nos faz parecer os Bórgia.

Quirke não comentou isso.

— Creio que você sabe onde ela está — disse ele, num tom baixo e ríspido. — Creio que todos vocês sabem... Você, sua mãe, seu tio.

— Eles não sabem.

— O quê? — Quirke se virou para ele. — O que quer dizer com *eles* não sabem? Isto significa que *você* sabe? Diga.

Latimer bebeu calmamente o que restava da cerveja, depois limpou uma orla de espuma do bigode tolo com um dedo ativo, agora mais parecendo um gato do que um passarinho.

— Quero dizer que nenhum de nós sabe. — Ele riu novamente, balançando a cabeça como se fosse para algo infantil. — Você está muito enganado sobre tudo isso, Quirke. É como eu disse antes, você não entende as famílias, não entende especialmente uma família com a nossa. — Quirke também terminara sua bebida, e Latimer gesticulou para o barman lhe trazer outra. — Diga-me uma coisa, o que realmente sabe sobre os Latimer, dr. Quirke?

Quirke olhava o barman pegar a garrafa de Bushmills.

— Só sei o que todo mundo sabe. — Há, pensava ele, algo de especial no modo como a luz se congrega dentro de uma garrafa de uísque, como brilha ali, fulva e densa, como em nada mais; algo quase sacramental.

— Pertencer a uma família como a minha — disse Latimer, batendo a ponta do indicador fino no balcão, para dar ênfase — é como ser membro de uma sociedade secreta... Não, uma tribo secreta, que aceitou tudo o que se exige dela com a invasão de mercenários e missionários, mas que no íntimo ainda mantém seus costumes, seu estilo, seus deuses... Especialmente seus deuses. No mundo, parecemo-nos com todos os outros, falamos como todos os outros, nos misturamos. Mas entre nós somos uma raça à parte. Isto, suponho, vem da obsessão que temos conosco... Quero dizer, uns com os outros. — Ele parou. O uísque de Quirke chegou. Ele decidira não tocar nele até que tivesse se passado um minuto inteiro. Viu o ponteiro vermelho-sangue dos segundos fazer uma volta em seu relógio, firmemente e, assim pareceu a ele, presunçoso. — Meu pai — disse Latimer — era um homem muito orgulhoso. Todos o conheciam como um criador de caso e tudo, mas era só fachada. Dentro de casa, ele não era nada parecido com a imagem que o mundo tinha dele.

O minuto se passou. No peito de Quirke, outra árvore pequena se incendiou e ardeu.

— Então, *como* ele era? — perguntou Quirke, tomando um segundo gole do uísque e prendendo-o na boca, saboreando a queimadura.

— Era um monstro — disse Latimer, sem ênfase. — Ah, não no sentido convencional. Um monstro de orgulho, determinação e... e *destemor*. Sabe o que quero dizer? Não, não sabe, é claro. Como eu o amava, como todos o amávamos. Acho que eu devia tê-lo odiado. Ele foi um homem grande, com um grande coração, bonito, arrojado, corajoso... Todas as coisas que não sou.

Ele parou, olhando os sedimentos cor de creme de seu copo. O copo de uísque de Quirke estava quase vazio novamente e ele media outro minuto no relógio.

— Você foi bem-sucedido na vida — disse ele. — Veja a reputação que tem, com... Que idade tem mesmo?

— Qualquer um pode ser médico — disse Latimer com desdém —, mas é preciso nascer herói. — Ele se virou mais uma vez para Quirke. — Acho que meu tio lhe contou que ele e meu pai combateram lado a lado na Central dos Correios, em 1916. Meu pai lutou, é verdade, mas tio Bill não fez nada além de levar umas mensagens, e não estava sequer perto da Central naquela semana. Isso não o impediu de ser eleito por patriotismo. Meu pai o desprezava. *Little Willie*, era como o chamava, *o homem na fresta*.

O minuto voou e Quirke olhava pensativamente o copo de novo vazio.

— Como ele e April se davam?

Latimer riu.

— Você não deixa o assunto da pobre April em paz, não? — Ele deu de ombros. — Ela o amava como eu, claro. Sua morte foi um desastre na vida de nós dois. Como eu disse, Quirke, você não entenderia esse tipo de proximidade. E então minha mãe erigiu um monumento ao marido amado e perdido. Mais parecia um totem, mas entalhado numa árvore viva e instalado solidamente no meio da área de estar. Cresce sem parar, mandando seus galhos pelo corredor e subindo a escada para os quartos, e sob sua sombra nós nos apegamos uns aos outros. As folhas jamais caem daqueles ramos.

Sua voz ficou rouca e Quirke perguntou-se pouco à vontade se ele ia chorar.

— Sim — disse Quirke —, acho que seria complicado viver à sombra de um homem como seu pai.

Latimer ficou sentado em silêncio por um bom tempo. Depois, repentinamente, empalideceu, virou-se para Quirke com um olhar de profundo e furioso desprezo.

— Não quero sua piedade, Quirke. Não ouse.

Quirke não disse nada, apenas pediu outro drinque com um gesto.

6

A escuridão precoce caiu quando ele voltou ao hospital. Ele desceu com cuidado os degraus da escadaria de mármore que levava a nada além das regiões inferiores e obscuras do prédio. O departamento de patologia estava vazio — Sinclair deve ter decidido se dar o direito de ir para casa mais cedo. Ele entrou em sua sala e se sentou à mesa, ainda de sobretudo, e acendeu um cigarro, encontrando dificuldade para alinhar sua ponta com a chama do fósforo. Ouvia o som pesado da própria respiração. Fez uma carranca. Não conseguia se lembrar do que devia estar pensando. Talvez fosse melhor, pensou ele, deitar-se por um tempo. Ele tirou o casaco — choveu, ele andou na chuva? —, enrolou-o no velho sofá convencional de couro verde no canto e logo se precipitou num sono tumultuado, em que sonhou que era atraído por corredores sinuosos, escuros e intermináveis por algo que ele não conseguia enxergar, apenas sentia, uma presença ronronante e felina retirando-se à frente dele, sempre virando o canto seguinte, depois o seguinte. Acordou com um grito abafado e não sabia onde estava. Dormindo, tinha babado e sua saliva secara, colando o rosto no couro do sofá. Ele se sentou, esfregando os olhos com a base das mãos. A boca parecia adelgaçada com duas ou três camadas de uma membrana protetora. Suas entranhas também ardiam. *Afronta*: a palavra lhe veio, reverberando — *uma grave afronta ao sistema*. Era um juízo que ele mesmo fizera a muitos cadáveres.

Ele se atrapalhou com a manga da camisa, semicerrando os olhos para o mostrador do relógio que se recusava a ficar firme, adejando de lado de um jeito que o deixava tonto. De repente ele se lembrou do jantar que marcara com Phoebe. Baixou nas mãos em concha a cabeça, uma cabaça latejante, e gemeu.

Eles foram ao Russell. O lugar era sombrio e silencioso, como sempre. Depois de almoçar com ele ali um dia, Rose Crawford recusou-se a voltar, dizendo que o salão de jantar lhe lembrava uma funerária. O garçom que lhe mostrou a mesa era fascinantemente feio, com um queixo azul quadrado e olhos muito fundos por baixo de uma testa saliente. Quirke lembrava que o improvável nome dele era Rodney. Viu com alívio que Phoebe não tinha chegado — ele esqueceu a hora em que marcaram de se encontrar e supôs que estivesse atrasado. Enquanto Rodney puxava a cadeira para ele se sentar, Quirke teve um vislumbre do próprio reflexo no espelho de moldura dourada na parede atrás da mesa. Despenteado e com um olhar de louco, ele era o sósia do prisioneiro foragido de um filme de Hollywood.

— E então, *sir* — disse o garçom, pronunciando *surr*. Quirke se sentou, dando as costas para o espelho.

Tinha saído do hospital com o sobretudo ainda molhado e pesado e o chapéu com a aba caída. O uísque que bebeu com Oscar Latimer deixou-lhe uma sensação oca e cinzenta, e os eflúvios persistentes do álcool rodopiavam numa névoa quente em sua cabeça. Aquele cochilo no sofá também não ajudou, e ele estava grogue. Beberia uma taça de vinho com Phoebe — deveria?

Quando chegou, Phoebe estava com um vestido de seda azul-escuro e uma echarpe de seda azul. Ao atravessar o salão, passando por entre as mesas na esteira de Rodney, ela parecia tanto a mãe que Quirke sentiu um aperto no coração. Ela prendera o cabelo na nuca do jeito complicado que Delia costumava usar e trazia uma bolsinha preta contra o peito, e isso também era uma cópia fiel de Delia.

— Desculpe — disse Phoebe, sentando-se rapidamente —, está aqui há muito tempo?

— Não, não, acabei de chegar. Você está muito bem.

Ela colocou a bolsa de veludo ao lado de seu prato.

— Estou? — Quirke normalmente não era de fazer elogios.

— Esse vestido é novo?

— Ah, Quirke. — Ela fez uma careta sorridente. — Você já me viu com ele umas dez vezes.

— Bom, desta vez parece diferente em você. *Você* está diferente.

Ela estava. Seu rosto brilhava, marfim com o mais leve tom de rosa, e seus olhos reluziam. Ela conheceu alguém? Estava apaixonada? Ele ansiava para que ela fosse feliz; isto aliviaria muito o peso dele.

— Aquele garçom — disse ela num sussurro, indicando Rodney, que estava junto da porta, inexpressivo como uma estátua, com um guardanapo passado pelo pulso, perdido em algum sonho indolente só dele. — Ele é a cara de Dick Tracy, dos cartuns.

Quirke riu.

— Tem razão, é mesmo.

Eles comeram linguado frito na manteiga.

— Já notou — disse Phoebe — que você e eu sempre pedimos a mesma coisa?

— É simples. Eu espero para ver o que você vai comer e peço o mesmo.

— É sério?

— Sim.

Ela o fitou e algo aconteceu em seu sorriso, uma espécie de encrespamento nas bordas, e seus olhos ficaram fluidos. Ele baixou os dele apressadamente para a toalha de mesa.

O garçom do vinho chegou. Quirke pediu uma garrafa de Chablis. Era bom que estivesse comendo peixe, uma vez que vinho branco não era bem uma bebida e assim ele estaria a salvo. O garçom, um jovem com acne e cabelo lustroso, serviu uma pequena dose para Quirke provar e, enquanto esperava, deixou que seus olhos claros vagassem apreciativos em Phoebe, toda brilho marfim com seu vestido azul escuro. Ela sorriu para ele. Estava feliz; ficou absurdamente feliz a tarde toda, desde aquele momento com Rose Crawford na frente da agência da American Express. Ela leu em algum lugar que existem insetos que viajam de um continente a outro suspensos cada um em bolhas mínimas de gelo, levados pelas correntes de ar a uma altura imensa: era assim que ela se sentia, navegando isolada num casulo congelado, e agora o gelo derretia, logo ela estaria descendo, feliz, à terra. Quirke e Rose; sr. e sra. Quirke; os Quirke. Ela os viu, os três, junto à amurada de um navio branco, cortando águas azuis de verão, o suave vento marinho em seus rostos, a caminho de um novo mundo.

Que idade tinha Rose?, perguntou-se Phoebe. Mais velha do que Quirke, certamente; isso não importava; nada importava.

— Me fale de Delia — disse ela.

Quirke a olhou por cima da borda da taça de vinho, sobressaltado e alarmado.

— Delia? — Ele lambeu os lábios. — O que... O que quer que eu lhe diga?

— Qualquer coisa. Como era. O que vocês faziam juntos. Sei muito pouco dela. Você nunca me disse nada, na verdade. — Ela sorria. — Ela era muito bonita?

Em pânico, ele mexeu no guardanapo. O peixe fumegante jazia quase ameaçador no prato diante dele. Sua dor de cabeça subitamente se agravou.

— Sim — disse ele, hesitando —, ela era... Ela era muito bonita. Era parecida com você. — Phoebe corou e baixou a cabeça. — Elegante, é claro — continuou Quirke, desesperado. — Podia ter sido manequim, é o que todo mundo dizia.

— Sim, mas *como* Delia era? Quero dizer, como pessoa.

Como era? Como ele diria isso a Phoebe?

— Ela era gentil. — Ele baixou os olhos novamente e voltou a se fixar no guardanapo, de algum modo censurando sua brancura, sua pureza trivial. — Ela cuidava de mim. — Ela não era gentil, pensava Quirke; não cuidava de mim. Entretanto ele a amava. — Nós éramos jovens — disse ele — ... Ou, pelo menos, eu era.

— E você meu odiou — perguntou ela —, me odiou quando ela morreu?

— Ora, não. — Ele se obrigou a sorrir; parecia que seu rosto era de vidro. — Por que eu a odiaria?

— Porque eu nasci e Delia morreu, e você me entregou a Sarah.

Ela ainda sorria. Ele se sentou reto e a fitou com desamparo, agarrado ao garfo e à faca, sem saber o que dizer. Ela estendeu o braço pela mesa e pegou sua mão.

— Eu não culpo mais você — disse ela. — Não sei se um dia o culpei, apenas sentia que devia. Eu tinha raiva de você. Não tenho agora.

Eles ficaram em silêncio por um minuto. Quirke encheu as taças; sua mão, ele via, tremia um pouco. Eles comeram. O peixe estava frio.

— Vi o inspetor Hackett hoje — disse Quirke. Ele olhou a garrafa de vinho vazia encostada no balde de gelo meio derretido. Pediria outra? Não, não ia pedir. Sem dúvida nenhuma não. Ele se virou e sinalizou para o garçom espinhento. — Falei com o irmão dela também.

— Por quê?

— O quê?

— Por que você quis falar com ele de novo?

— Não sei.

— Você é parecido comigo... Não consegue superar.

O garçom chegou com a segunda garrafa, mas antes que pudesse recomeçar o ritual de prova, Quirke gesticulou impacientemente para ele servir. Phoebe pôs a mão sobre a taça, sorrindo novamente para o garçom. Quando ele completou a taça de Quirke e saiu, ela falou.

— Você pensa como eu, não é, que April está morta? — Quirke não respondeu e não olharia para ela. — O que ele disse, Oscar Latimer?

Quirke bebia seu vinho.

— Ele falou das famílias. E de obsessão.

Ela o olhou rapidamente.

— April também falou nisso, um dia, sobre ser obcecada.

— O que ela quis dizer com isso?

— Não sei. Eu não a entendia. April era... era estranha, às vezes. Passei a pensar que não a conhecia em absoluto. Por que as pessoas dificultam tanto a vida, Quirke?

Quirke tinha esvaziado sua taça e a encheu novamente ele mesmo, as gotas de água gelada caindo da garrafa na toalha de mesa e formando hachuras cinzentas do tamanho de florins. Ele se embriagava e ela podia ver. Ela pensou que deveria dizer alguma coisa. Ele plantou os cotovelos na mesa e rolou a taça entre as palmas das mãos.

— Hackett foi ver a mulher no apartamento de cima da casa de April — disse ele. — Uma srta. St John qualquer coisa... Você a conheceu?

Ela meneou a cabeça.

— Eu a vi uma ou duas vezes, olhando escondida na escada. De vez em quando April levava-lhe coisas, uma tigela de sopa, biscoitos, coisas assim. O que ela disse ao inspetor Hackett?

— Ele não conseguiu entender muito dela.

— Isso não surpreende.

— Imagine, ela parece vigiar as coisas. Viu pessoas entrando e saindo.

— Que tipo de pessoas? — O Rodney de queixo azul se aproximou e perguntou se eles queriam ver o cardápio de sobremesas. Eles negaram com a cabeça e o garçom se retirou. Enquanto ele se afastava, Phoebe percebeu como os fundilhos de suas calças brilhavam; ela sempre tinha pena de garçons, eles tinham um ar decepcionado e melancólico. Phoebe voltou-se para Quirke. Seu olhar sempre turvo estava fixo no vinho que brilhava no fundo da taça. — Que tipo de gente ela via? — perguntou ela novamente.

— Oh, gente que ia vê-la. Visitas. Amantes, imagino.

— Por exemplo? — Ela sentiu um formigamento na base da espinha. Não queria ouvir a resposta dele.

— Um deles, ao que parece, um dos amantes, era negro. Ou assim alega a srta. Fulana. April conhecia algum negro?

Ela segurava com muita força a haste da taça vazia, apertando incessantemente. Um formigamento na espinha correu até a cabeça e por um segundo, absurdamente, ela teve a imagem de uma daquelas máquinas de teste-sua-força dos parques de diversões, um martelo golpeando o bloco e o peso disparando para o alto pela calha e batendo no sino. Ah, não, pensava ela; ah, não.

Ela balançou a cabeça e uma mecha de seu cabelo se soltou, caindo no rosto, e ela a tirou rapidamente.

— Acho que não. — Phoebe tentava conter o tremor na voz.

Quirke olhava em volta, procurando o garçom, para pedir uma taça de conhaque.

Phoebe colocou a mão na bolsa de veludo ao lado do prato, sentindo o tecido preto e macio. Pensava na pele das costas das mãos de Patrick, seu encrespamento e brilho.

Ah, não.

Ela teve de ajudar Quirke a entrar num táxi. O céu tinha clareado e caía uma geada forte, Phoebe via no ar: uma névoa granulosa, cinza e quase seca. Ele disse que iria a pé para casa, que não ficava longe, que eles podiam ir juntos, ele a deixaria na Haddington Road e voltaria pelo canal a seu apartamento.

— Você não vai a pé a lugar nenhum — disse ela. — O chão já está cheio de gelo, olhe ali. — Ela o imaginou numa ponte, depois uma forma escura e grande caindo, depois o espadanar. O porteiro soprou o apito e o táxi parou chocalhando, mas ainda assim Quirke resistiu e no fim ela praticamente teve de empurrá-lo para dentro. Ele raspou a porta, tentando sair, depois baixou a janela e protestou. — Vá para casa, Quirke — disse ela, dando um tapinha em sua mão. — Agora vá para casa e durma. — Ela deu o endereço ao motorista, o táxi arrancou do meio-fio e ela viu Quirke de sobretudo no banco traseiro tombar para trás feito um manequim imenso e desarticulado, em seguida não pôde mais vê-lo. Deu um xelim ao porteiro, ele agradeceu, embolsou a moeda e ergueu a pala do quepe com a ponta do dedo, voltando ao saguão de luzes amareladas, esfregando as mãos. O silêncio gelado da noite se instalou nela.

Phoebe saiu andando. Podia ter ido no táxi e deixado Quirke na rua Mount, depois seguido nele até sua própria casa na Haddington Road, mas isto não lhe ocorreu. Parecia que não ia para casa. Pensou em seu quarto, na frieza desanimada dele, no vazio, esperando por ela.

Na rua York, ela entrou à esquerda. Estava muito escuro nesta garganta íngreme e estreita e o som de seus próprios passos na calçada parecia artificialmente alto. Todas as casas de cômodos estavam às escuras e não havia ninguém nelas. Um gato num peitoril de janela olhou com desconfiança e olhos estreitos. Diante dela, baixa na escuridão aveludada do céu, uma estrela estava suspensa, uma espada prateada e faiscante de luz gelada. Na Golden Lane, um mendigo arriado numa porta grasnou algo para ela e Phoebe apertou o passo. Pensou que devia sentir medo, inteiramente só na cidade vazia na hora antes da meia-noite, mas não sentia.

Na esquina da rua Werburgh, do outro lado da catedral, bebedores clandestinos e madrugadores saíam da porta lateral de um pub. Demoravam-se na calçada, entontecidos e murmurando. Um deles se postou numa soleira para urinar e outro começou a cantar numa voz rouca e vacilante.

I dreamt that I dwe-elt in ma-arble halls...

Ela se demorou no escuro, esperando que eles se dispersassem. Pensou novamente em Quirke, refestelado em desamparo no táxi, olhando para ela, de olhos arregalados. Ele sempre parecia assustado quando estava bêbado. Logo ele estaria bebendo seriamente de novo, ela conhecia os sinais. Mas Rose daria um ponto final a isso.

Ela avançou rapidamente e passou pelos bêbados, dizendo a si mesma para não os olhar. Eles não deram por sua presença. Ela entrou na rua Castle.

... That you loved me, you lo-ved me still the same!

Havia uma luz na janela do apartamento de cima, imprimindo no vidro o desenho da cortina de renda em seu interior. O sino da catedral começou a repicar, enervante e alto, fazendo o ar tremer em volta dela. Ela parou e olhou para cima, a janela radiante. Os dedos dos pés e as pontas dos dedos das mãos ficavam dormentes do frio. Sua respiração chamejava diante dela no ar gelado. O que diria a ele, como formularia as perguntas que se atropelavam em sua mente? Como conseguiria fazer com que ele soubesse que ela estava ali?... Se ela batesse na porta, alertaria a senhoria. O sino terminou de repicar e as últimas batidas esmoreciam no ar. *Vá!*, uma voz dentro dela insistia, *vá agora!* Em vez disso, ela vasculhou a bolsa e encontrou meio penny e, mirando com muito cuidado, atirou na janela. Na primeira vez ela errou, também na segunda — que tinido alto as moedas faziam quando caíam na rua! —, depois ela não tinha mais moedas de meio penny e precisou usar um penny. Desta vez acertou o alvo. Houve um *pang!* tão agudo de cobre no vidro que ela pensou que todos nas casas em volta tivessem ouvido. Ela esperou. Talvez ele não estivesse lá, talvez tenha saído e se esqueceu de apagar a luz. Um casal de namorados, de braços dados, passou por ela. O homem lhe lançou um olhar especulativo de sob a pala do boné, mas a mulher apenas deu boa-noite. Ela olhou mais uma vez a janela no alto. A cortina fora puxada e Patrick estava ali, espiando a rua. Ela passou rapidamente ao círculo de luz do poste para ficar mais claramente visível. Não conseguiu distinguir sua expressão. Teria ele a reconhecido — ele podia vê-la? Patrick deixou a cortina voltar ao lugar, um minuto depois a porta da frente se abriu um pouco e a mão acenou para ela entrar.

Ele não acendeu a luz do hall. Quando ela avançou, ele a pegou pelo pulso e pôs o dedo com urgência em seus lábios.

— *Shhhh!* — sibilou. — *Ela vai acordar!* — Ele a puxou pelo hall escuro e ela de novo sentiu o cheiro úmido que a fez lembrar da última vez. Eles subiram a escada de mansinho. Ele a levava pelo pulso. Ele abriu a porta do apartamento e gesticulou para que ela entrasse, depois fechou a porta em silêncio atrás deles. — *Ufa!* — disse, soltando o ar num arquejar exagerado de alívio e sorrindo para ela. — Ora, srta. Phoebe Griffin! A que devo este prazer?

Por todo o caminho do hotel até ali, e no escuro da rua, tentando chamar a atenção dele, ela não parou para pensar no que diria, que motivo lhe daria para aparecer debaixo de sua janela na calada da noite daquele jeito.

— Eu — disse ela — ... Eu... Eu queria falar com você.

Ele franziu a testa, ainda sorrindo.

— Ah, sim? Deve ser muito urgente.

— Não, não é urgente. Eu só... — Ela parou e ficou sem ação, olhando-o.

— Bom, agora que está aqui, vai tomar um chá comigo?

Ele pegou seu casaco e novamente colocou na cama, a cama que ela de novo esforçava-se para não ver. Quando eles finalmente entraram, ele apagou a luz do teto, mas ela se lembrou em detalhes de tudo da última vez, a poltrona com a manta vermelha, a máquina de escrever verde na mesa de carteado perto da janela, a fotografia do casal sorridente em trajes tribais, a pilha desordenada de livros. Seus olhos caíram na pequena banqueta de madeira de leiteira e ela sorriu.

Ele serviu uma xícara de chá.

— Camomila. Espero que goste.

O chá era claro e tinha a fragrância de palha aquecida.

— Maravilhoso — disse ela. — Está perfeito.

Ele a levou à poltrona, pegando a banqueta para si mesmo.

— Você está com frio — disse ele.

— Sim, está gelado lá fora.

— Quer que coloque a manta em seus joelhos?

— Não, não, obrigada. O chá vai me esquentar.

Ele assentiu. Ela olhou o quarto novamente. Havia uma vela de parafina verde perto da janela; o ar estava borrachento de seus vapores. Ela não devia deixar que o silêncio se arrastasse ou perderia inteiramente a coragem, baixaria a xícara, se levantaria de um salto e correria dali, de volta à noite.

— Estava trabalhando? — perguntou ela.

Ele gesticulou para a mesa e os livros empilhados.

— Estudando um pouco.

— E eu estou interrompendo.

— Não, de forma alguma, eu estava a ponto de parar e ir... Eu ia parar.

Ele vestia uma calça de veludo velha e um suéter de lã tricotado a mão. Não usava camisa, seu pescoço estava exposto e ela podia ver a parte superior de seu peito largo, reluzente e liso. Seus pés também estavam descalços.

— E *você*, não está com frio? Ainda por cima sem meias!

— Gosto de sentir um pouco de frio. — Ele sorriu, mostrando os dentes reluzentes. — Para mim é um luxo, sabia?

— É muito quente, de onde você vem, na Nigéria?

— Sim, muito quente e muito úmido. — Ele a olhava, assentindo levemente como que num ritmo lento e constante da cabeça. Aquele silêncio medonho voltou a se estender entre os dois, e era como se o lugar estivesse se expandindo. — O chá está bom? — perguntou ele. — Acho que você não gostou. Posso preparar um café.

Beije-me... Por favor, me beije. As palavras saltaram a sua mente com tal força repentina que por um momento ela não teve certeza se as pronunciou em voz alta. Ela olhou as mãos dele, entrelaçadas entre os joelhos. Ele era tão bonito, pensou ela; tão bonito.

— Jantei com meu pai. — Phoebe se sentou reta na poltrona e ajeitou os ombros. — No Russell. Sabe onde... O Russell Hotel?

— Sim, já estive lá. — Ele riu baixinho. — É meio caro para mim.

— Acho que ele ficou meio... meio embriagado, meu pai. Ele tem problemas com a bebida.

— Sim, você me disse que ele esteve na São João.

— Eu disse? Esqueci. Coloquei-o num táxi e o mandei para casa. Espero que esteja bem. — Ele pegou a xícara e o pires de sua mão e os colocou no chão. — Eu me sinto culpada. Não devia deixar que bebesse tanto. Eu...

Ele pegou suas mãos e quando falou seu nome foi como se ela nunca o tivesse ouvido na vida, ou nunca o tivesse notado, pelo menos, este som estranho e suave. Ela ia dizer alguma coisa a respeito disso, não sabia o que, mas ele a colocou de pé e soltou suas mãos, segurando-a em vez disso pelos ombros, e a beijou. Depois de um instante ela virou a cara de lado; fantasiava que podia ouvir o próprio coração, de tanto que martelava.

— Seu nome é realmente Patrick? — disse ela, ainda de cara virada. — Você não tem... um nome tribal?

Ele sorria e moveu a cabeça para olhar em seus olhos.

— Fui educado pela Congregação do Espírito Santo. Minha mãe me batizou de Patrick em homenagem a eles.

— Ah. Entendi.

Eles falavam aos sussurros. Ele agora colocou as mãos em suas omoplatas. A seda do vestido crepitou um pouco sob seus dedos. Ele pôs o rosto em seu cabelo.

— Foi por isso que veio aqui? — murmurou ele.

— Não sei. — Era a verdade. — Eu queria falar com você sobre...

Ele tocou a ponta dos dedos em seus lábios.

— Shhhh — disse ele novamente, baixinho. — Shhh.

A única iluminação na sala vinha da pequena luminária de leitura na mesa, e agora ele estendeu o braço e a apagou. No início tudo foi escuridão, depois uma radiação fraca, espectral e azul-gelo se espalhou lentamente da janela. Seu casaco escorregou da cama para o chão e nenhum dos dois o pegou. Ela sentiu uma unha do pé na meia. Quando se abaixou para tirá-la, ele colocou as lindas mãos quadradas em concha em sua face e novamente falou seu nome. Ela se ergueu e ele a abraçou de novo. Ela sentiu as nervuras de seu suéter e se perguntou quem o tricotara; quando ele cruzou os braços, segurou-o por um dos lados e o tirou rapidamente pela cabeça. Ela sentiu seu suor, um odor acebolado e pungente. Os lençóis eram frios em suas costas e ela estremeceu, e ele a apertou para mais junto dele, dando-lhe seu calor. Sua pele tinha uma textura curiosamente pontilhada, como uma lixa macia; era exatamente como ela sabia que seria. As molas da cama emitiram um leve tinido, como os sons de uma orquestra distante começando a afinação. Ela pousou o rosto na cavidade de seu ombro e soltou um riso abafado.

— Ah, meu Deus — sussurrou —, a sra. Gilligan vai nos ouvir!

Ela acordou com um grito. Alguma coisa sobre... o quê?... sobre um animal, uma espécie de animal, não era? Ela ficou de olhos bem fechados, agarrando seu sonho enquanto ele se esvaía da mente feito água. Um animal e...? Não: sumiu. Ela se virou de lado. A luminária estava acesa novamente e Patrick sentava-se à mesa de carteado, recurvado sobre um livro, as costas numa curva ampla e forte. Ela pôs a mão aberta sob o rosto no travesseiro e olhou, sorrindo consigo mesma. A vela de parafina ainda estava acesa — ela sentia o gosto dos vapores, uma película gordurosa nos lábios — e o calor do quarto a fez pensar em uma toca subterrânea, um lugar de segurança e calma.

— Eu estava sonhando com um leão — disse ela. Sim, um leão, foi isso.

Patrick a olhou por sobre o ombro.

— Que tipo de leão?

— Quantos tipos existem?

Ele se levantou da mesa e veio à cama, sentando-se na beira. Estava novamente com o suéter e a calça de veludo larga; era, pensou Phoebe, como se algo maravilhosamente amoldado, uma peça de marfim ou bronze reluzente de um dos mestres de Benin, estivesse protegida em um saco velho. Ela tirou a mão de baixo do rosto e estendeu a ele para que a colocasse entre suas duas palmas rosa-tijolo.

— Nunca vi um leão — disse ele.

— Não tem nenhum na Nigéria?

— Talvez tenha restado algum, na mata. Não é a selva, sabia? — Ele sorriu. — Moramos em cidades e vilarejos, como vocês.

Ela se sentou.

— Meu cabelo deve estar uma palha... Não está?

— Está muito bonito.

Ela baixou os olhos rapidamente.

— Está estudando? — perguntou ela.

— Sim, mas só para passar o tempo. Porque você estava dormindo.

— Desculpe, não pretendia adormecer. Que horas são? Deve ser tarde.

— Sim, é tarde.

E isto fez com que os dois de repente ficassem acanhados na presença um do outro. Ela retirou a mão das dele e sentiu lágrimas se empoçando quentes em seus olhos.

— Qual é o problema? — perguntou ele, alarmado.

— Nada, nada. — Ela riu consigo mesma, esfregando os olhos. — É só que estou... Feliz, acho.

Ele segurou a cabeça dela entre as mãos e a puxou para si, beijando-a solenemente na testa.

— Minha irlandesa — sussurrou ele. — Minha irlandesa louca.

— Vem. Deite-se de novo, só um pouquinho.

Ele se estendeu ao lado dela por cima dos cobertores.

— Lembra — disse ela — quando vim aqui naquele dia, naquele primeiro dia, e perguntei a você sobre... sobre April... e você? — Ele tinha fechado os olhos e estava deitado e imóvel, com as mãos cruzadas no peito. Não disse nada. — Não era da minha conta, é claro, mas eu precisava perguntar. Jimmy falou alguma coisa, depois perguntei a Bella. Eles pareciam pensar...

Ele esperou, ainda de olhos fechados.

— Sim? O que eles pareciam pensar? — Ela teve o impulso de tocar suas pálpebras, sentir com a ponta dos dedos sua textura delicada e sedosa.

— Ah, na verdade, nada. — Ela o ouvia respirar por aquelas narinas amplas e esculpidas. Sua pele a fascinava, não conseguia tirar os olhos dela. Sim, ébano, ela pensava, mas não liso, não polido, com aquela aspereza suave e maravilhosa. — É só que alguém esteve na casa de April e falou com a velha que mora no andar de cima. Ela é meio maluca, é claro, e terrivelmente triste. — Ela hesitou. Não estava preocupada, não seriamente, não como esteve quando Quirke lhe contou o que disse a srta. Leetch. Tanta coisa aconteceu em sua vida na última hora; como poderia ela se preocupar? — Ela disse que viu alguém com April, na casa. — Ela olhou mais atentamente para ele. Sua respiração ficara regular e profunda; estaria ele dormindo? — Ela disse que essa pessoa era... Era negra.

Devagar, ele abriu os olhos e olhou firmemente para cima, para as sombras sob o teto.

— Quem foi? — perguntou ele.

— Ela não sabe, creio. Só disse que ele era...

— Quis dizer quem foi até lá perguntar a ela.

— Ah. Um policial. Um detetive.

Por um bom tempo eles ficaram deitados e nada disseram. Depois, subitamente, ele se ergueu, jogou as pernas para fora da cama e ficou sentado ali por um momento, com as mãos no rosto. Ela sentiu algo escorrer entre as omoplatas, como se uma gota de líquido gelado escoasse por dentro de sua espinha, através da medula.

— Precisa ir para casa agora — disse ele. — Por favor... Vista-se.

— Mas...

— *Por favor.*

Ele calçou os sapatos, vestiu um sobretudo e a acompanhou até a catedral, onde as luzes de rua eram mais fortes. As calçadas faiscavam de geada. Não havia trânsito nenhum e eles tiveram de esperar muito tempo até virem a aproximação de um táxi, com o farol aceso. Por todo esse tempo ele não falou com ela, só ficou recurvado em seu casaco, a cara larga cinzenta do frio. Ela tentou pensar em algo para dizer, uma pergunta para fazer, mas não conseguiu. Ele estava zangado, ela sentia. Ela se enfurecia consigo mesma por contar a ele o que disse a velha... Como pôde ser tão idiota, dizer as coisas assim, como se estivesse falando do tempo? O que importava se ele esteve na casa de April, se foi ele que a mulher viu — e quem mais, afinal, poderia ter sido? — que importância isso teria agora? Todos eles foram àquela casa, Jimmy, Isabel, ela também, todos estiveram ali uma vez ou outra — por que não Patrick? April deve ter comentado com ele a respeito da chave embaixo da pedra, por que não o faria?

Ela entrou no táxi. Patrick assomou acima dela, mantendo a porta aberta por um momento.

— Desculpe — disse ele, com a voz distante. Ele fechou a porta. Ela ainda olhava em seus olhos pela janela enquanto o táxi arrancava e partia pela crista do outeiro da catedral.

Estava frio em seu apartamento. Ela acendeu a luz da sala de estar e também a lareira a gás, entrou na cozinha e colocou para esquentar uma panela de leite, abrindo a lata de biscoitos. Não tinha acendido a luz da cozinha, porque o brilho que vinha da rua era suficiente para que enxergasse. Ainda estava de sobretudo. Ela esperou, ouvindo o silvo baixo e o estalido ocasional dos jatos de gás. Procurava não pensar em Patrick, em tudo que aconteceu naquela noite. Pateta!, disse a si mesma. Pateta!

Quando o leite estava quente, ela o serviu num copo, foi à mesa pegar a lata de biscoito e, ao fazer isso, olhou a rua pela janela. Algo se movia ali. Era aquela sombra novamente na beira da luz do poste. Por que não se surpreendia com isso? Ela recuou um passo para se afastar da janela ao mesmo tempo em que ainda conseguia ver a calçada. O copo estava quente demais, mesmo assim ela o segurava. Havia alguém ali, desta vez Phoebe tinha certeza, alguém que ela sentia mais do que via, uma figura imóvel fora do círculo de luz, olhando para a janela. Seus dedos relaxaram por iniciativa própria, o copo caiu, espatifando-se a seus pés, e ela sentiu o leite quente se espalhar pelos tornozelos. Antes de ir para a sala, estendeu a mão pela porta e apagou a luz, atravessando até a janela. Tentou dizer a si mesma que o observador secreto não era real, que ela o estava imaginando, como o havia imaginado, certamente, também na outra noite. Mas ela sabia que não era assim, que o observador era real. Tentou pensar, raciocinar, decidir o que faria, mas sua mente era letárgica.

Ela correu escada abaixo, carregando os sapatos, tentando não fazer um ruído. A lâmpada de quarenta watts no hall parecia não lançar luz alguma além de uma espécie de obscuridade taciturna. Suas mãos tremiam e ela mal conseguiu colocar as moedas no telefone. Discou o número de Quirke e ficou ali, com o fone apertado no rosto, respirando na cavidade do bocal e olhando a porta da frente. Aquela tranca seria bem resistente? Se alguém empurrasse com força, ela aguentaria? Os toques do telefone continuavam indefinidamente — *brrring! brrring!* — um ritmo maçante e calculado, fazendo-a pensar em alguém andando de um lado a outro, de um lado a outro, a passos curtos e rápidos. Ela não conseguia tirar os olhos da porta. Tinha apenas uma fechadura Yale. Pediria ao senhorio para colocar uma tranca de segurança. Ela pensou na questão com uma espécie de calma ensandecida. Yale, fechadura, tranca de segurança — e as dobradiças — elas aguentariam, se a pessoa empurrasse a porta com força? Por fim o tom de discagem parou e foi substituído por bipes rápidos. Ou Quirke dormia tão profundamente que não ouviu o telefone, ou não estava lá. Mas para onde teria ido? Será que pediu ao taxista para levá-lo a um bar clandestino, onde podia continuar bebendo? Ela baixou o fone preto e pesado — tinha o peso e a suavidade fria de uma arma — e foi ao pé da escada. Em vez de voltar a seu apartamento, porém, ela se sentou no primeiro degrau e abraçou os joelhos contra o peito. Vigiava a porta, sem piscar.

* * *

Ele precisava pensar. Agora era importante pensar com clareza e calma. Era só uma questão de tempo, certamente, antes que viessem interrogá-lo. Ele não sabia o que diria, o que poderia dizer. De algum modo conseguira se fazer acreditar que esse momento jamais chegaria. Havia períodos, longos períodos, em que era como se o que aconteceu fosse um sonho, um daqueles sonhos que parecem muito reais e se alojam na mente durante meses, anos até, uma mancha escura de terror e culpa vaga, impossível de aplacar. Havia um lugar como esse na rua Odoni, bem atrás da escola secundária do Sacro Rosário em Port Harcourt, quando ele era pequeno. Uma trilha que corria junto ao regato e, em certo lugar, onde um matagal se curvava sobre a água lamacenta, seu coração se fechava como um punho sempre que ele passava por ali. Algo deve ter acontecido ali, ele deve ter visto alguma coisa, algo de que se esquecera, mas cuja aura continuara em sua mente por todos esses anos. Isto, agora, era pior, naturalmente; e era algo que ele nunca se permitiria esquecer, embora tivesse empurrado tão fundo em sua mente que às vezes conseguia pensar que não era absolutamente real.

Quando o táxi de Phoebe partiu, ele ficou um bom tempo no outeiro perto da catedral, à luz do poste, virando-se para um lado e outro, sem saber o que fazer. Fazia um frio de amargar e o ar gelado cortava sua garganta como uma chama fria a cada respiração. Deveria se esconder? Deveria fugir? Mas para onde iria? Não podia exatamente se misturar na multidão, não nesta cidade. Londres, talvez? Mas ele não conhecia ninguém lá e, além de tudo, não tinha dinheiro, ou não tinha dinheiro suficiente para se sustentar num lugar como Londres. E eles não estariam vigiando os barcos de correspondência, o aeroporto?

Ele sabia tão pouco deste país, do povo dele. Eram pessoas estranhas. Tinham uma visão grave de algumas questões, ao passo que outras, aparentemente sérias, eles ignoravam ou delas riam. Pode-se conseguir que muita coisa seja feita aqui apenas pedindo, não é como em seu país, onde até um serviço menor tinha de ser comprado com *dash*, aquele termo gentil para suborno. Aqui eles não aceitariam seu dinheiro, mas também não o levariam a sério. Era isto que mais o confundia, o modo como zombavam de tudo e de todos, inclusive deles mesmos. Entretanto, o riso podia cessar de repente, quando você menos esperava. E subitamente você se veria sozinho no meio de uma roda deles, todos o olhando, inexpressiva e silenciosamente acusadores, embora você não soubesse do que era acusado.

Ele atravessou a rua para entrar em casa, parando com a chave na mão e olhando os dois lados por sobre os ombros, como um verdadeiro bandido. Eram três da manhã e não se via vivalma. Ele colocou a chave na fechadura em silêncio, e no mesmo silêncio fechou a porta e se esgueirou pelo corredor preto como breu — não devia sobretudo perturbar a sra. Gilligan, que certamente chamaria a polícia se ouvisse alguém ali àquela hora da madrugada. Ele subiu a escada de mansinho.

No quarto, perdurava uma sugestão da fragrância de Phoebe, embora fosse difícil sentir qualquer outro cheiro além da fetidez pegajosa de parafina do fogão. Esta era outra coisa neste país — como era possível que as pessoas nunca tentassem lidar com o clima? No inverno, ficavam satisfeitas apertadas junto de lareiras mínimas de coque de cheiro horrível ou turfa em brasa, enquanto ao primeiro sinal do verão começavam imediatamente a reclamar do calor.

Mecanicamente, ele começou a fazer a cama, depois percebeu que teria de trocar os lençóis, porque sabia que a sra. Gilligan costumava subir e dar uma olhada durante o dia, quando ele estava ausente. De súbito foi assaltado pela lembrança de Phoebe, deitada ali menos de meia hora antes, em seus braços. Isto aconteceria novamente? Ele a veria de novo? Ele se sentou na cama e olhou fixamente o chão, tentando pensar e ao mesmo tempo não pensar.

    Mas isso não era bom: não podia perder a coragem e ter pena de si mesmo desse jeito. Cansado, ele se deitou na cama, esticando braços e pernas. Sim, ele estava cansado, muito cansado. Sua mente começou a vagar. Veio-lhe o pensamento, aonde ele poderia ir, quem poderia ajudar, mas ao mesmo tempo ele estava sonolento demais e não conseguiu apreender o que o pensamento tentava lhe dizer com tanta urgência.

7

Eram oito da manhã e ainda não havia luz plena quando Quirke acordou, envolvido em uma névoa quente e opressiva de vapores de álcool e seu próprio mau cheiro rançoso. No início, ele não sabia onde estava. O quarto e a cama em que se deitava não eram dele, entretanto não eram inteiramente desconhecidos. Permaneceu alguns instantes imóvel, receoso até de levantar a cabeça, que parecia ao mesmo tempo de chumbo e quebradiça como um globo de cristal. Ele tentou se concentrar nos acontecimentos da noite anterior. Jantar com Phoebe, vinho, vinho demais, e depois...? Ele esteve num táxi; lembrava-se de tê-lo levado do Russell. Em seguida era um branco e só se recordava depois, indistintamente, de estar em outro hotel. O Central, não era? Não, o Jury's, na rua Dame, ele se lembrava dos vitrais do bar. Depois esteve em um dos quartos no andar de cima, onde acontecia uma festa. As pessoas lhe davam bebida continuamente — quem eram elas? Ele viu caras vermelhas e brilhantes pressionando, quatro ou cinco delas eriçando-se para ele como se dividissem um só pescoço, e ouviu risos estentóreos, uma voz de mulher lhe repetindo algo sem parar. Depois estava novamente na rua, em outro táxi — não, não um táxi, porque desta vez ele dirigia, dirigia pelo canal, de janela aberta, o ar em seu rosto frio e cortante como uma lâmina.

Ele saiu da cama, deslizando de lado sob o lençol e endireitando-se cautelosamente. Estava de camisa e roupas de baixo, calçava também suas meias. Foi à janela e puxou a cortina de lado. Rompia um amanhecer cinzento no canal. Fazia frio lá embaixo, com uma camada esbranquiçada de geada na rua e gelo flutuando na superfície imóvel da água. O Alvis estava estacionado torto na calçada. Ele ouviu uma vibração alta e repentina no ar, retraiu-se por instinto, e dois cisnes como fantasmas decididos e veementes passaram voando, baixo e reto, suas grandes asas golpeando o ar. Ele já vira aqueles dois, aquelas aves.

A porta do quarto a suas costas se abriu.

— Ah. A Bela Adormecida enfim acordou. — Hoje Isabel Galloway não estava embrulhada em seda, mas vestia um roupão de lã cor-de-rosa grande demais. Fumava um cigarro. Ela se encostou na soleira e cruzou um braço na curva do outro, olhando-o com um sorriso leve e sardônico. — Como se sente, ou preciso perguntar?

— Tão mal quanto imagino que mereço. Onde está minha calça?

Ela apontou.

— Na cadeira, atrás de você. — Ele a vestiu, depois se sentou na beira da cama. Estava tonto. Isabel se aproximou e colocou a mão no alto de sua cabeça, empurrando os dedos pelo cabelo. — Coitadinho.

Ele a olhou com olhos sofredores.

— Desculpe, não me lembro de muita coisa — disse. — Fiquei muito bêbado?

— Não sei o que você considera *muito* bêbado.

— Eu... dei vexame?

— Você tentou me levar para a cama, se é o que quer dizer. Mas então tombou, muito lentamente, parecendo uma árvore sendo derrubada, e assim minha honra foi preservada.

— Desculpe.

Ela soltou um suspiro exagerado, pegou um punhado de cabelo e o puxou.

— Espero que não continue a se desculpar, sim? Nada é tão irritante para uma mulher como um homem pedindo desculpas pela manhã. Venha, temos café.

Quando ela saiu, ele foi ao banheiro mínimo no final de um corredor e se olhou no espelho. Por um momento parecia que estava prestes a vomitar, mas a náusea passou. Ele lavou o rosto na água gelada, arfando suavemente.

Na cozinha, Isabel estava junto do fogo, esperando que a cafeteira fervesse. Ela viu que ele olhava seu roupão.

— O de seda foi para causar sensação — disse ela. — Meu traseiro estava azul como o de um babuíno quando você foi embora. — Ele também olhou suas meias; eram grossas e da cor cinza. — Minha mãe as tricotou para mim — disse Isabel. Ela se voltou para o fogão.

— Sim, eu tenho uma mãe velha de cabelos brancos que tricota para mim. Tudo é terrivelmente banal, na minha vidinha.

Ele se sentou à mesa, escorando-se no encosto da cadeira e descendo lentamente. Estava prestes a se desculpar de novo, mas se conteve a tempo.

Ela levou o café à mesa e serviu duas xícaras para os dois.

— A torrada está fria — disse ela. — Devo fazer mais?

— Não, obrigado, vou tomar o café. Acho que não consigo comer nada.

Ela se colocou acima dele segurando a cafeteira, olhando-a com uma compaixão irônica.

— Onde esteve bebendo?

— Em vários lugares, pelo que me lembro. Jantei com Phoebe.

— Mas ela não pode ter deixado que você bebesse tanto.

— Não, eu saí depois disso. Fui ao Jury's, creio. Convidaram-me a uma festa. Não me pergunte quem eram as pessoas.

— Tudo bem, eu não ia perguntar. — Ela se sentou de frente para ele, colocando a cafeteira em um descanso de cortiça. Cruzou os braços, passando a mão por dentro das mangas do roupão como se vestisse regalos e se curvou ali, examinando-o. — Mas que trapo você está, Quirke.

— Sim. — A luz cinzenta se fortalecia na janela atrás da pia. Ele sentiu frio e calor ao mesmo tempo, e havia um encrespamento em suas entranhas, como uma onda de algo lento, podre e quente fluindo por elas. — Eu não devia ter procurado você — disse ele. — Você não devia ter me deixado entrar.

— Você foi muito insistente. Eu não queria fazer escândalo para os vizinhos. Eram três da manhã. Você pode ser bem barulhento, Quirke.

— Ah, meu Deus.

— Vou preparar uma torrada para você.

— Não. O café está funcionando. Vai ficar tudo bem. É só uma ressaca, estou acostumado com isso.

Ela se recostou na cadeira, ainda de braços cruzados e as mãos ocultas.

— Então você esteve com Phoebe. Como está ela?

— Bem. Mais do que bem, na realidade. Ela tem namorado novo, ou coisa assim?

— Não sei. O que o faz pensar que tem?

— Ela parecia... feliz.

— Ah. — Ela assentiu, mostrando sabedoria. — Isto seria um sinal, é verdade. Por que não perguntou a ela?

— O quê?... Se ela tem namorado?

— Seria uma coisa assim tão estranha de se fazer? Afinal, ela é sua filha.

Ele franziu o cenho e flexionou os ombros, baixando um e erguendo o outro.

— Nós não... não falamos de coisas assim.

— Não — disse ela categoricamente. — Acho que não falam. — Isabel completou sua xícara. — Vou tomar um banho, depois me vestir. Tenho um ensaio esta manhã. Maeterlinck e o reino das fadas me esperam. — Ela se levantou, puxando em volta do corpo o roupão. Ao passar, abaixou-se e lhe deu um beijo rápido no alto da cabeça. — E você?

— O que tem eu?

— Precisa ir trabalhar, essas coisas?

— Sim, acho que sim.

— Não saia antes de eu voltar.

Quando ela se foi, ele ficou sentado à mesa por um bom tempo, vendo a luz fraca esforçando-se para se estabelecer na janela. Ele pensava em Phoebe. No jantar da noite anterior, ela mentiu para ele. Quando ele contou o que a mulher do apartamento disse a Hackett, sobre April e o negro, ela mentiu. Ele não percebeu na hora, mas agora sabia. Ela não sabe mentir, sempre foi assim.

Ele se levantou e empurrou para trás a cadeira, fazendo suas pernas guincharem no piso ladrilhado. A onda encrespada por suas entranhas de repente se quebrou. Ele foi para a porta dos fundos, escancarou-a e cambaleou para o quintal, curvando-se sobre o ralo enquanto o café que tinha bebido voltava em jato pela garganta e saía numa cascata quente, borrifando suas calças. Ele esperou, ofegante, depois teve outra ânsia de vômito, mas desta vez não havia nada para expelir; já vomitara o linguado, durante a festa no hotel, agora ele se lembrava. Endireitou-se e se encostou à parede de chapisco. O ar frio pôs a mão reconfortante em sua testa. Ele virou a cabeça para trás e olhou o céu tão plano e pesadamente branco como gesso. O frio golpeava por sua camisa e o agarrava pela garganta. Ele entrou e lavou a boca na pia com a água da torneira que tinha gosto de metal. Depois subiu a escada estreita e bateu na porta do banheiro, entrando.

Isabel estava estendida na banheira, lendo uma revista. Era uma banheira gasta, amarelada do tempo, e havia manchas amarronzadas no esmalte atrás das torneiras. Finas espirais de vapor moviam-se no ar, ondulando na corrente de vento da soleira da porta.

— Pode vir — disse ela, olhando para ele. — Eu o convidaria a entrar aqui, mas creio que você alagaria a casa. — Seu cabelo estava coberto por uma touca de plástico, o que fazia o rosto parecer mais fino, estreitando-se ao ponto delicadamente fendido do queixo. Sua nudez cintilava sob a água esverdeada. Um cigarro soltava fumaça em um cinzeiro ao lado de sua cabeça e agora ela o pegou com a mão seca, dando um trago e baixando-o novamente. Jogou a revista ao lado da banheira e ela caiu no chão, abrindo as páginas num leque multicolorido. — Antigamente eu lia bons livros, mas eles sempre ficam tão ensopados que desisti. O que você faz no banho, Quirke? Acho que não faz nada. Deve ser como todos os homens, mergulha, lava-se rapidamente e sai. As mulheres são verdadeiras sibaritas quando se trata do banho, não acha? É uma de nossas únicas permissividades verdadeiras, apesar do que dizem as pessoas. Posso ver a mim mesma no antigo Egito, até o pescoço em leite de jumenta, com criadas escuras me abanando com palmeiras. — Ela parou e fez uma careta, torcendo um lado da boca para cima. — Que foi, Quirke? Diga.

— Eu fiquei enjoado — disse ele. — ... Está tudo bem, cheguei a tempo no quintal. Mas foi só café. — Ela esperou, observando. Ele se sentou na beira da banheira. — Eu queria dizer... queria dizer... — Ele rolou os ombros novamente, impotente. — Não sei.

— Peça — disse ela.

— Você pode... Eu sinto que pode... Me salvar. De mim mesmo, quero dizer. — Ele desviou os olhos dela. Em um pequeno espelho redondo numa prateleira atrás da pia ele se viu, um olho e uma orelha. Notou as manchas nos joelhos das calças; deve ter caído, em algum lugar, na noite passada. — Um médico da São João me disse que eu bebo para fugir de mim mesmo. Isto não é nenhuma novidade, mas ainda assim... — Agora ele se voltava e olhava para ela. — O que vamos fazer — perguntou —, você e eu?

Ela pensou por um momento.

— Mais ou menos o que todo mundo faz, imagino. O que acha que vamos fazer?

— O que todo mundo faz... Deixar um ao outro infeliz.

Ela encontrou o cigarro e desta vez não recolocou no cinzeiro, mas ficou deitada ali, fumando, com um olho entreaberto, fitando. Ele não sabia o que ela pensava.

— Ah, Quirke — disse ela.

Ele concordou com a cabeça, como se aquiescesse a alguma proposta que ela lhe fazia. Tirou o cigarro molhado de seus dedos, deu um trago e o devolveu.

— Sabe aquela sensação que se tem nos sonhos — disse ele, soltando a fumaça —, de que alguma coisa está acontecendo e você não pode fazer nada para evitar, só fica ali parado, olhando, enquanto acontece? É assim que me sinto o tempo todo.

— Sim — disse ela. — Eu sei.

Ela se sentou, agitando loucamente a água em volta de seu corpo, e apagou o cigarro no cinzeiro.

— Me passe essa toalha. — Ela se levantou. Cintilando palidamente ali, com a água do banho escorrendo entre os seios e pelas pernas, por um momento ela parecia muito nova, quase uma criança, magrela e vulnerável. Ele lhe entregou a toalha e ela se enrolou, estremecendo. — Meu Deus, como eu odeio a merda do inverno. — Ela o levou ao quarto pela mão. Quando eles se deitaram juntos, ele a apertou nos braços e ela ainda estava molhada. Ela pôs a boca em sua orelha. — Me aqueça, Quirke — disse, com um riso baixo. — Seja bonzinho e me aqueça.

8

O telefone tocava no apartamento: Quirke pôde ouvir ao subir a escada. O toque provocou nele seu vago pavor habitual. Ele não apressou o passo; quem quer que fosse, podia esperar, ou ligar novamente. Ele se arrastava; estava cansado. O telefone ainda tocava quando ele entrou na sala de estar. Tirou o sobretudo e o pendurou, pendurando também o chapéu. Pensou em ir ao quarto e se esgueirar para baixo dos cobertores. A coisa ainda continuava, estridente e estridente, e não havia o que fazer além de atender. Era Phoebe.

— Qual é o problema? — perguntou ele. — Você está bem? — Ela disse que telefonara para ele mais cedo, muito antes, na realidade no meio da noite, e que ficou preocupada quando ele não atendeu. Ele chegara bem em casa depois que saiu do Russell? Ele disse que sim. Não contou a ela que saiu novamente, sobre a festa no Jury's; não contou a ela sobre ele e Isabel Galloway.

— E *você* está bem? — perguntou Phoebe. Ele ergueu a mão e esfregou os olhos. Depois ela falou sobre o observador na rua.

Ele podia ter ido a pé até a Haddington Road — Ficava a dez minutos de distância, cruzando o canal —, mas em vez disso seguiu de carro, o veículo lhe parecendo ainda mais rabugento e obstinado do que nunca. Phoebe estava com o robe de seda que já pertencera a Sarah. Disse que devia ter imaginado a presença escura perto do poste de luz.

— Quando foi isso? — perguntou ele.

— Eu já falei. No meio da noite. Deve ter sido às... Não sei... Três, quatro horas?

— Por que ficou acordada até tão tarde?

Ela foi à lareira, pegou um maço de cigarros e o isqueiro no consolo.

— Eu não conseguia dormir. — Ela soprou um jato rápido de fumaça no teto. — Não costumo dormir bem.

Ele tirou o sobretudo e o colocou no encosto de uma cadeira.

— Vejo que voltou a fumar.

Ela afastou o cigarro e o olhou como se não o tivesse notado até agora.

— Na verdade, não — disse. — Só de vez em quando. Dizem que faz bem para os nervos.

Ele se aproximou dela e pegou o maço de sua mão, olhando.

— Passing Clouds. Sua antiga marca.

Ela soltou outra baforada e fez uma careta.

— É tão antigo que está velho.

Ele se serviu de um cigarro e acendeu com o isqueiro dela. O fogo a gás murmurava na lareira; eles se sentaram de cada lado dela.

— E então — disse Quirke —, me conte.

— Contar o quê?

Ela estava alisando a dobra de seda do robe sobre o joelho. Não era um robe — como se chamava mesmo? Um vestido de chá? Sarah costumava vestir depois do jantar, mesmo quando havia visitas. Ele a imaginou recostada na cadeira junto da lareira na casa em Rathgar, enquanto a conversa continuava e Mal cuidava das bebidas. Tudo na época parecia mais simples.

Ele pensou em Isabel Galloway, em seu *pegnoir*.

Phoebe estava pálida e suas têmporas pareciam afundadas, como se alguma coisa as pressionasse.

— Você está com medo — disse Quirke. — Conte exatamente o que viu.

Ela pegou um cinzeiro na lareira e rolou a ponta do cigarro nele, afinando-o, como um lápis.

— Quer alguma coisa? — perguntou. — Chá? Café? — Ele não respondeu, limitou-se a olhá-la. Ela deu de ombros, contrariada. — Só pensei que havia alguém ali embaixo, perto do poste.

— Quem acha que era?

— Não sei. Já falei, nem mesmo tenho certeza se havia alguém... Pode ter sido imaginação minha.

— Mas não é a primeira vez, é?

Ela apertou os lábios e olhou o próprio colo. Depois de um momento, meneou rapidamente a cabeça.

— Não. — Phoebe falou tão baixo que ele mal conseguiu ouvir. — Já achei que havia alguém ali antes, no mesmo lugar.

— E quando foi isso?

— Não sei... Outra noite.

— Não chamou a polícia?

— Não. O que eu diria a eles? Sabe como eles são, nunca acreditam em nada.

Ele pensou por um instante, depois falou.

— Vou conversar com Hackett.

— Ah, não, Quirke, por favor, não — disse ela, cansada. — Não quero que ele fique bisbilhotando por aqui.

— Ele pode colocar alguém na rua, um homem à paisana, para ficar de vigia, por uma ou duas noites. Se houver alguém, eles podem pegar.

Ela riu.

— Ah, sim, como fizeram com...

Ela virou a cara. Aquele outro notívago que olhava sua janela, ninguém o pegou, até que foi tarde demais. Ele estendeu a mão para o cinzeiro, ela o alcançou e o entregou, e Quirke apagou o cigarro pela metade.

— Tem razão — disse ele —, estão velhos.

Ela se levantou e foi à cozinha, onde ele ouviu que enchia uma chaleira.

— Vou fazer uma xícara de Bovril — disse-lhe ela. — Quer um pouco?

Bovril. O sabor marrom, o gosto da Carricklea Industrial School.

— Não — respondeu. — Você não teria uma bebida, teria? — Ela fingiu não ouvir.

Quando Phoebe voltou, trazendo sua caneca, ele tinha se levantado da cadeira e estava de pé junto da janela, olhando para fora. O ar na rua era cinzento de fumaça e geada e havia gelo nos para-brisas dos carros estacionados do outro lado. O cheiro empoeirado de cortina de cretone era um odor do passado distante.

— Já se acostumou a morar aqui? — perguntou ele.

— Acho que sim. Não é tão bom como a rua Harcourt, mas vai ficar. — Ela pensava que Quirke, onde quer que estivesse, sempre acabava indo à janela, olhando para fora. Ela se sentou de novo perto da lareira, de joelhos unidos e os ombros recurvados, agarrada à caneca fumegante com as duas mãos. Sentia frio.

— Você pode morar comigo, sabe disso — disse Quirke.

Ele se virou da janela. Ela o fitava.

— Na rua Mount?

— Não creio que tenha espaço lá. Posso comprar uma casa.

Ela ainda o encarava. Será que Rose falou com ele? A coisa já estava decidida — era isto que ele queria dizer, que ele compraria uma casa e os três morariam juntos?

— Não sei — disse ela. — Quer dizer, não sei o que dizer. Seria ótimo, é claro, mas...

— Mas?

Ela se levantou, segurando a caneca; tudo parecia estar acontecendo com metade da velocidade normal.

— Não pode me fazer uma pergunta dessas e esperar que responda prontamente — disse ela —, como se não fosse mais do que... Do que... Não sei. Preciso pensar. Eu tenho de... Não sei.

Ele se voltou mais uma vez para a janela.

— Ora, foi só uma ideia.

— Uma *ideia*? — exclamou ela. — Só uma *ideia*? — Com um baque, ela baixou a xícara no console da lareira. — Não sei por que eu bebo essa coisa — disse ela. — É nojenta.

Quirke atravessou a sala, pegou o casaco e o chapéu.

— Preciso ir.

— Sim, tudo bem. Obrigada por vir.

Ele assentiu, beliscando as dobras de cada lado do chapéu.

— Eu sempre virei — disse ele. — Sabe disso.

— Sim, eu sei. Mas, por favor, Quirke — ela ergueu a mão —, por favor, não fale com Hackett. Sinceramente, não quero.

— Tudo bem. Mas da próxima vez que houver alguém ali, vai me ligar logo, não vai?

Ela não respondeu. Tinha telefonado imediatamente e ele não estava em casa. Ela queria que ele fosse embora agora, ao mesmo tempo não queria. Teria de dizer a ele. Ele foi até a porta.

— Quirke, espere. Eu menti para você.

Ele parou, virando-se.

— Sim? Sobre o quê?

Ela engoliu em seco. Sentia mais frio agora com seu envoltório de seda fina.

— Quando você me perguntou sobre a April, se eu sabia de alguém que fosse... que fosse negro. — Ele esperou. — Tem um amigo, um amigo de todos nós, é nigeriano. Estudante do Colégio de Cirurgiões.

— Qual é o nome dele?

— Patrick Ojukwu.

— O que ele era de April?

— Como eu disse, um amigo, só isso. — Ele se virou de novo para a porta. — Vai procurar Hackett, não vai? Vai contar a ele sobre Patrick.

Novamente ele parou, mais uma vez se virou e olhou para ela.

— Se houver alguém vigiando a casa, teremos de descobrir quem é.

— Sei que não é ninguém... Eu certamente imaginei tudo. — Ela foi à lareira e pegou outro cigarro do maço, acendendo-o. — Não procure Hackett — disse ela, olhando-o da lareira. — Por favor.

— Foi você que me procurou por causa de April Latimer — disse ele. — Não pode esperar que eu desista agora.

A caminho do hospital, ele parou na central de polícia da rua Perse e pediu na recepção para ver o inspetor Hackett, mas ele não estava ali. O jovem policial com cabelo cor de cenoura — qual era mesmo o nome dele? — disse que o inspetor só voltaria à tarde. A dor de cabeça de Quirke batia um tambor lento entre suas têmporas. Na frente da central, um policial diante do Alvis escrevia num bloco com um coto de lápis. Era corpulento, não era jovem e tinha uma cara ossuda e mosqueada. Apontou o para-brisa.

— Você não tem os impostos nem o seguro aparecendo aqui — disse ele.

Quirke disse que o carro era novo, que os impostos e o seguro foram pagos e que os documentos estavam a caminho, o que não era verdade: ele pegou os formulários, mas ainda não os havia preenchido.

— Eu sou médico — disse ele.

— É mesmo? — disse o policial, olhando-o de cima a baixo.

— Bem, sou sargento Garda e estou lhe dizendo para pegar seus adesivos do seguro e dos impostos e colocá-los no para-brisa. — Ele fechou o bloco e o colocou no bolso do paletó, afastando-se empavonado.

Quando Quirke chegou ao hospital, havia um recado esperando por ele na recepção. Celia Latimer tinha telefonado. Queria falar com ele e perguntou se poderia ir a Dun Laoghaire. Ele amassou o bilhete e o colocou no bolso do sobretudo. Sentia-se mal; estava todo em carne viva, sua pele formigava e sentia uma queimação acre na barriga. Entretanto, era estranho: parecia que ele nunca era mais seguro de si do que quando estava numa ressaca dessas. Despertava um lado dele, o lado Carricklea, esplenético e vingativo, que não lhe agradava, mas pelo qual sentia uma admiração secreta. Ele queria saber quem estivera espionando sua filha. Tinha vontade de rachar a cabeça de alguém.

Na sala, o telefone tocou. Era alguém cuja voz ele não reconheceu.

— Sou amigo de sua filha, um amigo de Phoebe. — A ligação estava ruim e Quirke teve de pedir duas vezes que ele repetisse o que tinha dito. — Estou aqui perto, posso chegar aí em um minuto.

Ele era minúsculo, um modelo em escala complexo de alguém muito maior. Tinha cabelo ruivo e uma cara sardenta de um branco cabal, afilada e magra, como a cara de uma fada de Arthur Rackham.

— Jimmy Minor — disse ele, aproximando-se de mão estendida. Sua capa de plástico estalava, guinchava e emitia um leve fedor pungente de borracha.

— Sim — disse Quirke —, Phoebe já me falou de você.

— Falou? — Ele ficou surpreso e um tanto desconfiado.

Quirke procurou pela mesa e pegou um maço de Senior Service, mas Minor já havia apanhado seus próprios Woodbines. As articulações superiores dos dois primeiros dedos da mão direita eram da cor de carvalho defumado.

— E então — disse Quirke —, o que posso fazer por você, sr. Minor?

Mas que nome.

— Sou repórter — disse Minor. — *Evening Mail.* — Quirke não precisava ouvir isso, os cigarros baratos e a capa de plástico eram tão reveladores quanto as credenciais de imprensa em seu chapéu. — Eu conhecia... Quero dizer, eu *conheço* April Latimer.

— Ah, sim? — Havia um leve tremor em suas mãos. Ele lembrava alguém a Quirke, embora no momento não conseguisse situar quem fosse.

— Eu sei que o senhor sabe que está desaparecida.

— Bem, eu sei que ninguém tem notícias dela há duas ou três semanas. Ela está doente, não está? Mandou um atestado, para cá, ao hospital.

O homenzinho atacou.

— Você o viu?

— O atestado? Não. Mas sei que ela mandou.

— Ela assinou? De próprio punho?

— Já lhe disse que não vi. — Ele não se importava com este sujeito que parecia um boneco; havia algo de veemente demais nele; também era demasiado agressivo e dissimulado. Quirke percebeu quem ele o lembrava — Oscar Latimer, é claro. — Diga-me... Jimmy, não? Diga-me, Jimmy, o que acha que está acontecendo com April?

Em lugar de responder, Minor se levantou e com seu passo de galo de briga andou com o cigarro até a vidraça da sala de dissecação. Para além do vidro, a luz era um clarão sinistro e branco de gelo, e um zelador de jaleco verde e sujo arrastava desanimado um esfregão de um lado a outro do piso de ladrilhos verdes. Minor olhava a mesa de dissecação; havia um cadáver ali, coberto com um lençol plástico. Ele olhou para Quirke por sobre o ombro.

— Vocês os mantêm aqui, desse jeito, os corpos?

— Onde acha que devemos guardar? Este é o departamento de patologia.

— Pensei... Não sei. Em uma câmara fria ou coisa assim?

— Existe uma câmara fria. Mas este — ele assentiu para o cadáver — está esperando por um *post-mortem*.

Minor voltou a se sentar.

— Dr. Quirke — disse ele —, sei que esteve falando com a família, com o tio e a mãe de April, e também com o irmão. Eles não me receberam, não preciso dizer, e eu...

— Não o receberam para quê?

Minor o olhou rapidamente, assustado.

— Bem, sobre April.

— Pretende escrever alguma coisa, algo no jornal, sobre o desaparecimento de April?

A expressão do sujeito ficou evasiva.

— Não sei. Eu só... Só estou tentando reunir os fatos, tais como são.

— E quando você reunir os fatos, vai escrever uma reportagem? Minor agora se contorcia.

— Veja bem, dr. Quirke, como eu disse, sou amigo de April...

— Não, você disse que era amigo de Phoebe. Disse que conhecia ou conhece April. — Ele se interrompeu. — Estou me perguntando, Jimmy — ele enfatizou seu nome de um jeito ameaçador — quais são exatamente seus interesses neste assunto. Está agindo como amigo ou repórter?

— E por que não os dois?

Quirke se recostou na cadeira. Havia, de repente ele se lembrou, uma garrafa de uísque em uma das gavetas da mesa.

— Não creio que funcione desse jeito. Acho melhor decidir o que quer ser. Existem fatos e fatos, e alguns podem apelar a uma interpretação de amigo.

Jimmy Minor sorriu e por um segundo Quirke ficou perplexo, de tão doce era o sorriso, tão repentino, tão franco e incauto.

— Até os repórteres têm amigos, dr. Quirke. — Junto com o sorriso veio um sotaque de ator de cinema — *repórrrteres* — e agora ele também se recostou, acendendo outro Woodbine, largando o fósforo usado no cinzeiro com um leve floreio afetado. Ele tinha decidido, pelo que percebeu Quirke, tentar encantar.

— Diga o que quer de mim, sr. Minor. O tempo está passando e há um cadáver ali que não fica mais fresco.

— É simples — disse Minor, agora convencido e ainda com aquele sorriso cativante. — Eu tinha esperanças de que me ajudasse a descobrir o que aconteceu com April. Gosto dela. Além disso, eu a admiro. Ela é uma mulher independente. Pode ter um gosto estranho para os homens, mas isto não significa que ela... — Ele se interrompeu.

— Que ela o quê?

Minor examinou os dedos manchados de nicotina e o cigarro que ele segurava.

— Phoebe pensa que aconteceu alguma coisa com ela... Com April. Você não?

— Não sei... E *você*?

— Deve haver algum motivo para ela ter desaparecido desse jeito.

— Talvez ela tenha viajado a algum lugar. Talvez precise de uma folga.

— Você não acredita nisso mais do que eu, ou do que Phoebe. April teria nos contado se tivesse viajado.

— Então pensa que aconteceu alguma coisa com ela.

— A questão não é o que eu penso. Você falou com a família. O que *eles* pensam?

— Eles pensam que era louca, e mal afamada, e não querem ter nenhuma relação com ela. Assim dizem e não vi motivos para não acreditar neles.

Ocorreu-lhe subitamente, com um leve choque, que ele não sabia como era April Latimer, nem mesmo viu uma foto dela. O tempo todo ela tem sido alguém de quem os outros falam, com quem se preocupam, alguém que os outros amavam e, talvez, também odiassem. Agora, porém, repentinamente, falando com este homenzinho peculiar e impalatável, era como se o fantasma que ele esteve seguindo através da névoa saísse para a luz clara do dia, mas ainda estivesse a tal distância que ele podia distinguir apenas uma forma, e não as feições. Até que ponto e por quanto tempo teria de pressionar antes de ver April Latimer com clareza?

— Diga-me uma coisa — disse ele —, conhece o outro amigo de April, o nigeriano, Patrick Ojukwu?

A expressão do jovem se alterou, ficou sombria e emburrada.

— Claro que sim — disse ele rispidamente. — Todos nós o conhecemos.

— E o que pode me dizer a respeito dele?

— Todos nós o chamamos de Príncipe. O pai dele é uma espécie de chefe de sua tribo. Eles têm sua própria versão da aristocracia, ao que parece. — Ele deu uma risadinha. — Os mandachuvas da selva.

— Eles eram mais do que amigos, ele e April?

— Quer saber se eles tinham um caso? Isto não me surpreenderia. — Ele torceu amargamente a boca. — Como eu disse, April tem um gosto estranho para os homens. Ela prefere certo tempero, se entende o que quero dizer.

Ele tinha ciúmes, Quirke percebeu.

— Ela era promíscua?

Jimmy Minor riu novamente de um jeito desagradável.

— E como vou saber? Ela nunca foi promíscua para o meu lado, se é o que está pensando.

Quirke o encarava.

— Onde ele mora, esse nigeriano?

— Tem um apartamento na rua Castle. A Phoebe, tenho certeza, pode lhe dizer onde fica. — Ele sorriu novamente, desta vez mostrando a ponta de um dente afiado.

Quirke se levantou.

— Desculpe — disse ele —, tenho uma tarde atarefada pela frente.

Minor, surpreso, apagou o cigarro e se colocou de pé lentamente.

— Agradeço por seu tempo — disse ele, com um sarcasmo sorridente. Quirke o conduziu até a porta. Na vidraça da sala de dissecação, Minor parou e olhou novamente o cadáver coberto na mesa.

— Nunca vi uma autópsia — disse ele, um tanto rabugento, como se fosse um prazer que lhe tivesse sido deliberadamente negado.

— Apareça um dia desses — disse Quirke. — É sempre uma satisfação receber os cavalheiros da imprensa.

Quando Minor saiu, Quirke voltou a se sentar e olhou o telefone por um tempo, tamborilando com os dedos no tampo da mesa. Viu Sinclair entrar na sala de dissecação — eles acenaram um para o outro pela vidraça, como sempre faziam, um aceno insignificante — depois pegou o telefone e discou o número de Celia Latimer. Atendeu a empregada, que disse que a sra. Latimer não estava disponível naquele momento.

— Diga a ela que é o dr. Quirke. Ela está esperando por um telefonema meu. — Ocorreu-lhe perguntar-se se Sinclair conheceria April Latimer. Os médicos mais novos do hospital a quem ele indagou disseram que April era muito reservada e parecia não socializar muito, pelo menos com a equipe. Ele tinha a impressão de que ela era antipatizada, no mínimo angariava ressentimentos com seu caráter reservado. Ela talvez tivesse causa comum com o cínico e enfastiadamente lacônico Sinclair, se seus caminhos tivessem se cruzado.

— Obrigada por telefonar, dr. Quirke — disse a voz fria e aguda de Celia Latimer em seu ouvido. — Como lhe falei, gostaria que conversássemos. Acha que pode vir aqui?

— Sim. Posso dar uma passada. Tenho de me encontrar com alguém esta tarde.

— Podemos marcar para as cinco horas, seria adequado para o senhor?

Sua voz era tensa e trêmula, como se ela tivesse dificuldades de conter alguma coisa. Ele não queria ir àquela casa, mas sabia que iria.

— Sim, às cinco horas. Estarei aí.

Ele desligou o telefone lentamente, pensando, depois se levantou e foi à sala ao lado. Sinclair tinha puxado o lençol de cima do cadáver — um jovem emaciado com o rosto encovado e a barba por fazer no queixo — e o olhava de seu jeito inflexível de sempre.

— A polícia o encontrou de manhã cedo numa rua atrás da Parnell — disse. — Hipotermia, pelo visto. — Ele farejou, assentindo. — O filho de alguém.

Quirke se recostou na pia de aço inox e acendeu um cigarro.

— April Latimer — disse ele. — Uma residente daqui. Você conhece?

Sinclair ainda olhava o cadáver, avaliando-o.

— Já a vi por aqui. Mas não recentemente.

— Não, ela esteve de licença, doente. — Ele bateu o cigarro na pia e ouviu o silvo mínimo dos flocos de cinza caindo no ralo. — Como é a moça?

Sinclair virou-se, recostou-se preguiçosamente na mesa de dissecação e empurrou as abas de seu jaleco branco, colocando as mãos nos bolsos das calças.

— Não faço ideia. Acho que não falei com ela mais de uma ou duas vezes.

— O que dizem dela?

— O que dizem?

— Sabe o que quero dizer. O que os outros residentes... os homens... falam a respeito dela?

Sinclair examinou os sapatos, depois deu de ombros.

— Não muita coisa, pelo que ouvi. Ela devia... Ela devia ter alguma reputação?

— É o que eu tinha esperanças de que *você* dissesse *a mim*. Ela é sobrinha de Bill Latimer.

— É mesmo? Não sabia disso.

Quirke via que ele queria perguntar qual era o interesse dele em April, mas não sabia se devia. Quirke falou.

— Parece que ela talvez não estivesse doente, mas... Bem, desaparecida.

— Ah, sim? — Sinclair se orgulhava de nunca demonstrar surpresa. — Desaparecida como? Quer dizer, supostamente morta?

— Não, ninguém está presumindo isto. Ela não foi vista nem se tem notícias dela há semanas. — Ele esperou, depois perguntou: — Patrick Ojukwu... Você conhece?

Sinclair franziu o cenho, com um nó triangular se formando acima do promontório escuro do nariz.

— Patrick *de quê*?

— Africano. Aluno do Colégio de Cirurgiões.

— Ah. — O jovem assumiu uma leve expressão de diversão sardônica. — Ele é o motivo para o desaparecimento dela?

Quirke tentava apertar a guimba do cigarro pela grade do ralo da pia.

— Até onde eu sei, não — disse. — Por que pensa assim?

— Os negros do Colégio de Cirurgiões, *eles* têm fama.

— Não podem ser tantos.

— E talvez seja melhor assim.

— Parece que ele era amigo dela, de April Latimer.

— Que tipo de amigo?

— Um amigo amigo, pelo que me disseram. Minha filha conhece os dois.

Sinclair ainda olhava os próprios sapatos. Nos anos em que eles trabalharam juntos, nunca se permitiram desenvolver nada parecido com uma consideração mútua e não desenvolveriam agora. Quirke sabia que seu assistente não confiava nele e era, portanto, cauteloso com ele. Sinclair queria seu cargo e conseguiria, mais cedo ou mais tarde.

As lâmpadas fluorescentes do teto lançavam um brilho severo no cadáver na mesa e a pele cinzenta e seca parecia tremeluzir e fervilhar, como se a luz realçasse cada molécula de que ele era feito.

— E sua filha — disse Sinclair —, o que ela pensa que foi feito da amiga?

— Está preocupada com ela. Mais ainda, ao que parece, do que a família.

— Quer dizer o ministro?

— E a mãe. O irmão também... Oscar Latimer.

— O Santo Padre? — Sinclair riu com frieza. — Ele rezará uma missa por seu retorno sã e salva.

— É assim que chamam, o Santo Padre? — Quirke pensava novamente naquela garrafa de uísque na mesa. A ressaca recomeçou a martelar em sua cabeça. Ele pensou em Isabel Galloway. — Você o conhece? — perguntou.

— Sua Santidade? — Sinclair pegou um maço de Gold Flake e pôs o cigarro entre os lábios, mas não acendeu. — Fui a uma ou duas aulas dele.

— É? Como diria que ele é?

O jovem refletiu. Tirou o cigarro apagado da boca.

— Obcecado.

9

Quirke pegou Isabel na esquina da rua Parnell e foram de carro ao cais, entrando à direita para o parque. O dia de vida curta já começara a minguar e o céu acima do rio estava claro e de um tom de violeta escuro e, mais abaixo, o ar carregado de geada tingia-se de um rosa delicado. Ela disse novamente o quanto odiava essa época do ano, esses dias de inverno pavoroso que pareciam acabar antes mesmo de ter começado. Ele disse que gostava do inverno, quando ficava glacial e as noites eram longas. Ela perguntou se isto o lembrava da infância e, depois de esperar em vão por uma resposta, virou a cara e olhou o cais que passava. Ele a fitou de lado; de perfil, sua expressão era sombria; ele supôs que ela estivesse com raiva. Mas não queria falar com ela sobre sua infância, não com ela. O passado tinha veneno. Ele perguntou se ela estava bem, e depois de um ou dois segundos ela respondeu que sim, que o ensaio da manhã fora longo e ela estava cansada, além disso achava que talvez estivesse se gripando.

— Que lindo carro — disse ela, mas estava claro que pensava em outra coisa.

Ele perguntou se ela gostaria de parar no Ryan's da rua Parkgate para uma bebida, mas ela disse que não, era cedo demais, ela preferia que eles fossem caminhar um pouco, enquanto durasse a luz do dia. Ele dirigiu para o porto da avenida Chesterfield.

— Foi aqui que aprendi a dirigir — disse ele.

— Oh, sim? E quando foi isso?

— Na semana passada.

Ela o olhou.

— Meu Deus... Você só aprendeu a dirigir há uma semana?

— Não tem nada demais, basta apertar pedais e girar o volante. — Ele levou o carro para o acostamento e parou.

— O que me lembra — disse ele — que preciso tirar uma carta de habilitação.

Quirke ficou sentado por um momento, olhando vagamente pelo para-brisa.

— Como está a ressaca? — perguntou ela.

— Oh, enfraquecendo.

— Quer dizer que está ficando fraca, ou está enfraquecendo você?

— Está ficando mais fraca e estou melhorando. As ressacas são assim; por piores que sejam, elas terminam.

— Acho que você deve estar morrendo de vontade de tomar um drinque... Não queria parar no Ryan's?

— Na verdade, não.

— Phoebe se preocupa com sua bebedeira, sabe disso.

Ele ainda olhava a tarde de inverno.

— Sim. Eu sei.

— O que vamos fazer para manter você longe do pub? — Ela colocou a mão levemente em sua coxa. — Teremos de pensar em alguma coisa, não?

Eles saíram e partiram a caminhar pelo ar enevoado. Um cervo de um rebanho estava entre as árvores à esquerda deles; o macho de chifres os olhou, mascando naquele movimento atarefado e de lado com a mandíbula inferior. O pelo dos animais tinha a cor da casca das árvores entre as quais eles se colocavam.

— A mãe de April me telefonou — disse Quirke.

O braço de Isabel estava enganchado no dele enquanto eles caminhavam e ela se apertou mais para se aquecer.

— O que ela disse?

— Pediu-me para ir vê-la.

— Ela teve notícias de April?

— Não sei. Creio que não. Eu disse que iria lá às cinco.

— Agora são quase quatro horas.

— Eu sei. Quer ir comigo?

— Oh, minha nossa — disse ela, num tom desanimado —, não sei. A viúva Latimer é uma perspectiva bem assustadora, como sabe.

Passou um ciclista, bem abaixado no guidom de sua bicicleta de corrida, derramando a suas costas baforadas cômicas de ar, como uma fumaça de um trem. Um casal de idosos estava sentado num banco, embrulhado em cachecóis e usando idênticos chapéus de lã com pompom. O cachorro deles, um King Charles spaniel agitado, correu para a grama num padrão complicado de linhas retas e ângulos, sem dar pela presença do cervo.

— Você a conhece, a sra. Latimer? — perguntou Quirke.

— Só de fama. Que é formidável.

— Sim. Ela parece mesmo uma ogra. Mas tenho pena dela.

— Por causa de April?

— Sim, e pelo fato de que não pode ser fácil ser a viúva de Conor Latimer.

— O que ele era?

— Cirurgião cardíaco e herói nacional... Lutou na Guerra de Independência.

Ela riu.

— Mais um motivo para que eu fique bem longe dela. — Ela apertou seu braço e sorriu para ele. — Afinal, eu sou meio inglesa.

— Como pude me esquecer disso?

— Ora... Porque você me levou para a cama fácil demais? — Ela fez uma careta. — Desculpe, simplesmente escapou.

Eles continuaram andando.

— April algum dia falou no pai? — perguntou Quirke.

— Ela tendia a não falar da família. Um assunto delicado. — Ela riu, sem muita certeza. — Meio parecido com o assunto de que não estamos falando agora, suponho.

Depois de uma dezena de passos, Quirke deu um pigarro e falou.

— Me desculpe por esta manhã, entrar daquele jeito quando você estava no banho.

— Eu não me importei. Bem ao contrário, na verdade. Eu me sentia a... Ah, não sei, Helena, ou Leda, ou alguém sendo arrebatada por um deus disfarçado de touro. Você pode parecer bem taurino, sabia, num espaço confinado?

— Sim, e o mundo é minha loja de louças.

Ela apertou seu braço novamente, pressionando-o a seu lado, e através do casaco ele sentiu seu calor e a curva delicada de suas costelas. Eles ficaram em silêncio novamente e Quirke sentia alguma coisa se acumulando nela. Depois, numa voz baixa e tensa, ela disse:

— Quirke, aonde vamos?

— Aonde vamos? Bem, passamos pelo monumento a Wellington e o zoológico fica bem ali.

— Acha isso engraçado?

— Acho que nós dois somos adultos e devemos nos comportar como tal. — Ele não pretendia que soasse tão ríspido. Ela soltou seu braço e acelerou o passo, com as mãos metidas nos bolsos do casaco e a cabeça baixa. Ele se apressou e a alcançou, pegando-a pelo cotovelo, fazendo-o parar. Ela tentou se desvencilhar do braço dele, mas seu aperto era forte demais. — Já lhe falei — disse ele —, não sou bom nesse tipo de coisa.

Ela o olhou no rosto; havia lágrimas nas bordas inferiores de suas pálpebras, trêmulas e brilhantes, como gotas de mercúrio.

— Mas *que* tipo de coisa?

— *Este* tipo. Você, eu, cisnes ao luar...

— Cisnes ao...?

— Quero dizer que não sei como me comportar, é só isso. Nunca aprendi, nunca houve ninguém que me ensinasse. Gente, mulheres — ele fez um movimento de corte com a lateral da mão —, é impossível.

Ela ficou ali, de frente para ele, bem perto, olhando para cima, e ele teve de se obrigar a não virar a cara.

— Escute bem — disse ela, numa nova voz acelerada e afiada.

— Eu nunca pedi nada de você, nem promessas, nem juramentos, nem compromisso. Pensei que entendesse isso, pensei que aceitasse. Não comece a brigar tão cedo, quando não há motivo nenhum para briga. Me faça esta cortesia, sim?

— Eu peço desc...

— E *por favor*, chega de desculpas. Já lhe falei, poucas coisas são tão deprimentes quanto um homem murmurando suas *desculpas*.

— De repente ela se ergueu na ponta dos pés e pegou o rosto de Quirke entre as mãos, beijando-o intensamente na boca. — Seu idiota — disse ela, recuando. — Seu idiota irremediável... Não percebe que você pode ser *feliz*?

Escurecia quando eles chegaram a Dun Laoghaire e uma lua em três quartos, branca como um raio, elevava-se acima do porto. Não fazia tanto frio ali, perto do mar, e a estrada tinha um brilho escurecido de geada derretida. Quando eles pararam no Albion Terrace, não saíram do carro de imediato, ficando lado a lado, ouvindo o motor estalar enquanto esfriava. Quirke acendeu um cigarro e abriu um centímetro da janela de seu lado, jogando um fósforo queimado pela abertura com um piparote.

— Eu não devia ter pedido para você vir. Posso levá-la ao hotel daqui e você pode esperar por mim, se preferir.

Isabel olhava a lua.

— Estou feliz por você ter me convidado — disse ela, sem se virar. — Você deve pedir pelas coisas com mais frequência. As pessoas gostam disso. Faz com que se sintam necessárias. — Ela estendeu o braço às cegas e pegou a mão dele. — Ah, meu Deus — disse ela, com um riso curto e trêmulo —, acho que sinto outra lágrima vindo por aí.

— O quê? Por quê?

— Não sei... Não é horrível, o jeito como choramos por motivo nenhum? — Agora ela se virou e ele viu seus olhos, como eram grandes e brilhantes. — Imagino que você não chore muito, não é, Quirke? — Ele nada disse e ela segurou sua mão com mais força, dando-lhe uma sacudida tristonha. — Um homem forte e parrudo não chora, hein? — Um raio de luar brilhou em sua mão segurando a dele. No escuro, aves marinhas invisíveis clamavam e gritavam. — Sou tão perdida quanto você — disse ela. — Não podemos simplesmente... Ajudar um pouco um ao outro por esta estrada difícil que pegamos?

Ele a segurou nos braços, desajeitado — o volante atrapalhava — e a beijou. Ficou de olhos abertos e viu, para além da concavidade pálida de sua têmpora, uma daquelas aves descer repentinamente no escuro, veloz e surpreendentemente branca.

Eles andaram pela calçada por entre gramados reluzentes, o cascalho molhado guinchando com seus passos. Ela de novo havia tomado sua mão.

— Você a encontrou antes, não, a mãe de April? — disse ela. — Sabe que todos temos medo dela, é claro.

— Quem são "todos"?

— Os amigos de April.

— Sei — disse ele. — Os amigos de April. Conheci um deles esta tarde. Um repórter.

— Jimmy Minor? — Ela ficou surpresa. — Onde o conheceu?

— Ele me procurou no hospital, perguntando sobre April.

— Foi? O que ele disse?

— Estava xeretando, procurando informações, como eles sempre fazem.

— Espero que não esteja pensando em escrever algo sobre ela no jornal. — Eles chegaram à porta da frente. Uma luz estava acesa na varanda. — O que você disse a ele?

— Nada. O que há para dizer?

Ele tocou a campainha, eles ouviram seu repicar distante. Isabel olhava a escuridão do jardim, pensando.

— Que será que ele está aprontando? — murmurou. — Ele pode ser maldoso, esse nosso Jimmy.

Marie, a empregada de cabelo ruivo, abriu a porta para eles. De Quirke ela se lembrava e disse sim, ele era esperado. Olhou feio para Isabel; ele não a apresentou.

Eles foram conduzidos pelo hall a uma sala pequena e quadrada no fundo da casa. Havia uma mesa antiga com muitas gavetas, duas poltronas e um sofá de veludo vermelho gasto. Fotografias turvas em sépia de cavalheiros barbudos e senhoras de renda tomavam as paredes, e em local altivo acima da mesa pendia uma cópia emoldurada da Proclamação de 1916.

— Como pode imaginar, esta era a sala de meu marido — disse Celia Latimer, indicando outra fotografia em porta-retrato de prata na mesa, um retrato de estúdio do falecido Conor Latimer, incrivelmente uniforme, de cabeça inclinada, segurando um cigarro ao lado do rosto; tinha um sorriso de astro do cinema, arqueado e malicioso. — Sua toca, como ele chamava — disse a viúva. Seu cabelo estava puxado na testa e ela vestia uma saia de tartan e suéter de lã cinza, com cardigã cinza e pérolas; parecia ao mesmo tempo desalinhada e vagamente majestosa, mais a rainha mãe do que a rainha. Ela se levantara da poltrona para recebê-los. Quirke apresentou Isabel Galloway. Ela abriu um sorriso gélido e disse: — Sim, vi você naquela peça francesa no Gate. Você era a... a jovem. Devo dizer que fiquei surpresa com algumas falas que lhe deram.

— Ora, bem — disse Isabel —, sabe como são os franceses.

O sorriso ficou ainda mais gelado.

— Não, receio não saber.

Isabel olhou para Quirke. Ele falou.

— Isabel é amiga de April.

— Ah, sim? Creio não ter ouvido falar em você. Mas há muitas coisas de que April não fala.

Ela gesticulou para que os dois se sentassem, Quirke em uma poltrona e Isabel no sofá. Havia um fogo ardendo e o ar na sala era denso e quente. Enquanto eles se acomodavam, a empregada entrou trazendo uma bandeja com um aparelho de chá e a colocou no canto da mesa. A sra. Latimer serviu o chá e se sentou novamente, equilibrando xícara e pires no joelho.

— Irei direto ao assunto, dr. Quirke — disse ela. — Meu filho me disse que o senhor ainda faz perguntas sobre o paradeiro de April.

Quero que pare. Quero que nos deixe em paz, em paz. Quando estiver pronta, April voltará de onde quer que esteja, não tenho nenhuma dúvida disso. Nesse meio-tempo, não faz bem a ninguém ficar incomodando meu filho e a mim como o senhor vem fazendo. — Ela olhou para Isabel, sentada muito reta no sofá, com a xícara de chá e o pires no colo, depois voltou sua atenção novamente para Quirke. — Desculpe por ser tão ríspida, mas sempre me parece melhor ser franca e falar abertamente em vez de dar voltas. — Antes que Quirke pudesse responder, ela se voltou novamente para Isabel. — Devo depreender, srta. Galloway, que a *senhorita* não tem notícias de April?

— Não — disse Isabel —, não tenho. Mas não estou tão preocupada... como os outros parecem estar. Não é a primeira vez que April some.

— Some? — disse a sra. Latimer com um olhar de forte desprazer. — Não sei o que quer dizer com isso.

O sorriso de Isabel endureceu e dois pontos cor-de-rosa apareceram em sua face, uma cor mais escura do que o ruge aplicado ali.

Quirke colocou xícara e pires no chão ao lado da poltrona; não podia beber chá chinês.

— Sra. Latimer — disse ele —, sei que o que sua filha faz ou deixa de fazer não é problema meu. Como já lhe disse, meu único interesse em toda essa... essa história, é que minha filha me procurou porque estava preocupada e eu...

— Mas você envolveu a polícia — disse a sra. Latimer. — Falou com aquele detetive, como é mesmo o nome dele?... Até o levou ao apartamento de April. Certamente não tem o direito de fazer isso.

Ele olhou a fotografia de Conor Latimer na mesa. O sorriso do homem agora parecia mais afetado.

— Lamento que se sinta assim, sra. Latimer. É só que... — Ele se interrompeu e olhou para Isabel. Ela o fitava fixamente, a xícara de chá esquecida no colo. — É só que é possível que tenha acontecido alguma coisa com sua filha.

— Alguma coisa — repetiu Celia Latimer monotonamente. Ela também olhava ao lado dele, como se houvesse alguém parado ali. Quirke virou a cabeça; era a foto do marido que a atraía, é claro.

— Eu sei — disse ele — o quanto sua família é importante para a senhora.

Com um esforço visível, ela transferiu seu olhar a ele.

— Sabe? — Ela falou num tom estranho, quase jocoso, e por um segundo ele pensou que ela fosse rir. Ela se levantou e foi à mesa, colocando xícara e pires na bandeja. Virou-se para Isabel. — Quer um pouco mais de chá, srta. Galloway? — perguntou. Ela parecia repentinamente cansada, seus ombros arriados e a boca esticada numa linha torta.

— Não, obrigada.

Ela também se levantou e levou a xícara, junto com o chá intocado, colocando na bandeja. Quirke observou as duas mulheres de pé ali, sem trocar uma palavra e ainda assim, pareceu a ele, comunicando-se de alguma maneira. Mulheres; ele não conseguia entendê-las.

A sra. Latimer virou-se e foi à lareira, pegando no console outra fotografia, esta emoldurada em dourado, e estendeu para que Quirke visse. Era de uma menina sorridente de oito ou nove anos, em um jardim, abaixada sobre um joelho na grama, com o braço no pescoço de um cachorro grande e de dentes arreganhados, sentado nas pernas traseiras ao lado dela. A menina era pálida, com um rosto pequeno e pontudo, cercado por um emaranhado de cachos claros e uma sela de sardas escuras na ponte do nariz.

— Eu mesma tirei — disse a sra. Latimer, virando a foto para olhar. — Era um dia de verão, aqui no jardim, lembro-me como se fosse ontem... Vê o pavilhão ali, ao fundo? E este era o cachorro de April, Toby. Como April adorava Toby, e como ele a adorava, eles eram inseparáveis. Ela era uma verdadeira moleca, sabe, nunca ficava mais feliz do que lá fora, andando pelas ruas à procura de sapos, lagartos ou castanhas... As coisas que ela trazia para casa! — Ela entregou a fotografia a Quirke e voltou a sua poltrona, sentando-se novamente, cruzando as mãos no colo. Parecia velha, subitamente, aflita e velha. — Ela não nasceu em abril, sabia? — disse ela a ninguém em particular. — Seu nascimento foi no segundo dia de maio, mas devia ter nascido uma semana antes e eu já havia escolhido o nome April, assim o mantive, mesmo quando o parto se atrasou, porque parecia combinar com ela. O pai queria uma menina, então eu também, e ficamos encantados. — Ela olhou o carvão em brasa na lareira. — Um bebê tão tranquilo, só ficava deitada, olhando tudo, com aqueles olhos grandes dela. Provava o que sempre acreditei, que já nascemos com nossa personalidade formada. Quando penso nela em seu berço, é a mesma April que mandei para a escola no primeiro dia do St Mary, a mesma que veio me dizer que queria ser médica, a mesma que... Que me disse coisas horríveis no dia em que saiu de casa e nunca mais voltou. Oh, Deus. — Ela fechou os olhos e passou a mão lentamente pelo rosto. — Oh, Deus — repetiu, dessa vez num sussurro —, o que fizemos?

Quirke e Isabel se olharam, Isabel fez um gesto restritivo e se aproximou da mulher arriada na poltrona, colocando a mão em seu ombro.

— Sra. Latimer — disse —, posso fazer alguma coisa pela senhora?

A sra. Latimer meneou a cabeça.

— Sabe onde April está, sra. Latimer? — perguntou Quirke, e Isabel o fuzilou com os olhos, balançando a cabeça.

Por um bom tempo a mulher nada disse, depois tirou a mão do rosto e deixou que caísse no colo.

— Minha pobre criança — sussurrou ela. — Minha pobre e única menina. — Agora olhava o fogo novamente. — Eles eram tão próximos, sabe — disse ela, desta vez num tom mais firme, quase sociável. — Eu devia... Devia ter feito alguma coisa, mas o quê? Se ele estivesse vivo... — Ela soltou um suspiro que mais parecia um soluço. — Se seu pai estivesse vivo, tudo seria diferente, sei que seria. Eu sei disso.

Eles esperaram, Quirke e Isabel, mas a mulher não disse mais nada. Ficou ali como que exaurida, de cabeça pendida e a nuca exposta e indefesa, com a luminária brilhando em cheio nela. Quirke se levantou e recolocou no console da lareira a fotografia da garotinha com seu cachorro.

— Creio que devemos ir, sra. Latimer — disse ele. Pegou sua xícara no chão ao lado da poltrona e levou à mesa, parando ali por um momento, olhando novamente a fotografia de Conor Latimer. O que havia nos olhos dele? Zombaria, desdém, crueldade? Tudo isso.

A empregada os conduziu pelo corredor e entregou seus casacos. Ao acompanhá-los à saída, ela manteve a porta aberta para que a lâmpada do hall iluminasse o caminho até o carro. Eles não disseram nada. O ar no carro estava acre do cheiro de cigarro. Quirke deu a partida no motor.

— Bem — disse Isabel —, o que você acha?

— O que eu acho sobre o quê?

— Acha que ela sabe onde April está?

— Ah, pelo amor de Deus, o que importa se ela sabe ou não?

Ele colocou o carro na estrada e apontou seu nariz para a cidade. A lua subira ainda mais e agora parecia menor, parecia brilhar menos. Quando pararam na frente da casa de Portobello havia uma luz acesa em um dos cômodos nos altos. Isabel lhe deu um beijo rápido e deslizou para fora do banco, correndo até a porta, de onde se virou e lhe fez o mais breve dos acenos, desaparecendo.

10

O inspetor Hackett sempre pensava que nunca fora tão feliz do que quando jovem policial em patrulha. Não era algo que ele se permitisse expressar a alguém, nem mesmo à sra. Hackett. Afinal, agora ele recebia um salário muito melhor, tinha sua própria sala e o respeito daqueles subordinados a ele na Força, e até mesmo de alguns que lhe eram superiores. Não havia comparação entre suas atuais condições e o que eram aqueles primeiros dias, quando ele chegou a Dublin da Escola de Treinamento da Garda em Templemore e recebeu seu distintivo e cassetete, sendo enviado às ruas. Não obstante, mais tarde, quando teve uma promoção, descobriu que não lhe parecia tanto um progresso como outra coisa, uma espécie de diluição de seu papel e dever adequados. O homem em patrulha, ele passou a acreditar então, era verdadeiramente o que deveria ser um policial, um guardião da paz. Era assim a qualquer hora do dia, mas especialmente à noite, quando cidadãos cumpridores da lei dormiam e toda sorte de perigos e ameaças podiam estar à solta na cidade. Esta não era Chicago, é claro, nem a velha Xangai: a maioria dos crimes cometidos aqui era trivial e os malfeitores formavam em sua maioria um grupo maltrapilho e miserável. Ao mesmo tempo, o pobre e velho patrulheiro que andava pelas calçadas nas longas horas escuras era a garantia única de segurança e sono tranquilo que tinha o cidadão. Sem ele, haveria desordens, assaltos e pilhagens, sangue nas ruas. Mesmo um policial novato, só por estar presente, era um estorvo para facínoras grandes e pequenos. Era um dever solene, o de cuidar do que era confiado a um policial. Era nisto que ele acreditava e, no fundo, dava-lhe orgulho.

Depois do jantar, ele vestiu casaco, chapéu e seu cachecol de lã e disse a sua senhora que tinha algo a fazer e que ela não deveria esperar acordada. Ela o fitou, mas não fez comentário algum; agora estava acostumada a suas peculiaridades, embora sair à noite desse jeito fosse uma novidade. Ela o parou no hall e perguntou se ele ficaria na rua, numa noite tão gelada, e quando ele disse sim, talvez, provavelmente, ela lhe disse para se sentar na cadeira ao lado do cabideiro e esperar ali, e foi à cozinha, voltando alguns minutos depois com uma garrafa térmica de chá e alguns biscoitos em um saco de papel pardo. Ela ficou na porta e o viu andar pelo curto trecho até o porto, depois virar à direita na direção do rio.

Ele prometera a si mesmo que pegaria um táxi se o frio estivesse realmente intenso, mas a noite estava agradável e clara, o tipo de noite de que ele se lembrava de quando era menino, o ar limpo e o céu cintilando de estrelas, a lua acinzentando as casas e lançando sombras afiadas pelos jardins. Os últimos ônibus tinham passado e havia pouco trânsito, apenas um ou outro carro, seus faróis fracos iluminando densas aspersões de diamantes na geada da rua e, quando ele chegou ao canal, uma frota de furgões do jornal a caminho do interior com as primeiras edições. Ele cantarolava consigo mesmo ao caminhar. A garrafa de chá no bolso direito do sobretudo batia em seu joelho, mas ele não se importava — era bom que ela tivesse pensado nisso. Ele atravessou uma ponte e entrou à esquerda. Pensou em pegar o caminho de sirga, mas, apesar do luar, estava escuro embaixo — que ótimo seria se ele perdesse o equilíbrio e caísse na água de traseiro para cima — e ele se manteve em vez disso na calçada superior de concreto, sob as árvores, os galhos nus estalando fraca e incansavelmente, embora não houvesse nem um sopro de vento que os agitasse. Ele parou e escutou, olhando no alto o bordado escuro dos galhos. Era o frio, a geada caindo neles, que os fazia se mexer e bater um no outro? O som parecia de alguém tricotando aos cochilos. Ele continuou andando.

Ele não tinha planos, nenhuma ação específica em mente. Quando o dr. Quirke telefonou para dizer que a filha vira alguém na frente de seu apartamento, ele pensou em mandar que o sargento de serviço colocasse alguém do esquadrão ali, talvez o jovem que lhe deram como assistente, o ruivo Tomelty, que se irritava com o trabalho de escritório e estava ansioso para sair às ruas e começar a apreender transgressores. Quatro horas numa noite de inverno aquartelado no mesmo trecho de cinquenta metros de calçamento esfriaria bem seu ardor. Mas ele não pediu a Tomelty, não sabia bem por quê. Seria considerado loucura, naturalmente, se alguém soubesse que ele próprio assumira a tarefa, mas ele não se importava; de qualquer modo, a maioria dos policiais na central já o considerava meio biruta. A verdade era que ele saboreava uma nostalgia doce e intensa dos primeiros dias, quando ele era novo, como o jovem Tomelty, e talvez igualmente ansioso e irritadiço.

Quirke falara também do negro, Ojukway ou coisa parecida, como chamou, sobre quem sua filha, por sua vez, contara a Quirke. Então a velha no apartamento tinha razão, afinal. Ele mandou que um dos homens da viatura o levasse à casa na rua Castle, mas o sujeito não estava lá e a mulher da casa, uma excêntrica com um cigarro no canto da boca e uma cabeça de cachos amarelos que teriam parecido juvenis demais em qualquer um com metade de sua idade, disse que não o via desde a véspera, embora sua cama tivesse sido usada — ora, certamente foi, disse ela com uma fungadela e um olhar sugestivo. Ela pensou ter ouvido barulhos à noite — "*aquele tipo de barulho, sabe?*" —, mas não podia ter certeza e normalmente ele era um jovem sossegado e reservado, embora é claro que, com *eles*, nunca se soubesse o que podiam aprontar. Ele pediu para ver o quarto, mas não havia nada ali de interesse, pelo menos numa olhada rápida. Ele perguntou a Cachinhos Dourados se ela sabia aonde ele teria ido, mas ela não sabia. Como April Latimer, o negro saíra sem levar nenhum objeto essencial, então provavelmente, ao contrário de April, voltaria logo. Assim esperava Hackett: ele ansiava para dar uma palavrinha com o sr. Ojakewu.

Pouco antes da ponte da rua Baggot, ele localizou uma forma escura apertada num banco ao lado do dique e parou para olhar. Era um mendigo, no casulo de um monte de trapos, dormindo tranquilamente, e ele decidiu não perturbar. Como elas sobreviviam, essas pobres criaturas, a noite toda, fosse qual fosse o clima? Devia fazer alguns graus abaixo de zero esta noite. Deveria ele ter acordado o homem e lhe dado alguns xelins para que ele encontrasse abrigo e uma cama em algum lugar? Ele provavelmente só seria xingado por sua perturbação, e o dinheiro seria embolsado e usado em bebida no primeiro pub que abrisse pela manhã. Ele suspirou, pensando como a vida era dura para alguns, e o pouco que havia a ser feito pelos infelizes do mundo.

As árvores jovens da rua Haddington não faziam ruído algum, ao contrário das primas mais velhas ao longo do canal. Ele contou as casas do outro lado da rua até chegar àquela em que morava a menina Quirke — não, lembrou-se ele, ela não se chamava Quirke, mas Griffin. Tudo isso era estranho e aflitivo, o dr. Quirke ter descoberto que entregou a filha à cunhada e ao marido, um homem que era tão bom quanto um irmão para ele. O que dá nas pessoas, para fazer tais coisas? Ele supôs não ser um bom policial se ainda conseguia se surpreender com a perversidade dos seres humanos.

    Não havia luzes visíveis na casa, salvo um brilho fraco no vão da porta de entrada, que seria a luz do hall. Ele ficou na calçada do outro lado, debaixo de uma das árvores jovens, num local sombreado entre dois postes de rua, olhando as janelas escurecidas e brilhantes do que ele sabia ser o apartamento de Phoebe. Seus pensamentos se voltaram mais uma vez a Quirke, aquele homem difícil e perturbado. Eles tinham tão pouco em comum, os dois, entretanto ele sentia uma proximidade entre eles, quase um vínculo. Estranhamente, a pessoa que Quirke mais o lembrava era sua irmã, que morreu. Pobre Winnie. Como Quirke, ela não conseguiu fugir do passado. Foi uma criança enfermiça e, à medida que amadurecia, algo aconteceu em sua mente, ela se tornou presa de pesadelos e toda sorte de horrores na vigília, e não havia como ajudá-la. Vivia com a cabeça longe de tudo e todos do presente; parecia uma pessoa cambaleando em terreno perigoso e sempre olhando para trás, com medo de perder de vista de onde partira, embora fosse um lugar triste e doloroso. E então um dia ela tropeçou e caiu. Eles a encontraram na cama com as contas do rosário numa das mãos e um frasco de comprimidos vazio na outra. "Agora ela está onde sempre quis", disse o pai. Isto era Quirke, olhando ansiosamente para trás, para um passado em que foi tão infeliz.

    Ele ouviu um barulho. Não exatamente um barulho, era mais uma sensação, uma impressão. O que primeiro o alertou foi sua audição fazendo um ajuste sozinha. Era como se uma faixa de rádio tivesse sido alterada e ele agora ouvisse uma frequência superior, mais sintonizada. Havia alguém na rua perto dele, tinha certeza disso. Ele olhou à esquerda, mal movendo a cabeça. Agora estava tão atento que parecia ouvir a própria geada caindo, um tinido fraco, afiado como agulha, em volta dele, na escuridão do ar. Não conseguiu enxergar ninguém. Havia a fila de árvores, a espaços regulares, e a cada terceira árvore um poste de luz, lançando seu círculo de radiância calcária. O que ele deveria fazer? Deveria se deslocar, avançar para a luz, gritar um alerta? Lentamente, bem lentamente, ele deu um passo para trás, parou, deu outro passo, até sentir a dureza fria da grade do jardim em suas costas. Ainda olhava à esquerda. Então ele viu, a sombra em formato de pessoa, a uns bons cinquenta metros, ao lado do tronco de uma árvore, fora do alcance da luz de rua. Ele partiu de lado naquela direção, estendendo as mãos para trás e tateando o caminho pela grade para se firmar. Ao avançar para a luz do primeiro poste, ele se encolheu, mas ao mesmo tempo sabia que podia ser visto, se o observador se voltasse para seu lado. Continuou em seu passo de caranguejo, lentamente, firme e, então, quando não havia mais de vinte metros entre ele e sua presa, deu sem perceber em um portão aberto e, estendendo as mãos às costas para o vazio repentino, ele se sentiu vacilar de lado, batendo a garrafa térmica do bolso na coluna de ferro do portão com um baque surdo e metálico. Ele xingou baixinho. A sombra se virou, agachou-se, depois disparou para a escuridão e num instante se foi. Ele xingou a si mesmo de novo, encostando-se no portão. Tomelty, pensou ele, o jovem Tomelty o seguiria, mas ele não, com suas pernas de meia-idade e aquela maldita garrafa batendo nos joelhos.

 Ele aprumou os ouvidos, escutou um motor dando a partida e correu para a rua, vendo o carro acelerando na direção de Ringsend. Ficou ali por um instante, fumegando e suspirando. O que vira? Nada. Uma figura agachada, fugindo — ele ouviu mesmo o som daqueles pés correndo? Não podia jurar ter visto. Se o viu. Se não fosse pelo carro, poderia ter pensado que imaginara haver alguém ali. E podia ter certeza de que o carro não era de outra pessoa, alguém que saíra de uma casa mais além na rua, um cidadão respeitador da lei, saindo para o turno da noite no trabalho, talvez? Ele ficava velho, velho demais, certamente, para esse tipo de coisa. O que tinha em seu outro bolso? O saco de biscoitos. Sem tirar do bolso, ele abriu o saco, pegou um biscoito e olhou. Rich Tea. Não era seu preferido. Ele se virou, mastigando melancolicamente sua ração seca, e se afastou.

Quirke sonhava que havia um incêndio. Estava numa salinha mínima dentro da qual sabia que existia uma casa grande. Era noite e havia uma janela que dava para uma rua ampla e deserta, onde os postes emitiam um brilho fraco no asfalto. Ele não via sinal das chamas, entretanto sabia que havia um incêndio em algum lugar muito perto dele. O carro dos bombeiros estava a caminho ou estava aqui, decerto, abaixo da mesma janela de onde ele espiava, embora não conseguisse vê-lo também, apesar de sua sirene tocar tão alto e tão insistentemente que parecia estar na sala com ele. Ele teve medo, ou pelo menos sentiu que devia ter medo, porque corria grave perigo, apesar de não haver sinal de fogo. Então viu um cachorro pulando pela rua e alguém correndo atrás dele. As duas figuras, o cachorro e seu dono, não pareciam estar fugindo, como ele sentiu que deviam estar, ao contrário, pareciam brincar, felizes, um jogo de perseguição, talvez. Aproximaram-se mais e ele viu que a figura que perseguia era uma garota, ou uma jovem mulher. Carregava alguma coisa numa das mãos, ele via flutuar loucamente enquanto ela corria; era um papel, ou um pergaminho, de bordas recortadas, e pegava fogo num dos cantos, ele via a chama soprada para trás pelo ar que corria por ela e sabia que a garota ou jovem tentava apagá-lo e, embora não tivesse sucesso, ela ria, como se não houvesse perigo, perigo nenhum.

Era o telefone. Ele se esforçou para acordar, levantando-se de lado e jogando um braço desvairadamente para encontrar o aparelho e acabar com o barulho medonho. Encontrou o interruptor do abajur da mesa de cabeceira. Sempre lhe parecia que um telefone tocando saltitava, mas ali estava ele, assentado no pequeno armário ao lado da cama, imóvel, agachado feito um sapo, entretanto produzindo tal algazarra. Ele arrebanhou o fone.

— Eu sei, eu sei — disse a voz de Hackett —, sei que é tarde e você estava dormindo. Mas pensei que ia querer que eu lhe telefonasse.

Quirke agora estava sentado de lado na cama, esfregando os olhos.

— Onde você está? O que está havendo?

— Estou numa cabine telefônica na rua Baggot. Eu estava na Haddington...

— O quê? Por que estava lá? O que aconteceu?

— Nada, nada. Fui dar uma olhada, depois do que você me disse sobre sua filha, pensando que ela vira alguém na rua.

Quirke ainda não tinha entendido.

— Você foi até a Haddington esta noite?

— Fui. Era uma ótima noite e dei uma caminhada.

Quirke olhou a janela do quarto, coberta de geada por fora.

— Você sabe — disse ele —, sabe... que horas são?

— É tarde, é tarde. De qualquer modo, fui dar uma olhada. Sua filha não estava vendo coisas. Havia alguém ali, está certo, do outro lado da rua, de frente para a casa. Pelo menos eu penso que havia.

— Alguém ali?

— É.

— Fazendo o quê?

— Só... olhando.

— E o que aconteceu?

Houve uma pausa. Quirke pensou poder ouvir o detetive cantarolando à meia voz, ou talvez fosse algum zumbido na linha.

— Não aconteceu nada — disse Hackett e riu com tristeza. — Acho que não sou o detetive que costumava ser. Tentei me aproximar para ver melhor, mas quem estava ali me ouviu e fugiu.

— Viu alguma coisa?

— Não.

— Mas deve ter distinguido alguma coisa.

— Se havia alguém, era muito leve, de pés ligeiros. Casaco, uma espécie de boné, acho. Tinha um carro na rua, entrou nele e foi embora.

— Leve, você diz... Como assim?

Os bipes começaram e Hackett podia ser ouvido procurando moedas, depois se ouviu o estrondo de vários pence entrando na ranhura, e sua voz voltou.

— Alô, alô, está aí?

— Estou.

— Malditos telefones — disse o detetive. — O que estava me perguntando?

— Você disse que era uma pessoa leve... Leve de que jeito?

— Bem, não sei de que outra forma posso chamar. Pequeno. Baixinho. Ágil.

Um espasmo lento abria caminho de esguelha pelas costas de Quirke; era como se uma fria mão roçasse sua pele.

— Podia ser... Podia ser uma mulher?

Desta vez houve uma longa pausa. Hackett cantarolava outra vez, sem dúvida nenhuma era ele que produzia aquele ruído baixo e nasalado.

— Uma mulher? Não pensei nisso, mas sim, pode ser, pode ter sido. Uma jovem. Se, como disse, havia alguém... A mente nos prega peças a essa hora da noite.

Quirke olhava de novo pela janela. A lua desaparecera e tudo além do vidro era escuridão.

— Venha para cá — disse ele. — Não toque a campainha, o sujeito do térreo vai reclamar. Ficarei de olho e abrirei a porta para você.

— Muito bem. E, dr. Quirke...

— Sim?

— Quem quer que fosse, não era um negro, isto eu posso lhe dizer.

Eles estavam sentados na cozinha bebendo chá e fumando. Quirke fez o detetive lhe contar novamente o que aconteceu, embora fosse pouco, e ao término do relato eles caíram novamente em silêncio. O fogão a gás estava todo aceso, mas ainda assim o ambiente era frio e Quirke puxou mais confortavelmente o roupão no corpo. Hackett não tirara o cachecol de lã, nem o chapéu. Estava com aquele casaco brilhante de novo, com os botões de alamar, presilhas e dragonas. Ele suspirou e disse que era frustrante, mas quanto mais tentava se lembrar do que vira da figura em fuga, menos certeza tinha. Pode ter sido uma mulher, disse, mas de algum modo ele pensou que aquela corrida não seria de uma mulher.

— Elas tendem a voltar as pontas dos pés para fora — disse ele. — Já notou? Elas não têm aquela... aquela coordenação dos homens. — Ele meneou a cabeça, olhando a caneca de chá que agora estava no máximo morna. — Mas veja bem, com as jovens do jeito que são hoje, nunca se sabe. É difícil distinguir metade delas dos rapazes.

Quirke se levantou e carregou a caneca para a pia, lavando-a na torneira e colocando-a virada para baixo no escorredor de pratos. Voltou-se, encostando-se à pia, e colocou as mãos no fundo dos bolsos do roupão.

— E se fosse ela? — disse.

— O quê?

— Não ocorreu a você? Pode ter sido ela, pode ter sido April Latimer. E se foi?

Hackett, com um dedo, empurrou o chapéu para trás e com o mesmo dedo se coçou pensativamente pela linha do cabelo.

— Por que ela ficaria parada na rua numa noite enregelante como esta, olhando a janela da casa de sua filha?

— Eu sei — disse Quirke. — Não faz sentido. Ainda assim...

— E então? — O detetive esperava.

— Não sei.

— Como você diz — disse Hackett —, não faz sentido.

11

Pela manhã, pouco antes das oito horas, o telefone voltou a tocar. Quirke fazia a barba e entrou no quarto com metade do rosto ainda coberto de espuma. Pensou que fosse Hackett, para contar ter se lembrado de algo sobre a figura na rua. Ele se ofereceu para lhe dar uma carona para casa na noite anterior, mas depois se lembrou de que o Alvis estava na garagem de Perry Otway, trancado, e ele não estava afeito à ideia de tirá-lo de lá. Disse que chamaria um táxi para ele e pediu seu endereço, mas Hackett declinou, dizendo que iria para casa a pé, que o exercício lhe faria bem. Quirke ficou decepcionado: tinha esperanças de finalmente descobrir onde morava Hackett. Eles desceram juntos à entrada do prédio, Quirke ainda de roupão, e o detetive partiu na noite, deixando uma rajada espectral de fumaça de cigarro a suas costas. De volta ao apartamento, Quirke não conseguiu voltar a dormir e se sentou numa poltrona de frente para a sibilante lareira a gás por um bom tempo. No fim, o calor do fogo o fez cochilar, quando ele sonhou mais uma vez com alarmes, coisas em chamas e gente correndo. Quando despertou novamente ainda estava escuro, seus braços e pernas enrijeceram de ficar espremido na poltrona e ele sentia um gosto desagradável. Agora o telefone tocava novamente e ele queria não ter de atender.

— Alô — disse Isabel Galloway, parecendo tensa e cautelosa. — Sou eu.

— Sim — disse ele secamente. — Reconheci sua voz, acredite ou não.

— O quê? Ah, sim, sim. Que bom. — Ela parou. — Como você está?

— Estou muito bem. Tive uma noite insone.

— Por que isso?

— Conto em outra hora.

— Escute, Quirke... — Novamente ela se interrompeu e ele teve a impressão de que ela respirava fundo. — Tem alguém aqui que precisa falar com você.

— Onde você está?

— Em casa, é claro.

— Quem é... Quem está aí com você?

— É só... alguém.

A espuma secando no rosto conferia a sua pele uma sensação desagradável e rastejante.

— *Ela* está aí?

— O quê?

— April... É ela que está com você?

— Venha para cá, Quirke, sim? Venha agora.

Ela desligou e ele ficou por um momento olhando o fone; havia uma mancha de sabão de barbear no bocal.

Ele não sabia se Perry Otway já estaria na oficina, então matou dez minutos dando a volta até a Q & L para comprar cigarros. A manhã era de geada e o ar parecia coberto com mantos transparentes de musselina. Seus passos soavam como se a calçada fosse de ferro. Na rua Baggot, a pedinte com o xale de tartan já estava na rua, de tocaia para quem passava. Quirke lhe deu seis pence e ela gemeu sua gratidão, apelando por ele às bênçãos de Deus, de Nossa Senhora e de todos os santos. A Q & L acabara de abrir, o lojista ainda levantava as portas. Ele parecia quase febril de bom humor esta manhã. Seus olhos brilhavam com uma luz peculiar e suas bochechas e o queixo estavam escovados a um brilho polido, como se tivesse se barbeado pelo menos duas vezes. A estampa xadrez de seu casaco parecia mais berrante do que de costume e ele exibia uma gravata Liberty com papagaios. Sua mãe, confidenciou ele, morrera na noite anterior. Ele estava radiante de orgulho pela realização da velha.

— Tinha 93 anos — disse ele, num tom de satisfação maliciosa.

Perry Otway também tinha aberto a oficina. Estava ao fundo, onde pendurara seu casaco de pele de ovelha e vestia um macacão sujo de óleo.

— Que clima terrível, hein? — disse ele, soprando nas mãos em concha. Eles andaram juntos pela rua até a garagem trancada onde o Alvis esperava no escuro como um grande felino preto em sua jaula. Quirke tinha pouca dificuldade para colocar o carro na garagem, mas precisava que Perry o manobrasse para fora, pois ainda não dominava a arte de dar a ré em espaços confinados e temia raspar a pintura ou amassar um dos para-lamas, o que lhe garantiria, ele temia vagamente, alguma punição severa. Perry tratava a máquina com uma espécie de ternura e delicadeza solícita. Ele a levou tranquilamente à rua e parou ali, deixando o motor ligado.

— Não há nada como isto. — Ele saía de trás do volante. — Esse cheiro de escapamento de gasolina numa manhã fria de inverno, não?

Quirke acendia um cigarro. Não estava com pressa de chegar à casa no canal, onde sabia que só podia haver problema esperando por ele, embora não soubesse qual seria. A ideia de April Latimer estar ali, na casa de Isabel, enchia-o de um pânico peculiar. O que ele diria a ela, sobre o que conversariam? Nas últimas semanas ela se tornou para ele uma figura quase mítica, e agora ele era presa do que só podia considerar uma crise de timidez incapacitante e monumental.

Ele contornou com o carro a Pepper Cannister e entrou à direita no canal. Ao passar pela casa na Herbert Place, reduziu e olhou as janelas do apartamento de April. Em uma delas, uma vara da cortina tinha caído de lado e a cortina de renda pendia num ângulo torto. Ele continuou dirigindo, em terceira marcha.

Na frente da casinha de Isabel, havia de novo gelo flutuando no canal e frangos-d'água numa azáfama, espadanando entre os juncos. A manhã tinha certa aspereza. Ele erguia a mão para a aldrava quando a porta se abriu. Isabel já estava vestida. Usava uma saia escura e cardigã azul escuro. Seu cabelo cor de bronze estava preso na nuca com uma fita preta. Não sorriu, deu apenas um passo de lado e gesticulou para que ele entrasse.

Ele pensou naquela cortina na janela, pendurada num ângulo estranho em sua vareta quebrada.

A casa tinha um cheiro abafado e matinal de roupa de cama, sabonete de banho, chá com leite e pão que tinha sido tostado na chama do fogo. Ele parou e Isabel seguiu em frente, levando-o pelo curto corredor, passando pela sala de estar e entrando na cozinha. Como Isabel era magra, como era magra e intensa.

A primeira pessoa que ele viu foi Phoebe, de pé junto do fogo, de sobretudo. Ele percebeu que prendia a respiração e parecia incapaz de soltá-la. Quando ele entrou, ela também não sorriu e não o cumprimentou. Um jovem estava sentado à mesa. Era negro, com uma cabeça grande de testa lisa, um nariz achatado e olhos que rolavam como os de um cavalo nervoso, faiscando o branco. Vestia um pulôver solto, sem camisa, e calças de veludo cotelê largas;

parecia sentir frio e estar exausto, sentado ali com os ombros caídos e as mãos entrelaçadas espremidas entre os joelhos.

— Este é Patrick Ojukwu — disse Isabel.

O jovem o olhou cautelosamente. Não se levantou e eles não trocaram um aperto de mãos. Quirke pôs o chapéu na mesa, onde havia xícaras e pratos sujos e um bule de chá sob um abafador de lã. Ele olhou de Isabel para Phoebe, e de volta a Isabel.

— E então? — disse. Estava se lembrando da luz que vira na janela quando trouxe Isabel em casa na noite anterior e de Isabel correndo do carro, acenando para ele daquele jeito tenso antes de entrar.

— Quer alguma coisa? — perguntou ela agora. — O chá deve estar frio, mas eu posso...

— Não, nada. — Seus olhos se esquivavam dos dela. Ele não conseguia entender o que sentia, as coisas se confundiam nele. Raiva? Sim, raiva, certamente, mas algo mais também, uma emoção quente que parecia ser ciúme. Ele se virou para Ojukwu — teria ele passado a noite ali? Num canto de sua mente moveu-se uma imagem, de pele negra sobre branco. — Onde está April? — perguntou ele.

O jovem olhou rapidamente para Phoebe, depois para Isabel.

— Ele não sabe — disse Isabel.

Quirke soltou um suspiro curto e puxou uma das cadeiras da mesa para se sentar. Até agora Phoebe nada dissera.

— Por que você está aqui? — perguntou-lhe ele.

— Somos todos amigos — disse Phoebe. — Eu já lhe falei.

— Então onde está o outro, o repórter?

Ela não disse nada e virou a cara.

— Estamos todos cansados, Quirke — disse Isabel. — Ficamos acordados metade da noite, conversando.

Quirke sentia o calor crescente dentro de seu sobretudo, mas por algum motivo não quis tirá-lo. Isabel se colocou atrás de Phoebe, como que num gesto solidário. Ele se virou para Ojukwu.

— E então — disse ele. — Fale.

O negro, ainda com as mãos apertadas entre os joelhos, começou a se balançar na cadeira, fitando o chão com aqueles olhos imensos. Deu um pigarro.

— April me telefonou naquele dia — disse ele. — Eu estava na faculdade, me chamaram à recepção. Ela disse que estava com problemas, que precisava de minha ajuda. Fui ao apartamento dela. Ela não foi à porta, mas consegui entrar com a chave. Ela estava no quarto.

Ele parou. Quirke, do outro lado da mesa, observava-o. Havia certas marcas na pele acima das maçãs do rosto, pequenas incisões no formato de cabeças de flechas finas, feitas há muito tempo — marcas tribais, supôs ele, feitas ao nascimento com uma faca. Seu cabelo cortado rente era uma massa de cachos bem enrolados, como muitas molas mínimas de ferro, ou aparas de metal.

— Você e April... Vocês eram amantes?

Ojukwu balançou a cabeça, ainda de olhos fixos no chão.

— Não — disse ele, e Quirke sentiu o leve sobressalto que isso provocou em Phoebe. — Não — disse novamente Ojukwu —, na verdade, não.

— O que ela estava fazendo no quarto?

O silêncio na sala pareceu se contrair. As duas mulheres estavam fixas em Ojukwu, esperando pelo que ele diria a seguir; tinham ouvido antes e agora teriam de ouvir novamente.

— Ela estava péssima. No início pensei que estivesse inconsciente. Havia sangue.

— Que tipo de sangue? — perguntou Quirke. Como se ele já não soubesse.

Ojukwu virou-se lentamente e ergueu os olhos para ele.

— April... tinha feito alguma coisa consigo mesma. Eu não sabia, não tinha como saber, que ela estava... — Ele teve um tremor, como se sacudisse com raiva alguém, acusador — ... que ela esperava um filho.

Isabel de repente se mexeu. Pegou uma xícara na mesa e levou à pia, lavando rapidamente, enchendo de água e bebendo, com a cabeça para trás e o pescoço pulsando.

— Ela havia abortado o filho, é isso? — disse Quirke. Ele estava furioso, furioso, não sabia com o que exatamente, com este sujeito, sim, mas com outras coisas indistintas demais para identificar. — Fale — disse ele —, ela o abortou?

Ojukwu concordou com a cabeça, arriando os ombros.

— Sim — disse ele.

— Não foi você... Ela fez isso sozinha.

— Como eu lhe disse, sim.

Não rosne desse jeito comigo, Quirke queria dizer.

— E ela estava sangrando.

— Sim. Era ruim, ela havia perdido muito sangue. Eu não sabia o que fazer. Eu... Eu não pude ajudá-la. — Ele franziu o cenho subitamente, recordando-se. — Ela riu. Foi tão estranho. Eu a ajudei a se levantar e ela estava sentada de lado na cama, o sangue ainda saindo dela e seu rosto tão branco... Tão branco!... E ela ainda ria. *Oh, Patrick*, disse ela, *você era minha segunda chance!* — Ele olhou novamente para Quirke, com o cenho franzido de assombro. — Por que isso era tão engraçado? *Minha segunda chance*. Eu não entendi o que ela quis dizer com isso. — Ele meneou a cabeça. — Ela era uma pessoa tão estranha, eu nunca a compreendia. E agora tinha medo de que ela morresse e não conseguia pensar no que fazer.

Então houve uma pausa e a sala pareceu relaxar com um rangido quase audível, como se uma roda retesada numa mola tivesse sido ligeiramente afrouxada. Quirke se recostou na cadeira e acendeu um cigarro e Isabel, tendo bebido outra xícara de água, encheu a cafeteira e a colocou no fogo. Phoebe avançou até a mesa e apontou um maço de Senior Service que Quirke colocara ali, perguntando se podia pegar um. Quando tirou o cigarro e ele lhe estendeu o isqueiro, ela voltou à janela e ficou olhando para fora, de costas para a cozinha, fumando. Só Ojukwu continuou onde estava, encurvado e tenso como se nutrisse alguma dor interna.

— Se vocês não eram amantes, você e April — perguntou Quirke —, então, o que eram?

— Éramos amigos.

Quirke suspirou.

— Então devem ter sido amigos muito íntimos.

Isabel se aproximou e baixou uma xícara de café com um pires diante de Quirke, falando bruscamente.

— Ele está mentindo... Eles eram amantes. Ela o tirou de mim. — Ela não olhou para Ojukwu, mas voltou ao fogo e ali ficou, como Phoebe, de costas para eles. Quirke via sua fúria nos ombros rígidos.

— Conte-me o resto — disse ele a Ojukwu. — O que aconteceu?

— Quando ela viu que eu não podia ajudá-la, que não tinha treinamento para isso, pediu-me para ligar para alguém... A outra pessoa.

— Quem? — O jovem balançou a cabeça, curvando-se ainda mais para frente na cadeira e voltando a se balançar lentamente, desta vez de lado. — Quem foi? — perguntou Quirke de novo, numa voz mais alta e mais ríspida. — Quem ela queria que você chamasse?

— Não posso dizer. Ela me fez jurar.

Quirke teve o súbito e forte impulso de bater nele — pôr-se de pé, contornando a mesa e erguendo alto o punho, descendo no pescoço convidativamente curvo do sujeito.

— Ela abortou a criança — disse ele. — Teve uma hemorragia. Devia estar morrendo. E ela *o fez jurar*?

Ojukwu balançava a cabeça novamente, ainda se encolhendo como se a dor nas entranhas piorasse constantemente. Phoebe se virou da janela e, jogando o cigarro pela metade a suas costas na pia, aproximou-se e colocou a mão no ombro do jovem. Olhou friamente para Quirke.

— Não pode deixá-lo em paz? — disse ela.

E então, de repente, Quirke entendeu. Como era simples e evidente. Por que ele demorou tanto?

— Não era Ronnie — disse ele, numa espécie de assombro, falando consigo mesmo. — Não é um nome... É um *bigode*. — Era quase engraçado; ele quase riu.

Obcecado: ele se lembrou de Sinclair dizendo isso, ao lado do cadáver naquele dia.

Ojukwu se levantou. Não era tão alto quanto Quirke esperava, mas seu peito era largo e os braços eram grossos. Os dois homens ficaram cara a cara, olhando-se fixamente. Depois Ojukwu deu um pequeno passo para trás, quase de balé, e passou a língua nos lábios grossos.

— O filho não era meu — disse ele.

Fez-se um silêncio e Quirke falou.

— Como sabe disso?

Ojukwu virou a cara.

— Não podia ser. Eu lhe falei, nós não éramos... Não éramos amantes. — Com uma torção rápida, ele voltou a se sentar na cadeira e estendeu os punhos na mesa como se medisse alguma coisa entre eles. — Eu a amava, sim, acho que ela também me amava. Mas April... Ela não podia amar, não desse jeito. *Desculpe, Patrick*, ela me disse, *mas eu não posso*.

— O que ela queria dizer? — perguntou Phoebe.

Isabel agora também se virara e olhava Ojukwu. Seus olhos estavam secos, mas as pálpebras eram inflamadas.

— Não sei o que ela queria dizer — disse Ojukwu. — Ela se deitava na cama comigo e me deixava abraçá-la, mas era só isso. Perguntei se tinha mais alguém e ela se limitou a rir. Ela ria sempre. — Ele olhou para Phoebe ao lado dele. — Mas não era um riso sincero, entende? Mais parecia... Não sei. Outra coisa, mas não um riso.

Isabel aproximou-se, empurrando Phoebe de lado, e se colocou acima de Ojukwu, olhando duramente para ele.

— É verdade? — Ela exigiu saber. — Diga... É verdade que você e ela... Que vocês nunca...?

Ele não ergueu os olhos, continuando a encarar os punhos na mesa, e assentiu.

— É verdade.

Fez-se silêncio novamente e ninguém se mexeu. Então Isabel retraiu a mão como se fosse golpear o jovem, mas não o fez, e deixou que a mão caísse, afastando-se novamente.

Quirke se levantou e pegou seu chapéu.

— Preciso ir — disse ele.

Phoebe o olhou.

— Aonde você vai? — Ele já se virava para a porta. — Espere! — Ela contornou rapidamente a mesa, esbarrando na cadeira em que Quirke estivera sentado e quase a derrubando, colocando a mão em seu braço. — Espere — repetiu —, eu vou com você.

Ele andou à frente dela pelo corredor até a porta de entrada. Dois meninos pequenos tinham parado para olhar o Alvis.

— Este é um automóvel e tanto, senhor — disse um deles. — Foi caro?

Phoebe entrou no lado do carona e bateu a porta, sentando-se e olhando fixamente pelo para-brisa. Quirke dava a partida no motor quando Isabel saiu rapidamente da casa. Ele abriu a janela de seu lado e ela se curvou para olhá-lo, escorando-se com as duas mãos na porta.

— Eu o verei de novo? — perguntou ela. — Preciso saber.

Ela recuou, Quirke saiu do carro e eles voltaram juntos até a porta da casa. Ele pôs a mão em seu braço.

— Entre — disse ele —, está frio.

Ela se desvencilhou dele.

— Responda — disse ela, sem olhá-lo. — Eu o verei de novo?

— Não sei — disse ele. — Talvez. Sim, acho que sim. Agora entre.

Ela não falou, apenas assentiu. Mentalmente, Quirke a viu de pé na banheira, nua, a água escorrendo pela barriga e pelas coxas. Ela entrou e fechou a porta.

12

Quirke disse que levaria Phoebe à Haddington Road, ou à rua Grafton, se ela quisesse — ela não teria de trabalhar hoje? Ela disse que não queria ir para casa, tampouco para a loja. Perguntou aonde ele ia e ele disse que ia ver alguém.

— Deixe-me ficar com você — disse ela. — Não quero ficar sozinha. — Eles seguiram pela rua Leeson e entraram à esquerda na ponte, depois à direita na Fitzwilliam. Agora havia trânsito, os carros e ônibus seguindo cautelosamente pelas ruas que ainda tinham um manto de geada. Eles nada falavam. Quirke queria que ela lhe dissesse se sabia sobre Ojukwu e April, sobre Ojukwu e Isabel, e as perguntas não feitas pendiam no ar entre eles. — Eu me sinto tão tola — disse Phoebe. — ... Tão tola.

Ele virou o carro para a esquerda na praça Fitzwilliam, encostou no meio-fio e parou. Phoebe se virou para ele.

— Aqui? Por quê? — Ele não respondeu, limitou-se a ficar ali com as mãos ainda escoradas no volante, olhando as árvores escuras que pingavam atrás das grades da praça. — O que está havendo, Quirke... O que você sabe? April morreu?

— Sim — disse ele —, acho que sim.

— Como? Patrick a deixou morrer?

— Não. Mas outra pessoa deixou, segundo creio. Deixou-a morrer ou... — Ele parou. Havia camadas de geada branca nos galhos das árvores escuras. — Espere aqui. — Ele abriu a porta e saiu.

Ela o viu atravessar a rua, subir a escada da casa e tocar a campainha. Depois a porta foi aberta e ele entrou. A enfermeira colocou a cabeça para fora e olhou o outro lado da rua, onde Phoebe estava sentada no carro, depois seguiu Quirke para dentro e fechou a porta. Minutos depois a porta se abriu e Quirke saiu, colocando o chapéu. A enfermeira olhou feio a suas costas e desta vez bateu a porta.

Ele subiu ao volante novamente.

— O que está acontecendo? — perguntou Phoebe.

— Vamos esperar.

— Pelo quê?

— Para descobrir o que aconteceu com April.

A porta da casa do outro lado da rua voltou a se abrir e Oscar Latimer saiu, com a enfermeira atrás dele ajudando-o a vestir o sobretudo. Ele olhou em volta, viu o Alvis e desceu a escada.

— Sente-se no banco de trás. — Quirke falou com Phoebe, saiu e abriu a porta traseira para ela.

Latimer esperou que passasse um furgão de padaria, depois atravessou a rua. Subiu ao banco do carona, tirou o casquete de tweed e Quirke mais uma vez se colocou ao volante. Latimer se virou para Phoebe.

— E então — disse ele —, é um passeio em família.

Quirke ligou o motor.

— Aonde vamos?

— Dirija — disse Latimer. — Para o norte, pelo litoral. — Ele parecia estar de ótimo humor e olhava em volta satisfeito enquanto eles desciam a rua Fitzwilliam para a praça Merrion e entravam na Pearse. — Como está passando, srta. Quirke? — perguntou. — ... Ou srta. Griffin, devo dizer. Eu sempre cometo este erro. — Phoebe não respondeu. Percebeu que estava assustada. Latimer a olhava por sobre o ombro e sorria. — Quirke e filha — disse ele. — É uma coisa que nunca se vê numa loja, "Fulano de Tal e Filha". "E Filho", sim, mas nunca "Filha". Estranho. — Por um momento ele a olhou como April, com aquele rosto branco, afilado e sardento, aquele sorriso.

— Diga aonde vamos, Latimer — disse Quirke.

Latimer o ignorou. Virou-se novamente para o para-brisa e cruzou os braços.

— Pais e filhas, Quirke, hein? Pais e filhas, pais e filhos. Tantas dificuldades, tantas dores. — Ele olhou rapidamente para trás. — O que acha, Phoebe? Você deve ter alguma opinião a esse respeito.

Ela olhou em seus olhos, que a consideravam tão alegremente. Agora Phoebe via que ele era completamente louco. Por que não percebeu isso antes?

— O senhor sabe onde April está? — ela lhe perguntou.

Ele pôs a mão no encosto do banco e ali apoiou o queixo, repuxando a boca nos cantos, demonstrando com exagero que pesava a questão.

— É difícil responder a isso — disse ele. — Existem variáveis demais, como dizem os matemáticos.

— Latimer, não posso continuar simplesmente dirigindo — disse Quirke. — ... Diga-me aonde estamos indo.

— A... Howth — disse Latimer. Ele assentiu. — Sim, a boa e velha Howth Head... Epa! Não viu o homem na bicicleta, Quirke? — Ele se torceu para olhar pelo vidro traseiro. — Ele está agitando o punho para você. — Ele riu. — Sim, Howth — repetiu, voltando a se sentar confortavelmente —, foi ali que nos unimos. Meu pai costumava nos levar lá, April e eu, de bonde. Na realidade, podíamos pegar o bonde hoje, suponho, fazer um passeio... Afinal, a última linha ainda está em operação... Mas pode ficar estranho no fim. Imagine como os outros passageiros olhariam quando eu pegasse — ele colocou a mão por dentro do sobretudo e tirou uma pistola grande e preta de cano longo — isto. — Ele a segurou em pé pela coronha, virando-a para um lado e outro como se quisesse que os dois admirassem. — É uma Webley. Arma de serviço. Quase um bacamarte, posso lhes garantir, mas eficaz, tenho certeza. Herdei de meu pai, que a tirou de um oficial britânico moribundo no domingo de Páscoa de 1916, ou assim ele sempre dizia. Ele costumava me deixar brincar com ela quando era garoto e me contou sobre todos os britânicos que baleou com ela. Depois ele teve de virá-la contra si mesmo. — Ele parou e olhou para Quirke, virando a cabeça e também olhando Phoebe, sorrindo novamente, quase com malícia. — Ah, sim — disse ele alegremente —, este é outro elemento da lenda Latimer que minha mãe e meu tio insistiram em esconder por todos esses anos. Um ataque cardíaco, dizem eles, e de algum modo conseguiram que o legista os apoiasse. Não era uma mentira tão grande, pensando bem, uma vez que ele deu um tiro no próprio peito. Sim, qualquer outro teria colocado a arma na têmpora, ou mesmo na boca, mas não meu pai... Fútil demais, não queria estragar sua famosa beleza. — Ele riu. — Você tem sorte por ter sido abandonado, Quirke. Tenho certeza de que sente uma pena terrível de si mesmo, sem ter um papai que conhecesse, mas você tem sorte, coloque-se no meu lugar.

Eles estavam agora na North Strand e tiveram de parar no sinal de trânsito antes de chegar à ponte. Latimer deitou a arma no colo, com o dedo enganchado no gatilho e o cano apontado na direção do fígado de Quirke.

— Pelo amor de Deus, Latimer — disse Quirke à meia voz.

As palmas das mãos de Phoebe estavam molhadas. Ela procurava não olhar o homenzinho armado, procurava não vê-lo, sentindo-se uma criança pequena que cobre os olhos e pensa que é invisível.

— Não tenho dúvida — disse Latimer — que vocês dois estão maquinando febrilmente um jeito de escapar daqui, talvez num sinal de trânsito como este, ou talvez ao verem um policial na rua, vão parar e gritar, *Polícia, polícia, ele está armado!* Espero, sinceramente espero que não tentem nada parecido com isso. Ah, o sinal está verde. Em frente, James, e não poupe os cavalos!

Quirke pegou o olhar de Phoebe pelo retrovisor. Ambos desviaram os olhos rapidamente, como que constrangidos.

Eles passaram por Clontarf e entraram na estrada litorânea. A maré baixava e aves abriam caminho penosamente pelo lodaçal sob um céu baixo e malva que prenunciava neve; um cormorão estava empoleirado em uma pedra, suas asas bem abertas para secar. Em Bull Island, a relva na areia era de um verde nítido. Tudo era perfeitamente normal, pensou Phoebe, o mundo lá fora continuando com sua vida comum, enquanto eu estou aqui.

— Não pode deixar isso em paz, Quirke, não é? — disse Latimer. — Tem de interferir, tem de levar a questão a um detetive e todo o resto. E agora aqui está você, você e sua filha inconveniente, presos neste carro caro por um louco armado. As coisas que acontecem, hein?

— O que houve, Latimer? — disse Quirke. — Conte-nos. Foi para você que Ojukwu telefonou, não foi, naquela noite, quando ela estava sangrando e sabia que ia morrer? O que você fez? Foi até lá? Tentou ajudá-la?

Latimer, com a arma ainda pousada negligentemente no colo, virara-se de lado no banco a fim de olhar para além de Quirke a paisagem marinha que passava. Ele parecia não estar escutando.

— Como você soube? — perguntou. — Como você soube que fui eu?

— Você foi visto no apartamento — disse Quirke. — A velha de lá, aquela que mora no andar de cima.

— Ah.

— Ela se lembrou de seu bigode.

— Não é incomum que um irmão procure a irmã de vez em quando, certo?

— Talvez ela não soubesse que vocês eram irmãos.

Latimer assentiu. Ele parecia calmo e reflexivo.

— Sim — disse ele, voltando à pergunta anterior de Quirke —, o sr. Ojukwu me telefonou dizendo que minha irmã tinha realizado um aborto sozinha e sofria uma hemorragia grave. O que ela estava pensando, não sei. Ela era médica, afinal, devia ter mais juízo. E por que ela não me ligou, antes de mais nada? Nós não tínhamos segredos um com o outro. Mas acho que ela teria sentido certa relutância, sentada ali naquele bordel, em uma poça do próprio sangue, com o amante negro presente.

— O que você fez? — perguntou Quirke novamente.

Latimer, com uma das mãos na pistola, deslizou outra por dentro da aba do paletó e fez uma carranca napoleônica, fingindo se esforçar muito para se lembrar.

— Antes de tudo, eu disse ao Sambo para sumir, se ele soubesse o que era bom para ele. Ele não precisou ouvir duas vezes, pode acreditar. Sumiu como uma sombra na noite. Eu devia ter levado a Grande Bertha aqui — ele ergueu a arma — e dado um tiro no sujeito, como meu pai teria feito, mas perdi essa oportunidade. De qualquer modo, fiquei distraído, tentando curar minha desafortunada irmã. Ela estava muito mal, como pode imaginar. Fez uma bagunça surpreendentemente medonha, dado seu treinamento e sua perícia. Mas fazer o quê, as pessoas se metem em especialidades de que nada sabem.

— Quando ela morreu? — perguntou Quirke, atento à estrada.

Houve uma pausa. Latimer, olhando o mar, franziu o cenho e torceu a boca de lado, ainda fingindo apelar à memória.

— Fizemos um grande esforço, nós dois. Uma menina maravilhosa, a April. Incrivelmente forte. No fim, porém, não foi forte o suficiente. Creio que talvez ela não quisesse ser salva. Posso entender isso. — Ele se remexeu no banco com uma careta, como se algo de repente começasse a doer levemente nele. — Eu lhe disse, não disse, Quirke, que você nada sabia das famílias? Eu lhe disse isso, eu falei, *você não tem experiência com essas coisas*. A proximidade das pessoas numa família. April e eu éramos próximos, sabia? Ah, muito próximos. Quando éramos pequenos, dizíamos que quando crescêssemos íamos nos casar. Sim, íamos nos casar, nós combinamos, e nos livraríamos de papai. — Ele suspirou, quase sonhador, e deitou a cabeça no banco. — Pais e filhos, Quirke — disse ele novamente —, pais e filhas. Ele nos amava demais, nosso pai, primeiro eu, depois April. Que brincadeiras costumava fazer conosco, debaixo dos lençóis. Ele era tão bonito, tão... vistoso, como dizem os ingleses. E ficou felicíssimo quando April nasceu... Queria tanto uma menina, agora tinha uma. Ele se cansava de mim, veja você, eu sabia disso. Tentei avisar a April, quando pensei que ela teria idade suficiente para entender. Eu disse a ela: *Ele se fartou de mim e, além disso, você é uma menina, ele agora vai procurar por você*. Mas ela era nova demais, inocente demais. Tinha seis ou sete anos, creio, quando papai voltou seus afetos para ela. — Ele parou. Quando voltou a falar, sua voz tinha se alterado, ficara distante. — Eu costumava ouvi-la de noite, chorando, querendo que ele fosse lá de fininho e entrasse na cama com ela. Ela era tão pequena, tão nova. — Latimer olhou para cima. — Sinceramente, Quirke, pelo amor de Deus! — exclamou ele. — Aquele sinal estava vermelho! Você vai matar a todos nós se continuar assim... Onde aprendeu a dirigir?

Phoebe fechou os olhos. Pensou em April sentada no banco no Stephen's Green naquele dia, fumando, lembrando-se, e como riu quando as gaivotas desceram num mergulho, batendo as asas e gritando.

— Tentei contar a nossa querida mamãe o que estava acontecendo. É claro que ela não aceitou. Eu não a culpo, estava simplesmente além de sua compreensão. — Ele assentiu consigo mesmo. — Sim, estava além dela. Então, como não havia ajuda nenhuma ali, tive de agir sozinho. Quantos anos tinha? Devia ter... o quê?... Quinze? Por que deixei que se passasse tanto tempo? Medo, suponho, e aquele pavoroso... aquele pavoroso *constrangimento*, aquela *vergonha*. As crianças se culpam nesses casos, sabia, e sentem que devem ficar caladas. Mas April, minha pobre April... Eu não podia deixar que continuasse. Então criei coragem e procurei o tio Bill — ele se virou para Phoebe —, este é William Latimer, o ministro. Fui a ele e contei o que estava havendo. No início ele não acreditou, é claro... Quem acreditaria, afinal?... Mas no fim teve de acreditar. Então fui a papai e contei a ele o que havia feito e disse que o tio Bill ia procurar a polícia, embora eu deva dizer que não sabia se ele o faria, pensando no escândalo que seria... O Little Willie, como papai costumava chamá-lo, já estava bem avançado no pau de sebo e não tinha a intenção de escorregar para baixo de novo. Não importava. O fato é que eu ter contado a alguém... a qualquer um... me libertou de um jeito estranho. Pode entender isso? Então eu o confrontei, confrontei papai. Estávamos no jardim, perto do pavilhão. Eu chorava, não conseguia parar, era tão estranho, as lágrimas só continuavam escorrendo por meu rosto, embora eu não sentisse nenhuma tristeza, mas raiva, mais parecia isso e... e *ultraje*. Papai não disse nada, nem uma palavra. Ficou parado ali, olhando ao longe. Lembro-me de uma veia em sua têmpora, batendo... não, palpitando, como se houvesse algo por baixo da pele, uma borboleta, um verme se retorcendo. Foi no pavilhão que mamãe o encontrou, no final daquela tarde. O dia estava tão bonito, eu me lembro, era o auge do verão, tinha uma névoa dourada, e mosquitos nela como bolhas de champanhe subindo e descendo. — Ele pegou o revólver e olhou. — Por que será que não ouvimos o tiro? É de se pensar que teríamos ouvido, uma arma deste tamanho sendo disparada.

Eles estavam na longa curva na direção de Sutton. De vez em quando um único floco de neve aparecia tremeluzindo aleatoriamente pelo ar e derretia imediatamente na água do para-brisa. Phoebe se retraíra no canto do banco, de braços firmemente cruzados, agarrando-se a si mesma.

— Isto é terrível, Latimer — disse Quirke —, uma coisa terrível de se ouvir.

— Sim, é — concordou Latimer, num tom indiferente. — Terrível é a palavra certa. Ficamos desolados, é claro, April e eu. Apesar de tudo, amávamos nosso pai... Isso não parece estranho? Minha mãe não contava, naturalmente, não dávamos pela presença dela, podia muito bem nem estar ali. — Ele soltou um suspiro em assovio. — Mas foi maravilhoso, então, o que April e eu desenvolvemos entre nós. Papai nos treinou para isso, veja você, e ficamos agradecidos a ele. É verdade que o mundo teria feito cara feia para nossa... nossa união, se soubesse disso, mas de algum modo isto a tornava ainda mais preciosa para nós, ainda mais... doce. — Ele se interrompeu. — Você já amou, Quirke? Quero dizer, amou verdadeiramente? Sei o que você sente por sua... — ele pôs a mão em concha junto da boca e baixou a voz a um sussurro, como se impedisse Phoebe de ouvir — ... por sua querida filha aqui. — Ele tossiu, voltando ao tom normal. — Estou falando de *amor*, um amor que é tudo, um amor que empurra tudo de lado, um amor que consome... Um amor, em resumo, que *obceca*. Não é nada parecido com as coisas que você lê nos romances, nem nos belos poemas. E a pobre April, acho realmente que ela não estava preparada para isso. Era demais para ela. Ela tentou escapar, mas é claro que não pôde. Não era só que eu não teria deixado... Eu pagava o aluguel de seu apartamento, sabia disso? Ah, sim, eu pagava todo tipo de coisas... Mas disso ela não podia se libertar. Alguns laços são fortes demais — ele olhou para Phoebe —, não acha, minha cara?

Na Sutton Cross, ele orientou Quirke a entrar à direita e eles começaram a longa subida do morro. Havia vacas nos campos gelados e as pessoas andavam pelo acostamento da estrada, de chapéus e casacos pesados, como refugiados fugindo de uma guerra no inverno. Os flocos de neve agora se multiplicavam, voando horizontalmente, alguns, enquanto outros pareciam cair para cima.

— Então o filho era seu — disse Quirke.

Atrás deles, Phoebe soltou um ruído agudo e baixo e pôs a mão na boca.

Latimer se virou para ela de novo.

— Está chocada, srta. Griffin? Bem, imagino que seja chocante. Mas o que fazer? Deus permite que certas coisas aconteçam, parece até que quer que elas aconteçam, e quem somos nós, meros mortais, para dizer não à vontade divina?

— Você sabia que ela estava grávida? — perguntou Quirke. Ele se inclinou para frente, olhando intensamente pelos limpadores de para-brisa que estalavam na neve.

— Não — disse Latimer —, eu não sabia, mas não posso dizer que fiquei surpreso, em vista de minha formação educacional. Eu teria feito alguma coisa para evitar, suponho, mas de algum modo ninguém pensa com clareza nas garras da paixão. Se me sinto culpado, vai me perguntar? Culpa não é a palavra exata. Não é a palavra para isso. O que havia entre mim e April, não tinha palavras adequadas para descrever... Ah, chegamos! — Eles tinham chegado ao cume e foram ao estacionamento. O chão de terra estava embranquecido aqui e ali de geada, e diante deles e dos dois lados o mar se estendia, esburacado e cinza-pistola. — Pode parar aqui — disse Latimer. — Assim está bom... Não, deixe o carro de frente para cá, a vista é tão bonita.

Quirke levou o carro até parar e não desligou o motor. Phoebe precisava desesperadamente urinar. Não disse nada, apenas se encolheu ainda mais no canto do banco, com as mãos cerradas no colo e os cotovelos apertando o corpo. Fechou os olhos; achou que podia gritar, mas sabia que não devia.

Quirke se virou para Latimer.

— E agora?

Latimer pareceu não ouvir; olhava fixamente a encosta do morro, assentindo consigo mesmo.

— Foi para cá que a trouxe, naquela noite — disse ele. — Parei o carro bem aqui e a tirei do banco traseiro, enrolada num cobertor. Ela estava tão leve, tão leve, como se todo sangue perdido tivesse reduzido seu peso à metade. Você vai rir de mim, eu sei, Quirke, mas o momento teve um forte senso de religiosidade, de sacramento, embora de um jeito um tanto pagão... Suponho que eu estava pensando na rainha Maeve, no trovão, nas rochas e essas coisas. Uma tolice, imagino, mas na hora eu não conseguia raciocinar direito, nem poderia, dado tudo que acontecera nas horas anteriores... Tudo o que aconteceu, na realidade, em todos aqueles anos quando April e eu tínhamos apenas um ao outro e quando isso bastava.

Quando ele parou de falar, eles ouviram o vento lá fora, um gemido fraco e vago.

Quirke falou.

— Você voltou e limpou o sangue, fez a cama.

— Sim. Isso também foi uma cerimônia religiosa. Senti a presença de April muito perto... Ela estava comigo... Ela ainda está comigo.

— Era você vigiando minha janela, não era? — disse Phoebe.

Latimer a olhou de cenho franzido.

— Sua janela, minha cara? Ora, por que faria isso? De qualquer modo, basta de perguntas, basta de falar. — Ele ergueu a pistola e apontou para Quirke, depois para Phoebe, sacudindo o cano jocosamente. — Saiam agora, por favor — disse ele —, os dois.

— Latimer — começou Quirke —, você não pode...

— Ora, cale a boca, Quirke — disse Latimer num tom cansado. — Você não tem nada a me dizer... Nada.

Eles saíram do carro, os três. Latimer manteve a arma abaixada a seu lado para escondê-la, embora o lugar estivesse deserto, exceto por um homem, bem afastado no morro, com um grosso casaco e gorro, andando com dificuldade com um cachorro branco em seus calcanhares. Quirke pegou Phoebe pelo cotovelo e a arrastou para trás dele, para que ela ficasse protegida por seu corpanzil.

— Vai dizer o que fez com o corpo? — disse ele. — Conte-nos pelo menos isto.

Latimer sacudia a arma novamente com o pulso frouxo.

— Fiquem ali, perto daqueles arbustos — disse ele. — ... Andem, andem.

Quirke não se mexeu.

— Você não a trouxe para cá, trouxe? Não foi aqui que você a deixou. Eu sei que está mentindo.

Latimer, ainda apontando a arma na direção dos dois, abriu a porta do lado do motorista e subiu ao volante. Parou e sorriu, fazendo uma cara tímida e torcendo aquele bigode ridículo.

— Obviamente não posso enganá-lo, Quirke — disse ele, balançando a cabeça numa lamentável falsa admiração. — Não, tem razão, eu não a trouxe para cá. Na realidade, não vou dizer onde está. Que ela fique no ar, como o pó, como... incenso.

— *Não!* — exclamou Phoebe, saindo de trás das costas protetoras de Quirke e soltando o cotovelo de sua mão. — Não pode fazer isso — disse ela. — É o último insulto a ela. Que ela tenha uma sepultura, um lugar, pelo menos, um lugar aonde possamos ir e... e nos lembrar dela.

Pela primeira vez a expressão de Latimer endureceu e sua boca se comprimiu numa linha estreita e exangue.

— Como se atreve? — disse em voz baixa. Agora estava ao volante, com a porta ainda aberta e um pé no chão. — Pensa que eu a deixarei ficar em algum lugar para que você e o resto dos supostos amigos apareçam e finjam pranteá-la? Ela era minha e continuará sendo minha. Foram vocês que tentaram tirá-la de mim, você e aquele hotentote, e o repórter moleque de rua, e aquela outra vagabunda. Mas você não pôde tê-la, nem pode agora. Agora ela é minha para sempre.

Ele botou o pé para dentro e bateu a porta, depois abriu a janela. Sorria novamente.

— Sinceramente, este é um ótimo carro, Quirke — disse. — Espero que não seja apegado demais a ele. — Então deu uma piscadela e virou-se para o para-brisa, o motor roncou enquanto ele pisava no acelerador e o carro grande deu um salto para frente, sobre a terra congelada e pelo espaço da mureta baixa. Eles avançaram, pai e filha, para a mureta e pararam ali, vendo o Alvis sacolejar e rolar ao descer a trilha íngreme e escarpada. Depois ouviram o estampido de um tiro, o carro se projetou às tontas para a direita, as rodas do lado do motorista afundaram na urze, a máquina se ergueu de lado e pareceu ficar pendurada por um longo tempo antes de capotar e virar em cambalhotas desajeitadas e laterais, descendo a encosta longa e acidentada, até que o perderam de vista. Havia penhascos ali e ambos esperaram, como se pudessem ouvir de toda aquela distância o espadanar terrível do carro caindo no mar, mas não houve nada, apenas as gaivotas gritando e o cachorro branco do homem longe dali, nas samambaias, latindo.

Foi difícil percorrer a encosta do morro, e Quirke e o inspetor Hackett tinham descido com dificuldade apenas metade do caminho quando tiveram de desistir. A urze era escorregadia sob a neve lodosa, e havia pedras escondidas em que eles esbarravam os tornozelos e outras soltas em que escorregavam e tropeçavam.

— Ah, que os jovens continuem com isso — disse Hackett, parando, levantando o chapéu para coçar a cabeça. Numa longa descida diante deles, três jovens policiais com traje de escalada e botas robustas percorriam o último trecho íngreme antes que o penhasco despencasse no mar. Os fundilhos das calças de Quirke estavam ensopados e seus sapatos molhados por dentro. Hackett se sentou de repente na urze, o chapéu na parte de trás da cabeça, e plantou os cotovelos nos joelhos. Havia flocos de neve em suas sobrancelhas. — Por Deus, dr. Quirke, esta é uma coisa extraordinária.

Havia dois carros da Garda e um jipe estacionado acima deles, atrás da mureta baixa. Quirke tinha levado Phoebe pela estrada do morro até o outro lado, a uma lanchonete. Estava fechada àquela hora da manhã, mas ele bateu o punho na porta até que uma mulher apareceu e deixou entrar. Quirke contou que houvera um acidente, que um carro caíra nos penhascos e teria de telefonar para a polícia. Sua filha estava em choque, disse ele, e precisava beber algo quente. A mulher os olhou fixamente, depois acenou para que Phoebe a seguisse até a cozinha, onde prepararia um chá e lhe daria algo para comer, segundo disse. Phoebe, de olhos impassíveis, obedeceu. Na porta da cozinha, ela parou e se virou para Quirke e ele se obrigou a sorrir, assentindo, disse que ficaria tudo bem, que tudo ia ficar bem. Depois voltou ao morro para esperar por Hackett e seus homens.

Ele estava sentado na mureta, fumando, o sobretudo abotoado até o pescoço e a aba do chapéu bem baixa contra a neve que caía em vagas aleatórias. Não sabia como contaria a Hackett o que Latimer disse. Pensou em Celia Latimer, sentada perto da lareira do estúdio de seu marido, com as mãos cruzadas no colo, chorando pela filha perdida. Depois ouviu as sirenes ao longe.

Agora Hackett, sentado na urze, semicerrava os olhos para ele daquele seu jeito indolente e sagaz.

— Você não facilita nem um pouco para si mesmo, não é, dr. Quirke? — Ele encontrou um tufo de grama endurecida em meio à urze, puxou uma folha e a colocou na boca. A neve derretida brilhava lisa nas dragonas de seu casaco americano.

— Nada disso foi responsabilidade minha — disse Quirke.

Hackett sorriu.

— Foi um espectador inocente, é isso? — Ele se colocou de pé, grunhindo. A neve, indecisa e esparsa, tornava o ar da manhã encharcado e friamente úmido. Ao subirem, eles encontraram um caminho perigoso através da urze. No alto, onde os carros da Garda estavam estacionados, o detetive parou e ficou de mãos nos quadris, avaliando a vista do morro, o mar e as ilhas distantes. — Não é um lindo lugar — disse ele —, com ou sem neve?

Eles se viraram para as viaturas. Um policial saiu de uma delas. Usava uma capa e um quepe de aba brilhante. Era o sargento de cara ossuda da rua Pearse. Olhou duramente para Quirke.

— Espero que tenha arrumado o seguro — disse ele — naquele carro seu.

O inspetor fitou Quirke e sorriu, e juntos ele se viraram e olharam pela neve a encosta do morro, para o mar que se acinzentava firmemente.

13

Agora eles eram apenas três, Phoebe, Isabel, Jimmy Minor. Encontraram-se no Dolphin Hotel às sete e meia, como sempre, embora todo o resto fosse diferente e nunca mais seria o mesmo. Patrick Ojukwu foi deportado. O inspetor Hackett, por instruções do Departamento de Relações Exteriores e acompanhado por um segundo homem à paisana e um funcionário público, escoltou-o ao aeroporto naquela manhã e o colocou em um avião para Londres, de onde ele viajaria diretamente a Lagos. Nenhum deles teve permissão de vê-lo antes de partir. Ele tinha voltado da casa de Isabel a seu apartamento na rua Castle, onde foi apanhado pela polícia e levado à central de Bridewell, trancado numa cela durante a noite. Não houve pedido de recurso. Patrick se fora e não voltaria.

Phoebe sentia-se estranha. Estava calma, apesar de tudo que aconteceu, calma ao ponto do torpor. Era uma sensação que teria se não tivesse dormido por muitas noites. Tudo em volta dela parecia ter uma nitidez e definição irreais, como se banhado numa luz forte e cortante. Ficou sentada na cozinha da lanchonete em Howth por uma hora, bebendo uma xícara após outra de um café terrivelmente doce, e então Quirke a levou para casa. Ele queria que ela fosse para seu apartamento na rua Mount e descansasse lá, mas ela preferia ficar na própria casa, em meio a suas próprias coisas. Andou durante o dia numa espécie de sonho. Agora não conseguia lembrar como preencheu as horas. Não foi trabalhar, telefonou à sra. Cuffe-Wilkes e disse que estava doente. Depois ficou sentada junto da janela por um bom tempo, disso ela se lembrava, olhando a rua. Não havia percebido antes como podia ser interessante ver o mundo enquanto o dia se arrastava. As pessoas iam e vinham, donas de casa saindo para as compras e voltando, crianças em idade escolar andando penosamente com suas mochilas, homens misteriosos e desgastados com seus afazeres fúteis. Uma carroça da Guiness apareceu e entregou barris de cerveja no pub do outro lado, o grande cavalo marrom e branco em seus arreios de vez em quando batendo um casco, erguendo-o novamente e descendo de ponta com a delicadeza de um bailarino. Embora fosse um dia nublado, a luz sofria muitas mudanças sutis, quase sub-reptícias, passando por todos os tons de cinza, do pérola ao chumbo.

Por um longo tempo ela não pensou absolutamente em April, nem no irmão de April. Era como se sua mente tivesse erguido uma barreira, um *cordon sanitaire*, para protegê-la. Agora o pior de tudo era não ter certeza se April estava morta ou viva. Oscar Latimer merecia crédito? Ele era louco e pode ter inventado tudo. Era verdade que Patrick vira a pobre April depois de ela ter feito aquela coisa horrível consigo mesma e descreveu o estado periclitante em que ela se encontrava, mas isto não significava necessariamente que ela iria morrer. Talvez Oscar tivesse conseguido estancar a hemorragia — afinal, ele era o médico especialista — e depois a levou a algum lugar, escondendo-a até que ela se recuperasse e estivesse bem para ir embora, para a Inglaterra, talvez, ou... ou a América, ou... ou qualquer lugar. Podia estar lá agora, do outro lado do mundo, embarcando numa nova vida. April seria bem capaz disso, Phoebe tinha certeza. April podia se desligar de todos e de tudo que conhecia sem olhar para trás.

Phoebe pensou no observador abaixo de sua janela. Oscar Latimer negou que tenha sido ele parado ali à beira da luz do poste, noite após noite. Se não era Latimer, então, quem era?

Agora, no Dolphin, ela não contou aos outros dois que estava no carro com Quirke e o irmão de April. Podia se confidenciar com Isabel, mas não com Jimmy; não confiava mais em Jimmy. De sua parte, Jimmy disse ter certeza de que ela sabia o que aconteceu no Howth Head e ficou furioso por ela não lhe contar. Como Oscar Latimer foi parar no carro de Quirke? Oscar sabia onde April estava ou o que acontecera com ela?, ele perguntou. Phoebe ficou em silêncio; devia isso a April, guardar seus segredos. Ela sentia que Isabel a olhava, porém; Isabel não se deixava enganar.

Jimmy Minor queixou-se violentamente de Patrick por guardar silêncio todo esse tempo e não dizer a eles que sabia de April e dos problemas pelos quais ela passava. Ele acreditava que Patrick fosse o pai do filho de April, e Phoebe não disse nada que esclarecesse. Ela o observou sentado ali, balançando as perninhas, repassando vezes sem conta tudo, ou tudo que ele sabia, e lhe ocorreu que o que ele sentia por Patrick não era, na realidade, ódio, mas algo inteiramente diferente. Ela teve esta iluminação calmamente, quase com indiferença; nada mais na vida, sentia Phoebe, a surpreenderia.

Ela terminou o drinque e disse que precisava ir, que tinha de jantar com o pai e Rose Crawford. Viu que eles acreditavam que ela mentia. Isabel disse que também teria de ir embora cedo, que estava no segundo ato e já teria problemas, levaria uma bronca por não ter estado presente no primeiro. Ela estava pálida, mais do que o de costume, e parecia cansada e desconsolada. Ficou sentada pela última meia hora bebendo lentamente seu gim-tônica sem falar nada de April, Patrick ou de qualquer coisa. Phoebe sabia que havia algo entre Isabel e o pai, e supôs que agora tivesse acabado, que Isabel estivesse triste.

Eles sabiam, os três, que esta era a última vez que se reuniriam daquele jeito, que o pequeno bando não só diminuíra, mas não existia mais.

Quando Phoebe saiu do hotel ainda nevava, não muito forte, embora a rua tivesse uma camada fina e frágil de branco. Ela decidiu ir ao Shelbourne. Seu chapéu, de veludo preto com uma pluma escarlate, ficaria arruinado, mas ela não se importava. As luzes das vitrines brilhavam na neve, fazendo-a pensar no Natal. Agora haveria Natais de verdade novamente, Rose Crawford cuidaria disso. Phoebe imaginou os três, ela, com Rose e o pai, sentados em volta de uma mesa com um peru, os cristais cintilando e um vaso grande de azevinho no meio, suas folhas lustradas refletindo as luzes mágicas da árvore. Quando tentou imaginar a cara do pai, porém, sua expressão, sentiu uma pontada de dúvida em seu íntimo.

O porteiro do Shelbourne repreendeu-a com falsa seriedade por ser arriscar na neve com aqueles sapatos finos e aquele chapéu infeliz, cuja pluma agora estava inteiramente molhada. Ela subiu pelo elevador ao último andar e passou pela porta com a baeta verde que levava à suíte de Rose Crawford. Um garçom de fraque recebeu-a à porta e a acompanhou à sala de estar. Rose estava ali, Quirke e Malachy Griffin também. Rose veio recebê-la e lhe deu um beijo no rosto.

— Meu Senhor — ela pronunciou *Sinhor* —, mas você está gelada, querida! E veja seus sapatos! Tire-os agora mesmo, enquanto pego uns chinelos para você.

Quirke estava de terno preto, uma gravata de seda vermelha e uma camisa engomada e muito branca. Quando ele se arrumava desse jeito, parecia-lhe muito novo, um estudante grandalhão, lavado e desajeitado, saindo para um banquete com os adultos. Ela percebeu que ele bebia água com gelo e uma fatia de lima — pelo menos, torcia para que fosse água e não gim. Ele precisaria se comportar da melhor maneira possível esta noite, pois Phoebe tinha certeza de que era a noite em que Rose faria seu anúncio, que era este o motivo para eles estarem ali, os quatro. Rose foi a um dos quartos pegar um par de chinelos e o garçom entrou e perguntou a Phoebe, do jeito confidencial que têm os garçons, o que ela gostaria de beber. Nervosa, ela pediu um xerez e, quando ele lhe trouxe, derramou um pouco porque suas mãos não estavam firmes. Estava tão animada que parecia que ela mesma era um copo até a borda que lhe fora dado para carregar e que ela morria de medo de deixar derramar uma gota que fosse. Malachy perguntou se estava tudo bem e ela respondeu que sim, e ele disse que Quirke contara o que aconteceu em Howth Head. Ela se virou rapidamente para o pai — o quanto ele contou? —, mas ele não a olhou nos olhos.

— Sim — disse Rose Crawford, voltando à sala —, pobre homem, matando-se daquele jeito. Qual era o problema dele? Ele estava tão aborrecido com o desaparecimento da irmã?

— Tiveram sorte de ele não ter levado os dois — disse Malachy.

— E o seu lindo carro! — exclamou Rose.

Quirke olhava o próprio copo.

No jantar, foi servido faisão assado, que Phoebe não gostou, mas se obrigou a comer, decidida a não fazer nada que impedisse nem da mais leve maneira o progresso firme da noite a um momento que ela sabia que chegaria, quando Rose baixaria a taça e olharia pela mesa, abriria um sorriso e começaria a falar...

— Mais batatas, senhorita? — sussurrou o garçom de fraque, curvando-se junto a seu ombro. Ele tinha cheiro de brilhantina.

O tempo se arrastava. Rose falava de sua ida à América.

— Boston é tão vazia no inverno, a grama no Common transformada em palha pelo frio e o lago congelado. Eu sempre tenho pena dos patos... Eles parecem tão confusos, deslizando no gelo, sem conseguir entender o que aconteceu com a água. — Ela se virou para Phoebe. — Minha querida, todos, todos mesmo, perguntaram por você e me disseram que não deixasse de transmitir suas lembranças, especialmente — ela tombou a cabeça de lado e arqueou uma sobrancelha maliciosa — aquele lindo jovem sr. Spalding do Chase Manhattan, lembra-se dele? — Ela olhou os dois homens. — *Muito* bonito, *muito* rico e um grande admirador da srta. Phoebe Griffin.

Phoebe ruborizava.

— O quê? — disse Malachy. — Você tinha um admirador e não nos contou nada?

— Ele não era um admirador — disse Phoebe, concentrando-se em seu prato. — De qualquer modo, tinha uma noiva.

— Ora, ela se foi há muito tempo — disse Rose. — O sr. Spalding está inteiramente livre e descompromissado. — Malachy tossiu e Rose o olhou, erguendo aquela sobrancelha novamente. — Sim — disse ela, com um leve suspiro —, acho que está na hora. — Ela baixou a taça. Phoebe sentiu algo inchar dentro de si e ficou quente, e por acidente bateu o garfo no prato, produzindo um tinido alto.

— Temos um pequeno anúncio a fazer — disse Rose, olhando para Phoebe, depois para Quirke. — Eu confesso — ela pegou o guardanapo e o baixou novamente —, confesso que estou um tanto nervosa, o que todos vocês sabem que não é característico meu. — Quirke a observava e franzia a testa. O garçom veio retirar os pratos, mas

Rose pediu que deixasse para depois e ele voltou a sair. Agora Rose parecia positivamente atrapalhada. — Eu tinha meu discurso todo preparado, mas acho que esqueci completamente. Assim, direi logo de uma vez...

Ela estendeu o braço e pegou...

Phoebe olhou, desnorteada.

Era a mão de Malachy que Rose pegava — a mão de Malachy, não de Quirke.

— ... Que o sr. Malachy Griffin pediu-me amavelmente em casamento e eu, bem, amavelmente aceitei.

Ela riu, indefesa. Quirke se virou para Malachy e este sorriu, acanhada, tímida e escrupulosamente.

O resto da noite passou para Phoebe numa névoa quente de perplexidade, raiva e dor. Não haveria afinal Natais aconchegantes, nem viagens por mar às ilhas da Grécia, nem jogos de famílias felizes. Como poderia ela ter pensado que Quirke se casaria com Rose, que Rose se casaria com ele — como pode ter se permitido uma fantasia tão tola? Ela viu Malachy do outro lado da mesa, sentado no que parecia um espanto de perplexidade, e quase teve ódio dele. O que Rose estava pensando? Ela tornaria infeliz a vida do coitado. Quirke, ela tentou não ver. Também podia tê-lo odiado. Ela sabia que foi Sarah que ele quis, todos aqueles anos atrás, e em vez de se casar com ela deixou que fosse com Malachy. Agora fazia a mesma coisa. Ficaria ele resmungando de arrependimento por perder Rose também, daqui a vinte anos? Ela esperava que sim. Ele então seria velho e Rose provavelmente morta, o passado se repetiria. Ela via os dois, Quirke e Malachy, arrastando-se pelas calçadas em Stephen's Green, analisando juntos os anos perdidos,

Quirke amargamente solteiro e Malachy novamente enviuvado. Eles mereciam um ao outro.

Quando finalmente a noite terminou e Phoebe calçava os sapatos e colocava seu pobre chapéu arruinado, Rose a pegou pelo braço e a puxou de lado, olhando-a indagativamente.

— O que foi, querida, qual é o problema? — Phoebe disse que não havia problema nenhum e tentou se soltar, mas Rose a segurou com uma força ainda maior. Quirke e Malachy ainda estavam à mesa, sentados em silêncio, Quirke fumando e bebendo o uísque e Malachy sem fazer nada, como Malachy em geral se portava.

Phoebe virou a cara de lado; tinha medo de começar a chorar.

— Você disse que era com meu pai que ia se casar — disse ela.

Rose a encarou.

— Eu disse? Quando?

— Naquele dia, na frente da agência da American Express, você disse isso ali.

— Ai, meu Deus. — Rose pôs a mão no rosto. — Devo ter dito mesmo. Desculpe. Eu sempre penso em Malachy como seu pai... Ele *foi* seu pai, por muito tempo. — Consternada, ela enfim soltou o braço de Phoebe. — Minha pobre e querida menina. Eu sinto muito.

Quirke tinha terminado a bebida e o garçom lhe trouxe o sobretudo e o chapéu. Eles se despediram. O garçom mantinha a porta aberta. Quirke seguiu Phoebe para fora e pela porta de baeta verde. Ela sentiu as lágrimas se acumulando nos olhos, mas se obrigou a reprimi-las. Não pegou o elevador, correndo ao alto da escada. Quirke estava no elevador, dizendo-lhe para esperar, dizendo algo sobre um táxi. Ela continuou, descendo a escada. O porteiro sorriu para ela. Do outro lado da rua, no Green, do outro lado do parapeito preto, os galhos das árvores estavam carregados de neve, ela os viu através de uma tremulação de lágrimas não derramadas. Ela se virou e andou pela calçada, ouvindo apenas os próprios passos abafados e o tumulto estrondoso de seu coração.

Quirke saiu do elevador e passou pela porta giratória até a escada. Naquela manhã, tinha recebido um telefonema de Ferriter, o homem do ministro. O ministro, dissera Ferriter com sua voz suave e serena, tinha certeza de que podia contar com a discrição do dr. Quirke na questão da trágica morte de seu sobrinho. Quirke desligou na cara dele e entrou na sala de dissecação, onde Sinclair serrava o osso esterno do cadáver de um velho e assoviava consigo mesmo. Quirke pensou em April Latimer, que ele jamais conheceu.

Agora olhava os dois lados da rua, mas a filha não estava à vista. Um táxi encostou e ele entrou. O motorista era um sujeito de rosto afilado e boné, com um coto de cigarro preso no canto da boca. Quirke afundou exuberantemente no estofado seboso, rindo consigo mesmo. Rose Crawford e o velho Malachy — ha!

O motorista se virou para ele.

— Para onde, senhor?

— Portobello — disse Quirke.

Impressão e Acabamento
Intergraf Indústria Gráfica Eireli